Friedrich Rochlitz

Charaktere interessanter Menschen

Friedrich Rochlitz

Charaktere interessanter Menschen

ISBN/EAN: 9783743365414

Hergestellt in Europa, USA, Kanada, Australien, Japan

Cover: Foto ©Andreas Hilbeck / pixelio.de

Manufactured and distributed by brebook publishing software (www.brebook.com)

Friedrich Rochlitz

Charaktere interessanter Menschen

Charaktere

interessanter Menschen

in

moralischen Erzählungen dargestellt

zur

Unterhaltung in einsamen ruhigen Stunden

von

Friedrich Rochlitz.

Erster Theil.

Züllichau und Freystadt,
bei Darnmann 1799.

Seneca.

Dicas verum et utile. Quonam modo interrogas? Omni, quo audire cupiunt.

Vorrede.

Ich nenne die hier aufgestellten Menschen interessant, und bestimme diese Darstellungen derselben für die Unterhaltung — weil ich wünsche, daß jene interessant seyn und diese unterhalten mögen, und weil ich dies so lebhaft wünsche, daß der Wunsch endlich zur Hoffnung in mir erwachsen ist. Ich wage es, um Stille der Seele zum Lesen zu bitten, weil doch vielleicht neben dem Erzählten noch so manches gesagt seyn dürfte, was, als ein — wenn auch noch so kleines Feuerflökchen, dann leuchten oder erwärmen, folglich nützen könnte. Wer selbst denkt und

beobachtet, wird mich nicht lesen; wer
nicht selbst denken und beobachten will,
soll mich nicht lesen; wer selbst denken und
beobachten möchte, für den schrieb ich,
nicht nur hier, sondern überall.

Dürfte ich doch die Beurtheiler dieses
meines Büchleins bitten, über das Ganze
nicht nach diesem Bändchen zu entscheiden.
Die Verschiedenheit der Schreibart und
der Behandlung überhaupt werden sie mir
hoffentlich nicht zum Vorwurf machen.
Sie mußte, meines Bedünkens, so seyn,
wegen der Verschiedenheit der behandelten
Gegenstände; und diese wieder mußten
verschieden seyn, weil die Menschen und
ihre Schiksale es gleichfalls sind, und weil
ich glaube, das Publikum, welches solche Schriften lieset, hat, wenn auch noch
soviel Kopf, doch auch viele Köpfe.

Uebrigens kömmt hier und da ein Ich vor: aber ich bin das Ich nicht. Mir ist recht wohl bekannt, daß es mir nicht zustehet, irgendwo selbst aufzutreten, als höchstens in der Vorrede, welche man überschlägt.

Leipzig.   Friedrich Rochliß.

Inhalt.

I.

Die frühe Verbindung.

A

Die frühe Verbindung.

———

Der alte wackere Förster Franz feyerte heute seinen fünf und sechzigsten Geburtstag. Sonst war er an diesem Tage immer so voll von frohem Muthe, so voll von der Laune und Lustigkeit eines gesunden, frischen Alters — wie es durch enthaltsame Jugend und tugendhafte Männlichkeit errungen wird; sonst hatte er so recht mit ganzer, froher Seele die kleinen Festlichkeiten genossen, mit denen seine treue Lebensgefährtin und sein liebes Lottchen den frohen Tag feyerten: aber heute schlich er umher, als sey er nicht Ein, sondern zehen Jahre gealtert, und nur mühsam vermogte er's, seine Thränen der sanften Tochter zu verbergen. Seine Elisa, sein treues Weib fast vierzig, großentheils saure Jahre hindurch — seine Elisa fehlte ihm. Das Jahr, das er heute beendigte, hatte sie ihm entrissen. Durch den Schmerz über ihren Tod wurde er in eine gefährliche Krankheit gestürzt; und diese hatte in zwey unglüklichen Monaten seine bisher noch fast blühende Gesundheit, seine raschen, bisher noch fast überflüßigen Kräfte, seine bisher noch fast jugendliche Munterkeit und Laune zusammengeworfen, zerdrükt, aufgelekt. Wie die kräftigen Birken seines selbstgepflanzten Waldes nach spätem Frühling, kühlen Sommer, milden Herbst, noch in vollem Schmuck — stand er bisher; wie diese, nach einigen auf einmal hereinbrechenden Winterstürmen nun plözlich ihrer Blätter beraubt, matt, krank, kahl und traurig, ein Spiel der feuchten, nebelichen, stürmenden Luft — so stand er jezt da. Er ver-

barg seinen Kummer bey dem Geschenk der
Liebe, womit die gute einzige Tochter ihn
heute überrascht; er fühlte dankbar, daß
ihm Gott noch viel, sehr viel an dem Mädchen gelassen hatte: dennoch mußte er sich
abwenden, um die Thränen zu verbergen,
die ihm in die Augen drangen, weil er fühlte, daß er sich doch nicht mehr so von ganzer Seele freuen könnte, wie vordem — wie
nur noch voriges Jahr.

„Liebes Lottchen,
sagte er des Nachmittags zur Tochter;
„der Himmel hat sich aufgehellt, der
„Abend wird schön werden: laß uns ei-
„nen Spaziergang machen" —

„Das ist schön,
antwortete sie;
„wohin werden wir gehen?" —

„Ich dächte, hinter das Dorf in den Bir-
„kenwald" —

Traurig fiel sie dem Vater ein:
„Da werden Sie wieder weinen" —

„Ach nein, mein Kind,

erwiederte er;

„ich will mich heute nur der stattlichen
„Bäume freuen, die ich gepflanzt habe,
„und des Dankes, den mir unsere Nach-
„kommen, wenn ich längst modere, dafür
„sagen werden — oder auch nicht sagen
„werden“ — —

Lottchen hatte recht. Er täuschte sie, vielleicht auch sich selbst: denn es zog ihn dorthin nicht der Birkenwald, sondern das kleine Denkmal, das er seiner Elisa im Schatten seiner Pflanzung hatte setzen lassen.

Sie gingen unter freundlichen Gesprächen — denn die sanfte Kühlung des Som-
merabends, die untergehende Sonne, welche die Gipfel der Bäume vergoldete, die
Bewohner des Waldes, welche ihr Lebewohl
nachsangen, hatten den Alten erheitert.
Sie gingen hierhin, dorthin; der alte Vater vermied wirklich die Gegend, wo die einsame Urne auf hohem Grashügel stand: aber
endlich lenkte er doch dahin ein, indeß er sich

selbst überreden wollte, es sey Zufall, als
sie sich ihr näherten.

„Hm, sind wir doch hieher gekommen —!
sagte er gleichsam befremdet;

„Nun dürfen wir wohl nicht umkehren!
„Komm, Lottchen, wir wollen ein Weil-
„chen auf dem Grashügel ruhen, und die
„Allee hinab dem Abschied der Sonne zu-
„sehen!" —

Lottchen folgte traurig und schweigend.

Der Vater richtete seine Augen unverwandt nach der Urne, die Tochter senkte die
ihrigen wehmüthig zur Erde —: sie sahen
also erst, da sie fast ganz am Hügel waren,
daß ein junger Mann auf der ihnen entgegengesezten Seite desselben lag, den Kopf in
die Hand gestüzt, den Rücken den milden
Blicken der Sonne zugekehrt. Der junge
Mann bemerkte sie denselben Augenblick, da
sie ihn bemerkten. Er raffte sich auf, fuhr
sich mit dem Tuch schnell über das Gesicht,
grüßte sie stumm, und wendete sich eilig nach

einem engen Pfade, der waldeinwärts
führte.

„Mein Herr —

redete ihn der Förster an;

„wenn Sie hier nicht genauen Bescheid
„wissen, so können Sie sich leicht verirren.
„Der Wald ist von dieser Seite tief, der
„Fußsteig verliert sich und es wird Abend.
„Wollen Sie nach der Stadt, so wenden
„Sie sich links durch das Gebüsch; da
„werden Sie den Holzweg finden" —

„So — ?

sagte der junge Mann gleichgültig;

„ich danke Ihnen — Gut —! —"

Damit ging er links ins Gebüsch.

„Auch kein Glüklicher,

sagte der Vater, als er weg war;

„sonst hätte er dies einsame Plätzchen nicht
„aufgesucht" —

„Und der schönen Abendsonne nicht den
„Rücken zugekehrt!"

fiel die Tochter schnell ein.

Sie sezten sich nun ein Viertelstündchen, bis die Abendsonne hinunter war. Dann brachen sie auf. Sie waren nicht gar weit zurükgegangen, als sie ganz unvermuthet im dikſten Gebüſch den nehmlichen Jüngling wiederfanden. Er ſtand da — das leibhafte Bild des Kummers, der ſich zur Reſignation abarbeiten will, aber noch zu viel Kraft und Bitterkeit in ſich hat — gelehnt an eine alte Eiche, die Arme herabhangend, die Hände gefaltet, den Blick in die ſchwarzen Wölbungen der Zweige über ihm gerichtet. Der Ort war dem, welchen ſie ihm gezeigt hatten, gerade entgegengeſezt.

„Was iſt das?“ rief der alte Franz. Davon erwachte der Jüngling aus ſeinen ſchwermüthigen Träumereyen, erſchrak und wollte unwillig tiefer ins Gebüſch. Der Alte eilte zu ihm, hielt ihn auf —

„Mein Herr — um Gottes willen, was „iſt Ihnen? was haben ſie vor?“ —

„Nichts, mein Herr, gar nichts" —

„Und doch —! Wahrlich, ich lasse Sie
„nicht!" —

„Glauben Sie, daß ich mich umbringen
„werde?

Mit Bitterkeit sezte er hinzu:

„Sehen Sie — ich habe kein Ge-
„wehr!" —

Lotte stand zitternd von ferne. Vater
Franz fuhr fort:

„Sie sind den Weg nicht gegangen, den
„ich Ihnen zeigte" — —

„Doch — doch! Ich — ich muß mich
„wieder verirrt haben" — —

„Das haben Sie nicht: Sie sind gerade
„den entgegengesezten gegangen. Jun-
„ger Herr — werden Sie nicht ungehal-
„ten über einen redlichen Alten, der es
„mit der ganzen Welt gut meynt: sind
„Sie wirklich hier auf g u t e m Wege?" —
Der Jüngling starrete ihn groß an. Der
Vater fuhr nach einer Pause fort:

„Sie wollten im Walde übernachten" —

II

„Nun wenn auch —

sagte der Jüngling verwirrt;

„die Nacht ist warm — wir haben
„Mondschein" — —

Der Vater sah ihn schweigend und scharf in
die Augen; er schlug sie nieder, indeß zwey
große Tropfen ihm über die Wangen roll-
ten —

„Ich frage nicht weiter,

sagte nun Vater Franz;

„aber Sie in der Nacht hier lassen —
„das darf ich wahrlich nicht. Es ist zu
„spät, die vier Stunden nach der Stadt
„zurück zu gehen: bleiben Sie bey mir!
„Ich wohne ein Viertelstündchen von
„hier — vielleicht mißfällt es Ihnen
„nicht in meinem kleinen Hause."

Der junge Mann machte allerley Einwen-
dungen, der Vater kam ihm entgegen:
endlich gab der erstere, obschon etwas ungern, nach.

Der Alte führte ihn nun zu seiner Tochter. — Der Fremde grüßte sie höflich, aber kalt. Das Mädchen konnte vor Aengstlichkeit noch nicht sprechen. Die Männer gingen nun voraus, sie folgte schweigend und betrachtete den leidenden Jüngling genauer. Der alte Vater, der diese Bekanntschaft in einer Stimmung und auf eine Weise gemacht hatte, welche auch den Hartherzigsten zur Theilnahme gezwungen hätte, wie vielmehr ihn, den Gutmüthigen, versuchte mit aller Behutsamkeit und Schonung, dem blassen Gefährten das Herz zu öffnen. Dieser aber blieb verschlossen.

Sie kamen nach Hause. Lotte bereitete das Abendessen. Der junge Mann genoß sehr wenig. Endlich redete ihm der Vater einige Gläser alten kräftigen Rheinwein ein, und nun schienen seine Lebensgeister zu erwachen. Er aß nun mit einer Eil, mit einer Haftigkeit und Begier, die deutlich blicken ließ, er habe lange, sehr lange gefastet.

Noch einige Gläser rasch hintergestürzt —
und er fing an der Hauptsache nach Folgendes zu erzählen.

Mein Vater war ein Bauersmann in
W** bey T** in Sachsen. Da er ziemlich wohlhabend und ich sein einziger Sohn
war, faßte er den Gedanken, mich studieren
zu lassen. Er erhielt mich auf Schulen,
und seit einem Jahre auf der Ihnen benachbarten Universität I**. Durch Unglüksfälle, welche einzeln zu erzählen viel zu
weitläuftig wäre, und welche ihn meistens
ganz unverschuldet und — ach Gott, so
Schlag auf Schlag trafen, kam er herunter und immer tiefer herunter. Endlich
mußte er das verschuldete Gut verkaufen. Verzweifelnd verließ er's und wendete sich ins Bayreuthische, wo wir Ver-
wandte haben. Ich habe das Wenige,
was ich besaß, zu Gelde gemacht, ihm zu-
geschikt, und bin nun gleichfalls ein Bettler. Zitternd vor Heftigkeit sezte er hinzu:

„Ich hatte seit zwey Tagen kein Brod" —

„Ach Gott —

fiel Vater Franz ein;

„hatten Sie denn Niemand unter Ihren
„Freunden, der Sie wenigstens noth-
„dürftig unterstüzt hätte?" —

„Freunde — ?

sagte der Jüngling;

„Sie hören ja, daß ich unglüklich war!
„Der Unglükliche hat keine Freunde!
„Würde man mir, da man mein Elend
„wußte, indem ich es eben so wenig ver-
„barg, als entdekte — würde man mir
„nicht von selbst Hülfe geleistet haben?
„Angesprochen hab' ich Niemand und
„werde Niemand ansprechen! Nein —

fuhr er hizig auf —

„um Geld Niemand! selbst den Him-
„mel nicht!" —

„Lieber junger Herr,

versezte der Vater;

„ich weiß solchen Sinn zu schäzen: aber
„er ist doch Stolz, der" — —

„Bettelstolz genannt werden könnte,
„wollen Sie sagen —

fiel der Jüngling ein;

„aber, ohne Hehl, ich schätze die stolzen
„Bettler!" —

Obschon der alte Förster hier nicht ganz mit
seinem Gaste zufrieden war, so gewann er
ihn, der so viel Aehnliches mit ihm selbst in
seinen jungen Jahren hatte — doch von
ganzem Herzen lieb. Lottchen strikte schweigend, seit abgegessen war und die Männer
nur noch beym Wein saßen, im Winkel des
Zimmerchens, und lauschte auf jedes Wort,
und lauerte auf jede Miene, und ängstete
sich bey jeder Heftigkeit, und weinte fast
bey jedem Leiden des jungen Fremdlings.

Man trennte sich, ging schlafen, und
war früh, bey Anbruch des Tages, wieder
beysammen. Die Männer hatten gut ge-
schlafen: nicht so das arme Lottchen. Gestern schien Karl Weiler (so hieß der
Fremde) kaum Notiz von ihr zu nehmen:

heute war er denn doch höflicher und ver-
bindlicher gegen sie, und sie fand Gelegenheit, ihm durch hundert kleine Dienstleistun-
gen und Gefälligkeiten ihre Aufmerksamkeit
an den Tag zu legen.

Der Vater führte Karln allein in den
Garten.

„Nun, was beschließen Sie für Ihre Zu-
„kunft?

fragte er;

„Sie gehen doch wieder nach der Stadt
„zurück?" —

„Nein,

erwiederte jener;

„was soll ich da? Mein Wille war, Sol-
„dat zu werden. Deshalb machte ich
„mich gestern auf. Ich komme auf der
„Straße an Ihrem Walde vorbey, er
„freuet mich so sehr, ich gehe tiefer hin-
„ein und stoße auf das Monument.
„Das erschütterte, das beugte mich; da
„sank mein Sinn gebrochen zusammen.
„Heute seh' ich nichts vor mir, als wozu

„ich mich gestern entschloß. Ich hasse,
„ich verabscheue den Soldatendienst —
„dies blutige Marionettenspiel nach
„Trommel, Pfeife und Stock: aber es
„ist das Einzige, wo ich gewiß aufge-
„nommen werde und allenfalls mit Eh-
„ren dienen, vielleicht, wenn es Krieg
„giebt, mich etwas in die Höhe brin-
„gen kann. Oder —

sezte er nach einer Pause hinzu, indem sein
Gesicht mit heller Röthe übergossen ward —

„wollen Sie mich annehmen: so will ich
„Jäger werden!" —

„Ey warum würd' ich Sie nicht anneh-
„men?

erwiederte Vater Franz;

„mit Freuden! mit vielen Freuden! Aber
„beydes sind rasche leidenschaftliche Ent-
„schließungen, und doch Entschließungen,
„welche über ihr ganzes Leben entscheiden
„könnten. Ich dächte, Sie nähmen sich
„wenigstens einige Wochen Bedenkzeit.

I. Th.   B

„Oder haben Sie wirklich keine Neigung
„zum Studieren?" —

„Ha, ich würde in meinem Zelte bey
„Mondschein gelesen haben!" —

„Nun so gehen Sie nach der Stadt zu-
„rück" —

„Und — ?

„Und erlauben Sie, daß ich mir die Freude
„mache, Ihnen, während der vier Wo-
„chen Ihrer Bedenkzeit, das zu geben,
„was Sie brauchen" — —

Karls Gefühl glühete. — Vater Franz
bemerkte es und sezte hinzu:

„Nehmen Sie mich so lange für Ihren
„Vater an" —

Mit Thränen in den Augen ergriff Karl
Franzens Hand und drükte sie heftig, ohne
sprechen zu können. Der gute Alte war
gleichfalls innig gerührt, faßte sich aber
und fuhr fort:

„Haben Sie Schulden?" —

„Nein" —

„Das ist brav. Lieber junger Freund —

„ich habe in diesem Jahre mein gutes,
„treues Weib verlohren: ich will mir ein-
„bilden, Gott schenke mir dafür zum
„Ersatz einen Sohn“ — —

Mit heftig hervorstürzenden Thränen fiel
ihm Karl um den Hals:

„Vater! Erretter! Vater!“

rief er. Der gute Alte ließ ihn lange an seiner Brust liegen und sich ausweinen. Karl
nahm nun gern. Nach dem Mittagsessen
kehrte er zur Stadt zurück.

Den alten redlichen Franz belebte wirklich der Gedanke, daß Gott ihm diesen wak-
kern Jüngling zu einem Ersatz für seinen
Verlust übergeben habe. Er beschloß für
ihn zu thun, was in seinen — freylich eingeschränkten Kräften stand. Er erkundigte
sich vorerst heimlich, aber sorgfältig, in
D * * nach ihm. Genau kannte Karln Nie-

mand, denn er hatte immer ein sehr einge-
zogenes, abgeschiedenes Leben geführt.
Aber darin stimmten alle überein: er sey ein
sehr ordentlicher, talentvoller, braver
und fast übertrieben fleißiger junger Mann.
Das Wenige, was Franz von seinen Fami-
lienverhältnissen erfahren konnte, stimmte
vollkommen mit dem zusammen, was Karl
an jenem Abend erzählt hatte. Der Alte
ward also fest in seinem Entschluß.

Am Ende der zweyten Woche nach jener
ersten Bekanntschaft besuchte Karl seinen
Wohlthäter, traf ihn im Garten und stürzte
mit der Freude des Sohnes an seinen
Hals. Er war heute — zwar noch eben so
gering gekleidet, aber sorgsamer; seine Augen waren feuriger, durch seine Wangen
blikte wieder Etwas Roth der Gesundheit
und des Frohsinns. Er schien wirklich ein
Muster eines lebhaften, geistreichen, schönen jungen Mannes zu seyn. Er brachte
dem Vater seine Entschließung fortzustu-
dieren.

„Es wird schon gehen —

sagte er;

„der Professor X** ließ mich vorgestern

„zu sich rufen — ich weiß nicht, woher

„er mich kennet; —

durch Franzen kannte er ihn —

„er bot mir seine Fürsprache an, will mir

„Unterrichtsstunden bey Kindern wohltha-

„bender Aeltern verschaffen" — —

„Das leztere mag er bleiben laßen —

fiel Vater Franz ein;

„jezt nehmlich, im zweyten Jahre Ihres

„Studierens. Es wäre für Sie, wie

„für die Kinder nichts. Will er Ihnen

„andere honette Unterstützung verschaf-

„fen — gut! Aber Erziehung — ? Sie

„würden sie nur als Erwerbsmittel an-

„wenden; und Kinder sind Menschen!

„Menschen muß man aber nie blos als

„Erwerbsmittel behandeln" — —

„Sie sind ein edler Mann" — —

„Ich bestrebe mich, ein ehrlicher zu seyn:

„weiter ists nichts. Ich werde Ihnen,

„noch wenigſtens zwey Jahre lang, das
geben, was Sie nothdürftig brau-
„chen, und ich hoffe, Sie kennen mich
„nun genug, um mir nicht zu widerſpre-
chen — —

Karl widerſprach nicht, dankte mit Entzücken — Man wußte nicht, ob Er lieber
nahm, oder der Vater lieber gab.

Karl ſtudierte nun nicht nur mit dem
vorigen Fleiß, ſondern auch mit ſorgen-
freyem Muth und frohem Sinn weiter; blühete auf in Geſundheit, Fröhlichkeit und
Feuer; beſuchte faſt wöchentlich ſeinen
Wohlthäter, und ward dieſem bey jedem
Beſuch lieber. Da er anſtändiger erſchei-
nen konnte, lebte er nicht mehr ſo ſehr zurükgezogen; und in der Geſellſchaft ſchliff
ſich auch das Rauhe ſeines Weſens immer
mehr ab. Er ward ein ſehr liebenswürdiger Mann.

Aber mit der Rükkehr ſeiner Heiterkeit,
ſeines Wohlſeyns, bekam er auch Augen
für die Annehmlichkeiten der Tochter ſeines

Wohlthäters. Lottchen war bey weitem keine Schönheit, aber ein liebliches Figürchen von siebzehn Jahren, mit einem artigen Antheil von Munterkeit und Leben; übrigens bisher freylich nichts als ein gutes, häusliches, heimliches, gar nicht unverständiges, doch — aus Mangel an Anreizung, an Umgang, an Lektüre, u. s. w. — ziemlich beschränktes Mädchen. Ihr Verstand war bis dahin blos natürlicher, ihre zuweilen allerliebsten Einfälle blos Mutterwitz, ihre Tugend blos Gutmüthigkeit, Schuldlosigkeit, natürlich gutes Herz. Allein jezt, durch den Umgang mit Karln, durch die oft so interessanten Gespräche zwischen ihm und ihrem Vater über die wichtigsten Angelegenheiten der Welt und des Menschen, und — vielleicht vor allem, durch die Neigung, die immer mächtiger in ihrem Herzen erwuchs — waren alle Kräfte ihres Geistes und Sinnes aufgeregt, gereizt, und wurden von Zeit zu Zeit mehr bereichert, gebildet und sichtbar erhöht, vervollkommt.

Die erste Liebe eines schuldlosen unver-
dorbenen Herzens — o warlich, aus wem
diese nichts macht, der wird, der kann nie
Etwas werden! Wen sie nicht aufweckt, der
schlummert ewig! Wen sie aber auch verbil-
det, der bleibt verschroben, gemeiniglich auf
Lebenszeit. Versagt, unerwiedert, schafft sie
Menschenfeinde, Schwermüthige, oder, im
Bunde mit lebhafter Phantasie, Schwärmer;
verdankt, erwiedert vom w ü r d i g e n Gegen-
stande, seelenvolle, unternehmende, alle
Schläge des Schiksals ungebeugt erduldende
Menschen: denn sie bezaubert z u g l e i ch
Sinn, Herz und Geist. Ehe sie erwacht, ist der
Jüngling, ist das Mädchen noch die unbeseel-
te Bildung des Prometheus; sie wirft erst die
himmlische Feuerflocke in ihr Innres — wie
der dichterische Philosoph Griechenlands
spricht. Bis dahin sind sie zufrieden, ohne
glüklich; gefällig, ohne theilnehmend; wohl-
thätig, ohne menschenliebend; umgänglich,
ohne gefällig zu seyn. Beym Jüngling Roh-
heit oder Trägheit, beym Mädchen Leichtsinn

ober Blödigkeit; dort unbändige, hier kindi-
sche Fröhlichkeit; dort Kraft und Muth ohne
Zweck, hier Schönheit ohne Anmuth, ohne
Reiz, ohne Liebenswürdigkeit. Aber jezt keimt
die erste Liebe in ihnen auf — bey unver-
dorbenem Gefühl und unverdorbener Phantasie, mit Kraft, mit Stärke. Eine neue
Welt gehet v o r ihnen auf und — in ihnen.
Der Wunsch zu gefallen begeistert, treibt
zur Aufmerksamkeit auf sich, zum Nachsin-
nen, zum Wählen, zum Geschmack im Aeus-
sern — Aber man fühlt, das Aeußere lokt,
ziehet an, ohne jedoch fest zu halten. Nun
richtet sich Geist und Sinn aufs Innere,
aufs Wesentliche, Entscheidende — — Noch
einmal: Aus wem eine erste, wahre, reine
Liebe nichts macht, der wird, der kann
nichts werden! Wen sie nicht wekt, der
schlummert auf ewig! —

Jedoch keine Liebe ist ohne Verlangen,
kein Verlangen ohne Ausdruck, kein Ausdruck ohne starke Wirkung irgend einer Art
auf den Gegenstand seiner Richtung. Hier

ist kein ruhig bleiben, kein sich gefallen laſſen, kein gelaſſen abwarten, bey dem, in welchem Natur noch lebt. Hier gilt es ſelbſt immer näher angezogen zu werden und ſelbſt näher anziehen, oder zurükgeſtoßen zu werden und zu bluten — vielleicht zu verbluten.

Lottens Fall war der erſte. Karl hatte Augen für ihre Liebenswürdigkeit, Herz für ihre Zärtlichkeit. Wie die Mücke in erſt weiten, dann engern und immer engern Kreiſen ſich der ſie entzückenden Flamme nahet, jezt noch einmal fliehet, und nun trunken ſich hineinſtürzt und — verzehrt wird; ſo naheten und entfernten ſie ſich, bis endlich ein kleiner Zufall ihre Herzen aufſchloß, das Geſtändnis gleicher Zärtlichkeit den Lippen entſchlüpfte, und der Schwur ewiger treuer Liebe den Bund verſiegelte.

Wer war nun glüklicher als Lotte! Sie hüpfte, ſie ſang, ſie arbeitete — alles doppelt ſo viel, als bisher. Sie ruhete nicht, ſie ließ in Verſuchen nicht ab, bis auch der alte Vater etwas heiterer wurde. Sie hät-

te alles darum gegeben, wenn nur Jeder=
mann die Welt in dem Zauberlichte erblikt
hätte, in welchem sie ihr nun erschien.
Sorgen hatte sie nicht. · Sie dachte an kei=
ne Zukunft, und Mistrauen kam noch we=
niger in ihre frohe Seele.

Anders, ganz anders war die Wirkung
dieses Bundes auf Karln. Kaum erwacht
von dem Rausche der ersten — reinen, aber
innigen Umarmung in der Buchenlaube des
Gärtchens; kaum zu sich gekommen von der
Begeisterung, welche ihm jenen Schwur
ausgepreßt hatte — wurde er ernst, sehr
ernst, und das Bild des verlobten Jüng=
lings ohne alle Aussicht, ja ohne alle
Wahrscheinlichkeit zu baldiger Eröffnung ei=
ner Aussicht, blizte ihm durch die Seele.
Wir wollen es der Menschenkenntnis der Le=
ser überlassen, ob daraus für oder wider
ihn zu entscheiden sey. Die Leserinnen wis=
sen's. Indeß fiel er jezt mit allem Feuer
über diejenigen Wissenschaften her, welche
ihm mit Wahrscheinlichkeit am ersten ein Se=

stes Brod verschaffen könnten, und welche
er bisher etwas vernachläßiget hatte. Der
Gedanke: du arbeitest für deine Geliebte —
belebte ihn; aber der Gedanke: du arbeitest für die liebende Tochter deines Wohlthäters — erhielt ihn in dieser Belebung.
Du willst hinauf, so hoch als immer möglich hinauf — um sie zu beglücken, um ihm
zu vergelten — —

So verflog beynahe ein Jahr, und nun
naheten sich die ersten Leiden der Liebenden.
U**, ein benachbarter Oberförster und
Freund von Lottens Vater, hatte einen
Sohn, der seinem Vater adjungiert war,
der Lotten kannte und heimlich liebte. Der
junge Mann war ein wackeres Naturkind
— hochherzig, und doch wieder so bescheiden; wild, und doch wieder so gutmüthig
und menschenfreundlich! Sein Vater
sprach mit dem alten Franz. Dieser sagte:
„Ich beschränke mein Kind in dieser wich-
„tigsten Angelegenheit seines Lebens nicht.
„Dein Fritz mag sein Heil bey ihr versu-

„chen. Gelingt es ihm, sich ihre Liebe
„zu erwerben: so gebe ich meinen Segen
„mit tausend Freuden, und lege mir dann
„ruhig mein Sterbekissen zurecht" — —

Fritz kam nun öfter in Franzens Haus.
Er sprach nicht selten mit Lotten allein,
hundertmal schwebte das Geständnis auf
seinen Lippen: aber seine Bescheidenheit,
nach der er sich immer geringer sahe, als
er war, und dann wieder sein Stolz, nach
dem er eine abschlägliche Antwort mehr als
den Tod scheuete — verschlossen ihm den
Mund. Hierzu kam gar bald noch eine kleine
Eifersucht, welche ihn noch mehr verschüch-
terte. Er ahndete Etwas von Karls und
Lottens Verhältnis; er verglich sich mit
Karln, und bemerkte, daß er, wie er
glaubte, so tief unter ihm stünde! —
Lotte wußte seine heimliche Neigung dennoch. Welchem Mädchen entginge hier
etwas! Sie vermied mit der wohlwollend-
sten Freundschaft und Schonung die Ge-

legenheiten, ihn allein zu sprechen, oder
ließ das Gespräch doch nicht beziehend
werden; und ängstigte sich so innig, wenn
sie zuweilen den ehrlichen, wackern Nachbar, der vorher lauter Leben und Feuer
war, so traurig und heimlich sahe. —

Endlich bemerkte einmal Fritz, wie
Karl seinem Mädchen, als beyde sich ganz
unbeobachtet glaubten, einen flüchtigen
verstohlenen Kuß raubte. Da schlich er
sich weinend hinweg und sein Entschluß
war gefaßt. Den Tag darauf kam er
zu Karln nach J**

„Ich komme zu Ihnen in einer wichti-
„gen Sache" —

begann er.

„Sie sind mir stets herzlich willkom-
„men."

— „Herr —

fuhr Fritz glühend fort —

„ich will's Ihnen kurz sagen — Ich,
„ja ich habe Franzens Lottchen lieb —
„Es weiß es der allwissende Gott, wie

„lieb ich sie habe! — Sie — Sie haben
„sie auch lieb — Lotte ist Ihnen wieder
„gut — Nun, es thut mir wehe: aber
„davor kann's Mädchen nicht" — —
Mit Feuer übergossen und nicht ohne
Angst stand Karl und verstummete. Der
gute Fritz fuhr fort:

„Sagen Sie mir — das muß ich wis-
„sen — meynen Sie es wirklich redlich
„und ernstlich mit dem Mädchen?
„Kurz — wollen Sie sie heirathen?" —

„Mein Gott, wie können Sie daran
„zweifeln? Halten Sie mich für einen
„Schurken, der" — —

„Nun so ist's gut,

fiel Fritz ein;

„so tret' ich zurück: denn ich bin das
„nicht, was Sie sind; ich bin weder
„so verständig, noch so hübsch, noch
„so angenehm, wie Sie; ich kann mich
„mit Ihnen nicht messen — Auch
„möcht' ich um alles in der Welt Ih-

„nen das Mädchen nicht abspenstig
„machen unter den Umständen —
„Ich würd's nicht können: aber auch
„wenn ichs könnte, um alles in der
„Welt nicht, und sollte mir's Herz da-
„rüber brechen. Gut — nehmen Sie
„sie hin, und halten Sie sie hoch —
„Lotte verdient's — und — und" — —
Die hellen Thränen erstikten seine Rede.
Karl fiel tief erschüttert ihm um den
Hals, drükte ihn an seine Brust —
„Seyn Sie unser erster, unser vertrau-
„tester Freund!" —
„Nein —
fuhr Fritz fort, indem er sich losmachte
und die Augen trofnete;
„nein, das geht nicht! Ich will Lotten
„nicht wiedersehen. Ich will auf ein
„Paar Jahre in die Welt gehen —
„Vielleicht wird's da anders mit mir
„und ruhig; oder wenn auch nicht, so
„lern' ich sie doch da entbehren. Aber
„Herr — das schwör' ich Ihnen beym

„großen Gott, — ich habe oft von sol=
„chen Dingen unter den feinen Herrn ge=
„hört — wenn Sie das Mädchen betrü=
„gen, wenn Sie mir das Mädchen un=
„glüklich machen: so such' ich Sie auf,
„und stäken Sie beym großen Mo=
„gul" — —

„Reden Sie nicht aus,
fiel Karl ein,

„Sie beleidigen, Sie kränken mich von
„einer Seite, die" — —

„Nein, das will ich nicht, das nicht —
„Ich thue keinem Hund wehe — Aber
„es ist gesagt, und ich halt' es. Leben
„Sie wohl!" —

Er eilte fort und ließ sich nicht aufhalten.
Von nun an kam er nicht mehr in Franzens
Haus.

Da er bisher oft dort gewesen war, be=
fremdete es den alten Franz. Er machte sich
Gelegenheit zu Frizens Vater, und dieser
empfing ihn etwas kalt. Den Sohn sahe
er gar nicht. Jezt beobachtete er heimlich

I. Th.   C

seine Lotte schärfer, und sahe, was er
längst gesehen haben würde, wenn nicht
sein unbegränztes Vertrauen zu ihr und
Karln ihn fest überzeugt hätte, sie würden
ihn zum ersten Vertrauten ihrer Neigung
gewählt haben. Er nahm das Mädchen allein, er fragte von weitem her: da legte sie,
offen und frey, wie ihre ganze Seele, ihr Geständnis dar. Der Vater entrüstete sich —
nicht über ihre Wahl, aber über ihren Mangel an Vertrauen. Lotte weinte, sprach so
innig davon, daß — sie wisse selbst nicht
was, sie immer zurükgehalten hätte, u. s.
w.; so daß der Vater sahe, es war nicht
Mistrauen, sondern jungfräuliche Schüchternheit, was ihr die Lippen verschlossen
gehalten hatte. Er befahl ihr nicht etwa —
Karln sogleich zu vergessen: aber er sagte
ihr sehr ernstlich, daß er nicht glaube, ihre
Liebe durch eine glükliche Ehe belohnt zu sehen. Es war Abend, als dies Gespräch
vorfiel: was für eine Nacht hatte das Mädchen! —

Der Vater hatte beschlossen, bey der nächsten Gelegenheit daselbe Gespräch mit Karln anzufangen, und — mit allem Recht — strenger mit ihm zu verfahren.

„Er ist ein Mann —

sagte er;

„er mußte mehr Urtheil, weniger „Schüchternheit haben" — —

Aber Karln hatte der Vorfall mit Fritz U** dahin gebracht, daß er sich entschloß, sich dem Vater freywillig zu entdecken. Beym ersten Besuch waren sie kaum allein, so begann er und kam dem Vater zuvor:

„Mein gütiger Vater, ich komme das „erstemal mit Aengstlichkeit, mit zittern- „der Aengstlichkeit zu Ihnen" —

„Warum mein Sohn?" —

„Sohn! Sohn! O sagen Sie mir das „erst recht oft!" —

„Wie so? Hab' ich Sie doch fast immer so „genannt, und am liebsten" —

„Ja, ich bin Ihr Sohn durch größere „Wohlthat, als wenn ich Ihnen das

„Bischen nakte Leben zu verdanken hätte.
„Und dennoch — sehen Sie meine Ver-
„legenheit: — ich muß sehr kurz, oder
„sehr ausführlich seyn" —

„Seyn Sie das erste" —

„Wenn Sie auch in anderm Sinn mein
„Vater, mein gütiger Vater seyn woll-
„ten — !"

„Wie meynen Sie das?"

sagte der Vater nun sehr ernsthaft und trat
aus Karls Umarmung zurück. Karl bekannte nun alles freymüthig, was er auf
dem Herzen hatte. Aufmerksam hörte ihm
der Alte zu, und sahe ihm scharf und streng
ins Gesicht. Karl sprach feurig, sprach
muthig, sprach fest, und ertrug des Vaters Blick. Das schien diesen einigermaßen
zu beruhigen. Nach manchen Zwischenreden fuhr der Vater fort:

„Ich will Ihnen keine Vorwürfe machen,
„daß Sie mir jezt erst dies Vertrauen

„schenken; keine, daß Sie — nicht nur
„möglicher, sondern wahrscheinlicher
„Weise mein Kind, mein einziges, un=
„glüklich gemacht haben" —

„Unglüklich? Unglüklich?" —

fuhr Karl auf. Der Vater fuhr im vori=
gen Ton fort:

„Oder machen werden —!

Karl wollte betheurend einfallen: der Va=
ter ließ ihn nicht — Er sagte:

„Schwören Sie nicht! Ich glaube, daß
„Sie es jezt redlich meynen. Aber ists
„mit gutem Willen ohne Ueberlegung
„und Plan gethan in der Welt? Laßen
„Sie mich ausreden. Jezt ist Lotte acht=
„zehn Jahr, Sie zwey und zwanzig.
„Wenn Sie dreyßig sind, ist sie sechs und
„zwanzig —! Sie sind ein Gelehrter,
„Sie kommen also gewiß in der Welt
„fort: aber können Sie mit all Ihrem
„Fleiß, mit all Ihrer Geschiklichkeit,

„bey dem jetzigen überhäuften Zudrängen
„zu allen gelehrten Aemtern, darauf
„bauen, daß Sie nur vom dreyßigsten
„Jahre an ein Haus versorgen können?
„Denn ich habe kein Vermögen, sonst
„gäb' ich's euch gern. Und wenn es Ih=
„nen dann gelänge — noch einmal: so
„sind Sie dreyßig, Lotte sechs und zwan-
„zig — !"

„Lieber Vater — können Sie nur eine
„Minute lang glauben, daß ich so ein
„elender Mensch seyn, und nicht geden=
„ken würde, daß sie doch immer m i r
„ihre Jugend verlebt hätte?"

Der Vater schüttelte langsam den Kopf,
und fuhr fort:

„Ich bin gewiß, Sie werden diesen Punkt
„vor sich weiter beherzigen, und setze also
„nichts hinzu. Hören Sie einen andern.
„Sie hatten, ehe Sie meine Tochter ken-
„nen lernten, so einsam gelebt, daß sie
„wahrscheinlich Ihre erste nähere weib-

„liche Bekanntſchaft war — Verſtehen
„Sie: ich ſage nicht nur Ihre erſte
„Liebe, ſondern Ihre erſte nähere
„weibliche Bekanntſchaft —!
„Nachher lernten Sie vielleicht andere
„Mädchen kennen: aber da ſaß Ihnen
„Lotte ſchon im Kopfe; Sie achteten alſo
„auf die andern weniger, und ließen ih-
„nen nicht Gerechtigkeit wiederfahren.
„Herr — dieſe ausſchlieſſende Aufmerk-
„ſamkeit für Lotten wird verfliegen, wird
„gewiß verfliegen, und ehe ſie Ihr Weib
„wird! Sie werden Mädchen kennen ler-
„nen, die ſchöner, gebildeter, talentvol-
„ler, geiſtreicher, wohlhabender, vor-
„nehmer ſind; die, wenn Sie einmal hey-
„rathen können, Ihnen Jugend darbrin-
„gen, Sie vielleicht — nicht eben zum
„Manne machen, das werden Sie durch
„ſich ſelbſt: aber doch Ihnen das Em-
„porkommen erleichtern; Ihnen ein ſor-
„genfreyeres, ruhigeres Leben bereiten
„können — Und, Herr, wenn Sie auch

„jezt über das lezte hinwegsehen: nach
„dem dreyßigsten Jahre schäzt man
„das hoch! — Sie werden verglei-
„chen; Sie werden — ich habe viel Zu-
„trauen zu Ihnen — nicht unredlich
„handeln wollen: aber Sie werden füh-
„len, daß Sie gefesselt, durch Fes-
„seln gehemmt, niedergerissen sind —!
„Dann kömmt etwa ein wohlmeynender
„weltkluger Freund, dem Sie Ihre be-
„vorstehende Heyrath im Vertrauen ver-
„kündigen — „Sapperment, sagt der;
„„Karl, bist du toll? Das abgeblühete,
„„einsame, schüchterne, beschränkte Land-
„„mädchen willst du heyrathen? Du,
„„nach dem ganz andere Mädels der
„„Stadt äugeln? Was? Du hältst Dich
„„für gebunden, weil Du als ein unbe-
„„sonnener unerfahrner Junge Dich von
„„ihr angeln ließest, und in einem schwa-
„„chen Stündchen einen Schwur thatest,
„„den jede Verständige für nichts, als
„„eine poetische Floskel genommen hätte?

„„„Oder hältst Du Dich gebunden durch
„„„die Zärtlichkeiten, die sie damals Dir
„„„sparsam genug zugezählt, zugetröpfelt
„„„hat? bist Du nicht klug? hast Du ihr
„„„nicht mehr Freuden gewährt, als sie
„„„Dir? und seyd ihr mithin nicht wenig=
„„„stens quitt — ?“ —“

„Vater, nicht weiter in dem Ton —

fiel Karl hitzig ein;

„welch schändlicher Mensch müßt’ ich ge=
„worden seyn, wenn ich solche Freunde
„duldete! O Vater, das ist tausendmal
„mehr Mistrauen von Ihnen gegen mich,
„als Sie mir vorhin vorwarfen!“ —

„Karl, Karl —

fuhr der Vater fort, indem er ihm wohl=
wollender ins funkelnde Auge blikte;

„Sie kennen die Welt noch nicht. Ihr
„Aufbrausen gefällt mir. Kommen Sie
„an mein Herz! Aber Sie kennen die
„Welt noch nicht. Noch einmal: Ueber=

„legen Sie sich das, was ich hier gesagt
„habe; überlegen Sie sich auch das, was
„Ihnen selbst dabey einfallen wird. Um
„darin nicht durch Leidenschaft oder an-
„dere Dinge gestört zu werden, bleiben
„Sie vier Wochen — hören Sie? ich
„bestehe darauf: wenigstens vier volle
„Wochen aus meinem Hause; und dann
„kommen und sprechen sie offen, ganz of-
„fen mit mir. Noch sind Sie nicht ge-
„bunden. Schwanken Sie: so werd' ich
„meinem Kinde die Thränen abtroknen,
„aber Ihnen keine Vorwürfe machen;
„denn ich kenne die Jugend Ihrer Art,
„und jetzt läßt sich noch alles durch einige
„thränenvolle Monate wieder gut machen.
„Aber, junger Mensch, gehest du weiter;
„bringst du uns dahin, daß wir die
„T h r ä n e n haben und nicht die H ü l f e:
„so“ — —

„O reden sie nicht aus,
fiel Karl ein und drükte den Alten fest an
seine hochklopfende Brust;

„Sie wollen es — ich bleibe vier Wo-
„chen weg; und dann — hier an diesem
„Herzen will ich meine geheimsten Gedan-
„ken und Empfindungen ausschüt-
„ten" — —

Er riß sich los, schwang sich aufs Pferd und
jagte nach der Stadt.

Daß Karl Lotten liebte, daran ist kein
Zweifel. Daß aber Liebe nicht die einzige
Leidenschaft war, die in ihm lebte, das ist
eben so gewiß. So schnell und leicht er die
erste Bemerkung des verständigen Vaters
überging — welcher Liebhaber kann sich
von der blühenden Geliebten denken, daß sie
bald welken werde —: so schwer lag die
zweyte auf seiner Seele. Er schwankte wirklich. Aber der Gedanke des arm Erzoge-
nen, ohne Ansehen, ohne Aussicht; der
Gedanke: wohin wirst du es denn auch
bringen? bis zu einem kleinen mäßig näh-
renden Aemtchen! und welches Mädchen
von des Vaters Schilderung würde sich

dann für dich interessiren? — und dann der:
du hast doch einmal dem Mädchen geschwo-
ren; du weißt gewiß, sie liebt dich, so
herzlich, so unverstellt, so einzig, so ganz
hingegeben; sie hat sich um deinetwillen eine anständige Parthie verschlagen — dieses
zusammengenommen entschied, und kaum
war das erwünschte Ende der vier Wochen
da, als er beym Vater erschien, und nochmals um den Namen Sohn im vollesten
Sinn bat.

Lottens verweintes, abgehärmtes Gesicht
bewies, daß der Vater auch mit ihr gesprochen und ihr wenig Hoffnung gemacht hätte; des Alten Zittern — weit mehr vor
Aengstlichkeit als Freude, da er die beyden
Kinder für unbestimmte Zukunft verlobte,
zeigte, daß er noch immer nicht viel Gutes
erwartete. Als nun aber die Verlobten,
verlohren in Entzücken, ihn wechselsweis
an ihre Herzen drükten: da ermannete sich
sein Geist, sein Muth hob sich, er bat Gott

um Gedeihen des Wageſtüks, und war
dann heiter und froh.

————————

Der zwey und zwanzigjährige Bräuti-
gam war nun im dritten Jahr ſeines akade-
miſchen Kurſus, und vollendete es mit gleichem Fleiß, ſo daß er als einer der gelehr-
teſten jungen Männer in J— bekannt
war. Durch ſeine Eingezogenheit, durch
ſeinen frühen Mannsſinn, durch ſeinen
Vorſprung in den Wiſſenſchaften, durch
ſein ſtrenges Befolgen feſter Grundſätze erwarb er ſich bey ſeinen Komilitonen An-
ſehen, Achtung, Ehrerbietung. Man
fragte ihn in wiſſenſchaftlichen Angelegenheiten um Rath, wie einen Vorgeſetzten;
man ließ ihn Streitigkeiten ſchlichten, wie
einen Friedensrichter.

In eine ſolche Streitigkeit, welche ſich
wahrſcheinlich mit einem Duell geendigt haben würde, ward auch der junge Rein,

der einzige Sohn des fürstlichen Oberamtmanns und Domainenraths, verwickelt.
Karl erfuhr den Handel. Er kannte die
Partheyen, obschon nicht genau. Er ging
hin, untersuchte, sprach zu, stellete eine
Art Ehrengericht unter der Landsmann-
schaft an, und brachte es dahin, daß die
beyden Partheyen, unter hellem Beyfalls-
klatschen der Zeugen, sich umarmten, und
sich Freundschaft, statt den Tod schworen.
Das vergaß ihm der sanfte, gute August
Rein nicht. Er schrieb den ganzen Vorfall
seinem Vater. Dieser wünschte den Erhal-
ter seines einzigen Sohns, wie es in der
Antwort lautete, persöhnlich kennen zu lernen: aber Karl war nicht dahin zu bringen, so auf die Schau, wie er's nannte,
zum Oberamtmann zu reisen. Nach einiger Zeit kam ein Brief von diesem an Karln.
Es stand darin unter anderm folgendes:

„Mein Sohn hat nun seine akademischen
„Jahre vollendet. Ich wünsche, daß er
„einige Jahre reiset. Ich hoffe, er soll

„dann mein Gehülfe werden und einmal
„in meine Geschäfte eintreten. Er scheint
„aber mehr Neigung zum stillen Landle-
„ben zu haben. Das ist mir unange-
„nehm. Ich hoffe, diese Neigung kann
„sich, unter verständiger Leitung, auf
„Reisen verlieren. Ich würde ihn auf
„keinen Fall ohne freundschaftliche Auf-
„sicht reisen lassen: unter diesen Umstän-
„den um desto weniger. Sein Führer
„muß aber eben deshalb nicht nur ein
„verständiger und feiner Mann seyn,
„sondern er muß auch seine Hochach-
„tung, sein Vertrauen, seine Freund-
„schaft besitzen. Mein Sohn muß an-
„fänglich nur aus Liebe zu ihm sich mehr
„für die thätigere, geschäftvolle, als
„für die stille, abgeschiedene Welt interes-
„sieren. Vielleicht gelänge es dadurch ei-
„nem solchen Manne, meinem Sohne end-
„lich Sinn und Geist für die glüklichen
„Verhältnisse beyzubringen, welche ich
„ihm zubereitet habe. Er soll Frank-

„reich und die Schweiz, aber beydes ge-
„nau sehen. Dort lerne er große, ta-
„lentvolle, thatenreiche Männer, die,
„wie es scheint, jezt den schreklichen
„Kampf der Freiheit mit dem Despotis-
„mus beginnen, kennen und bewundern;
„hier die Reize der schönsten Natur.
„Dort sehe er was Menschen von ge-
„waltigem, hier, was Menschen von
„schuldlosem Geist vermögen. Meinem
„Zweck gemäß soll er nicht Städte und
„Paläste allein — auch Hütten soll er
„besuchen. Ich schreibe keine Zeit vor.
„Dann soll er zurükkehren, bereichert an
„Kenntnissen, Erfahrungen und Wohl-
„wollen, und jezt sein deutsches Va-
„terland durchwandern — damit er be-
„urtheilen könne, wo es diesem fehlt, uns
„fehlt, wie vielleicht geholfen, wie ge-
„bessert werden könnte. Alle Eigenschaf-
„ten eines erwünschten Führers vereini-
„gen sich in Ihnen. Wollen Sie meinen
„Sohn geleiten? Machen Sie Bedingun-

„gen, welche Sie wollen: ich kann h i e r
„nicht zu viel für meinen einzigen Sohn
„aufwenden. Nähmen Sie meinen An-
„trag an, und brächten Sie meinen Sohn
„in einigen Jahren so zurück, wie ich hoffe
„und von Gott erbitte: so glaube ich im
„Stande zu seyn, auch zu Ihrer würdigen
„Anstellung im Staat beytragen zu kön-
„nen. Mein Sohn bittet Sie durch mich
„um Erfüllung dieses seines und meines
„Wunsches, weil er sich fürchtet, mit Ih-
„nen persönlich darüber zu sprechen, und
„vielleicht abschlägliche Antwort zu erhal-
„ten“ — —

Vor Freude glühend, zitternd, wollte Karl
im Augenblick zu seinem jungen Freunde hin-
fliegen, und ihm sein herzliches Jawort
bringen: aber in der Thür stutzte er plötzlich —

„Wie — ?

sagte er zu sich selbst;
   I. Th.   D

„kannſt du, darfſt du ſo eigenwillig, ſo
„unbeſchränkt handeln? Biſt du ſo frey
„und unabhängig? Kannſt du, darfſt du
„dich zu ſo einem wichtigen Schritt ent-
„ſchließen, ohne Lottens und ihres Va-
„ters Einwilligung?" —

Es war denn doch ein eigenes, wahrlich
nicht angenehmes Gefühl, das ſich einige
Minuten lang ſeiner bemächtigte. Er ſtand
in ſich verſenkt, die Hand vor der Stirn.
Aber gar bald verflog dies —

„Was ſinn' ich lange? So ſchnell als
„möglich hinaus!" —

Er nahm ein Pferd und war in anderthalb
Stunden da. Lottchen ſaß allein in der Jelängerjelieberlaube, von der ſie die Ausſicht
nach der Straße hatte. Sie dachte an
ihren Karl. Sie wußte zwar, daß er
erſt vorgeſtern da geweſen war, und
alſo heute und morgen nicht wiederkommen
würde: aber ſie dachte doch — wer weiß?
und ſahe hundertmal über das Strikſtrümpf-
chen weg, nach der Straße hin. Da flog

die Wolke von Staub auf, jezt theilte sie
sich, Lottchen erkannte Karln. Mit einem
Ausruf der Ueberraschung und Freude
sprang sie ihm entgegen.

„Karl, Karl — Dich führt etwas beson-
„deres her! O ich seh's an Deinen blitzen-
„den Augen; ich hör's an dem Keuchen
„deines Athems; ich fühl's an dieser zit-
„ternden Hand! Ists Freude? ists Un-
„wille?" —

„Freude! Freude! mein gutes Lott-
„chen!" —

„Freude? O geschwind! heraus damit!
„sag'! Doch nein, nein, sag' nichts! ich
„will erst den Vater holen! Er muß es
„doch auch wissen — ?"

„Allerdings!" —

„Aber ein Wörtchen, ein kleines halbes
„Wörtchen sag' mir erst, damit ich un-
„ter Weges Etwas habe — " —

„Liebes, liebes Lottchen, Gott sorgt —
„eine Art von Versorgung — "

„Vater im Himmel —!"
rief Lotte mit gen Himmel geworfenen Armen, und sprang durch den Garten. Mit
einer Thräne der Rührung sahe Karl dem
Mädchen nach. In zwey Minuten kam
Vater und Tochter zurück. Der Alte ging
so schnell er konnte, aber die Tochter zog
und schob noch immer an ihm.

„Da ist er! da ist er!
rief sie zum Vater —

„Nun, Karl, erzähle! kurz! geschwind
„heraus! Oder nein — wart! wir wol-
„len uns dazu in die Laube setzen! Krüm-
„le uns die frohe Nachricht zu, wie wir
„uns als Kinder die Stükchen Torte zu-
„krümelten, um sie recht auszukosten!
„Nun?" — —

Karl fing an zu erzählen vom jungen Rein,
von der Gelegenheit zur ersten Bekanntschaft
mit ihm und seinem Vater; und als er an
dessen Vorschlag kam, reichte er freudig,
anstatt der Erzählung, den Brief hin. Der

Vater nahm und las bedächtig. Die Tochter hing mit blitzenden Augen an ihm. Als
aber der Vorschlag nun selbst kam, da er-
bleichte die brennende Wange des Mädchens,
und ihre Thränen flossen mild. Jetzt hatte
der Vater geendigt. Eine lange tiefe Pause. Endlich begann der Vater:

„Ich weiß, daß der Oberamtmann Rein
„ein Mann von großem Vermögen und
„vielem Einfluß bey Hofe ist: jetzt glaub'
„ich auch, daß er durch Verstand und
„Rechtschaffenheit sein Glück verdient.
„Was beschließt mein lieber Karl?" —

„Ich beschließe nichts ohne Ihr und Lott-
„chens Zurathen. Was rathet mir mein
„guter Vater und meine liebe Lotte?" —

„Rede, mein Kind" —
sagte Vater Franz zu Lotten. Sie sagte erschüttert:

„Es ist Dein Glück: gehe hin mit Gott!
„Freylich Trennung — ach Gott, Tren-
„nung auf mehrere Jahre — Vergieb

„mir schwachem Mädchen diese Thrä-
„nen. — Aber es soll so seyn — Ich
„werde weinen, viel weinen: aber auch
„hoffen" — —

Das schlug Karls jubelnde Freude sehr darnieder.

„Liebe Lotte — ich bleibe!" —

„Nein, nein! Wie könnte ich je ruhig
„werden bey dem Gedanken, dein Glück ge-
„hindert zu haben! Nimmermehr! Reise,
„sey glüklich, sey froh: mein Gebet wird
„Dich begleiten und Dich glüklich wieder
„zu uns bringen" — —

„Das ist auch meine Meynung"

sagte der Vater ernsthaft und feyerlich.

Erschüttert stand Karl auf; tiefsinnig
und schweigend ging er die Allee auf und
ab. Jetzt kam er zurück —

„Sie wissen mir nichts dagegen anzufüh-
„ren? gar nichts?" —

„Nichts" —

sagte der Vater;

„Nichts,“

die Töchter.

„Nun so nehme ich es an als Ruf der „Vorsehung und folge. Lotte, ich komme „in einigen Jahren zurück, eben so voll „Liebe, eben so treu und standhaft, als „ich Dich verlasse. Das schwör' ich Dir „noch einmal. Weine nicht, gute Lotte! „Einige Jahre sind bald vorüber. Und „hält mir der Mann dann Wort, so „werde ich eher ganz der Deine, als ich „gehofft hatte. Aber wirst Du auch mich „nicht vergessen? mir Liebe und Treue „halten?“

Weinend fiel Lotte ihm um den Hals und klammerte sich mit Angst fest an ihn.

„So wahr mir Gott helfe!“

schluchzte sie. Der alte Vater saß still.

Man sprach dann etwas ruhiger über das Einzelne, und Abends spät ritt Karl nach Hause — aber weit langsamer, als er

gekommen war. Nach sehr unruhig durch=
wachter Nacht brachte er am folgenden Mor=
gen seine Zusage — mündlich dem Sohne,
schriftlich dem Vater. Die Freude des
wackern jungen Mannes war sehr groß.
Karl überließ dem Vater alle Bedingungen,
und bat um nichts, als sein Vertrauen.
Vier Wochen verwendeten die jungen Reise=
gefährten, auf ihre Einrichtung und Zurü=
stung; dann nahm Karl unter tausend ängst=
lichen, ahnungsvollen Thränen Lottens,
und unter Seegnungen des alten Vaters,
der seine Rükkehr nicht zu erleben hoffte,
und ihm sein Kind für's ganze Leben über=
gab — Abschied.

Im Hause des Oberamtmanns wurde
Karl mit einer Auszeichnung empfangen
und fortdauernd behandelt, welcher noch
nicht ganz würdig zu seyn ihn nicht nur die
Bescheidenheit, sondern auch die Wahrheit
anklagte.

Es ist doch ein ganz eigen Ding um all=
zugute Meynung anderer von uns. Leute

von Ehrliebe erleben kaum Etwas reizen-
ders und — gefährlichers. Man trauet
uns Fähigkeiten, Kenntnisse, Tugenden,
oder auch Vermögen, Einfluß, Wichtigkeit
Ansehen u. s. w. zu — Vorzüge, von denen wir am besten wissen, daß wir sie nicht
haben, wenigstens nicht in dem vermutheten
Maas. Man erzeigt uns ihretwegen Hochachtung, Zuvorkommen, Bewunderung,
oder ereifert sich sogar um unsre Ehre, um
unser Glück; besonders verschaffen äußere,
glänzende Vorzüge. — Kenntnisse gewisser
Art, Welt, Feinheit des Betragens,
Schönheit, Schein von hohem, freyen, kräftigen Geist, Beredsamkeit, Unterhaltungs-
gabe u. s. w. oft solche unerbetene, uner-
wartete Gönner, Verehrer, Vertheidiger,
Beschützer; andere Verdienstvollere sezt man,
in Konkurrenz mit uns, zurück, verkleinert
sie — Das ist die schimmernde Seite jener Erscheinung. Aber man hofft auch
kühner von uns, erwartet mehr, als wir
leisten können, erwartet dies Mehrere drei-

ster. Hier ist Gefahr, hier scheiterten Tausende. Der Eine läßt sich täuschen, glaubt am Ende selbst, was man ihm so oft vorsagte oder doch merken ließ; er wird eitel, eingebildet — er wird ein Thor. Der Andere ist klüger, bewahrt ein reineres Selbstbewußtseyn, aber unterhält doch jene zu hohe Meynung Anderer geflissentlich, und sezt seine wahre Ehre aufs Spiel, indem er für die falsche arbeitet, läuft Gefahr, als Prahler erkannt und desto tiefer herabgewürdigt zu werden, täuscht die Hoffnungen Anderer, macht sie unglüklich; übernimmt Aemter, Geschäfte, denen er nicht gewachsen, tritt in Verbindungen, (Ehe nicht ausgenommen,) zu denen er nicht geeignet ist — Tausendfaches unterlaßnes Gute, tausendfaches Elend, tausend Thränen entsprangen hierdurch. Und das ist die schwarze Seite dieser Erscheinung. Aber sie hat denn doch auch noch eine dritte Seite, obschon diese selten bemerkt wird. Für den wirklich Wackern mit wahrem Ehr-

gefühl — welch ein Sporn ist diese allzu-
günstige Meynung Anderer, das zu werden,
was man in ihm vermuthet, das zu erfüllen, was man von ihm hofft, das zu leisten, was man von ihm fordert! Wie mancher ward ein großer General, weil man
glaubte, er wär's schon! Wie mancher
sammlete sich große und schwierige Gelehr-
samkeit, weil man glaubte, er besitze sie
schon! Wie mancher bildete sich zum ent-
haltsamen, tugendhaften Gemal, weil das
liebende Weib ihn schon dafür hielt! u. s. w.
Und das ist die einzige wirklich gute Seite dieser Erscheinung.*)

---

*) Wird man mir dergleichen Incisionen, Exkurse,
Auswüchse, oder wie man's nennen dürfte — verzeihen? Geschieht dies nicht, so liegt allerdings
die Schuld an mir — aber von der Seite, daß
ich nicht gut genug gearbeitet habe, um meine
Hauptabsicht, meinen Hauptplan bemerklich zu
machen, in welchen dergleichen Anmerkungen allerdings gehörten. Uebrigens berufe ich mich

Karl war selbst gut und brav genug, um
die lezte Würkung jenes allzugünstigen Vorurtheils zu erfahren. Es gewährte seinem geheimen Ehrgeiz allerdings einen süßen, obschon
sehr unruhigen Genuß; es war seiner Dankbarkeit ein starker Sporn; aber es reizte
ihn auch gewaltig auf, sich Vorzüge und
Verdienste aller Art zu erwerben, um solcher Auszeichnung würdig zu werden, und
sich auf der hohen Sprosse zu erhalten, auf
welche man ihn allzugünstig gestellt hatte.
Nach Verlauf des halben Jahres, in welchem er sich mit seinem jungen Freunde auf
ihre gemeinschaftliche Reise vorbereitet hatte, ging er — nicht nur als gelehrter,
sondern auch als unternehmender, freyer,
fester, determinierter, dabey nicht weniger
als feiner, für die große Gesellschaft ziemlich gebildeter Mann hervor. Zu diesem

bey den Kunstrichtern auf mein vorgesetztes
Motto.

leztern trug besonders bey der stete Umgang mit dem vortreflichen Oberamtmann,
mit der häufigen Gesellschaft in seinem sehr
geselligen und wirklich großen Hause, und
mit Luisen, der einzigen Tochter des
Oberamtmanns.

Luise war ein Mädchen, das sich zwar
erst entfaltete, das aber, jezt im vierzehn-
ten Jahre, schon ein künftiges Weib von
sehr viel Geist, festem Sinn und edlen Herzen versprach — wie die erst sich färbende
Knospe schon eine entzückende Rose ankün-
digt. Sie, die so viel von Wissenschaften
sich schon zu eigen gemacht hatte, nahm mit
Bewilligung des Vaters Theil an dem Un-
terrichte, welchen Karl seinem jungen
Freunde (eigentlich auch sich selbst erst) in
der praktischen Philosophie, vornehmlich in
Kunstkenntnis und Geschmakslehre ertheilte.
Sie überflog ihren Bruder hierin an Rasch-
heit und Scharfblick des Geistes, an richti-
gem und schnellen Gefühl; und Karl bekam
alle Hände voll zu thun, um ihr Genüge

zu leiſten, und auch hierin das von ihm ge=
faßte allzugünſtige Vorurtheil zu er=
halten und zum — Urtheil zu machen. Luiſe
hing nicht wenig an dem, was man im gu=
ten Sinn. große Welt nennet: aber nicht
in wie fern es groß heißt, ſondern in wie=
fern es Welt iſt. Sie liebte rauſchende Ver=
gnügungen: aber nicht in wiefern ſie rau=
ſchend ſind, ſondern in wiefern ſie vollern
Genuß gewähren. Sie verbarg ihren
Scharfſinn, ihren Witz, ihre Unterhal=
tungsgabe, ihre geiſtigen Vorzüge über=
haupt, da, wo ſie angewendet waren,
nicht: aber nicht, um ſich bewundert, ge=
prieſen zu ſehen, ſondern um andere
Menſchen von Geiſt aufzureizen, und da=
durch neue Nahrung, neue Bereicherung,
neuen Gewinn für ihren eigenen Verſtand
zu ſammeln.

Karl hatte Geiſt und Auge genug für
dieſe ihm bisher an einem Frauenzimmer
nie vorgekommenen Vorzüge: aber ſeine
Liebe zu Lotten war zu ſtark, ſeine Schüch=

ternheit und der Abstand in den äußern
Verhältnissen zwischen Luisen und ihm zu
groß, als daß er mehr als ihr allgemei-
ner Bewunderer hätte werden sollen. Sein
Briefwechsel mit Lotten erhielt sich bis zu
seiner Abreise in gleichem Feuer; noch ließ
er keinen Wunsch in sich aufkommen — wenigstens nicht bis zum deutlichen Bewußtseyn — außer dem, einst der Ihrige zu werden: und so reisete er mit seinem Freunde ab.

Unter den mancherley Zerstreuungen,
Veränderungen, Bereicherungen des Verstandes, u. s. w., welche er vom Anfang
seiner Reise an fand, verblich der Eindruck,
den Luise doch vielleicht auf ihn gemacht hatte, immer mehr: aber seine Anhänglichkeit
an Lotten blieb. — ob mehr durch sein Herz,
oder mehr durch seinen Verstand, oder
mehr durch sein: Rechtschaffenheit, will ich
nicht entscheiden.

Sie schrieben einander oft, recht oft:
aber Briefe zweyer Liebenden sind für An-

dere nur intereſſant, wenn ſie ein J. J.
Rouſſeau ſchreibt. Ich übergehe alſo alles,
was in den drey Jahren von Karls Reiſe
geſchrieben, gethan, gelernet und erfahren
wurde; und komme erſt mit den Reiſenden
ſelbſt wieder zurück, und zwar in das Haus
des Oberamtmanns.

————————————

Wenn es auch im Allgemeinen nicht
wahr iſt — (denn wie traurig wäre ſonſt
das Loos der Menſchheit! —) was manche
Philoſophen behauptet haben, daß der
Menſch, jemehr er durch Bereicherung ſeiner Kenntniſſe, Erfahrungen u. ſ. w. gewinnet, deſto mehr von Seiten ſeines Herzens, ja ſelbſt des wahren, ruhigen Lebens-
genuſſes verliert — wie die Spinne, die
den Radius ihres Gewebes zu groß ſpinnt,
zwar mehr fängt, aber auch von Sturm
und Zufall weit mehr leidet: ſo mögen wir
doch nicht behaupten, daß es nicht ſehr

oft, daß es nicht, wenigstens einigermaßen, auch bey Karln der Fall gewesen sey. Er trat freylich jezt ganz anders auf, als vor drey Jahren, und fiel ganz anders in die Augen. Das Gold war verarbeitet worden, hätte aber eben dadurch Einiges an gediegener Masse verlohren; der Diamant war geschliffen, poliert worden — das Geschliffene, Polierte nimmt nichts leicht mehr an, von ihm glitscht alles ab. Karls Stolz, ein entscheidender Zug seines Charakters, den wir ihm längst abgemerkt haben — war heimlicher, feiner, aber auch mächtiger, er war in — nicht gerade schlechtem Sinn, intriguirender geworden. Es war ihm z. B. nicht mehr genug, unter Vornehmen, reichen Unwissenden Ansehen und Hochachtung zu haben; auch gefürchtet wollte er von ihnen seyn, und deshalb suchte er sie unvermerkt zu demüthigen, bey Prätension, lächerlich zu machen. Er wünschte sich immer einen ausgebreiteten Wirkungskreis, aber jezt nicht mehr allein, um reichlicher Gut-

tes zu stiften und im Bewußtseyn, dieses gestiftet zu haben, glüklich zu seyn; sondern
auch, um die Gerechtsame der Verdienstvollen
an die glänzenden Güter des Lebens gegen
die geltend zu machen, welche, ohne Verdienst, durch Herkommen sie besaßen, u. s.
w. Aber er hatte auch gelernt, dies alles so
gut in sein Herz zu verbergen, daß es langen Umgangs bedurfte, um es an ihm zu
bemerken. Er liebte den Glanz, die Zerstreuungen, die Feste der großen Welt —
schätzte sie nicht, wollte sie aber haben, um
das Vorurtheil für sich zu gewinnen und
Geschmack zu zeigen. Er war durchaus fähiger für die Welt und deren Geschäfte geworden: aber nicht für den Genuß der Ruhe, Stille, Häuslichkeit. Er war klüger,
aber nicht weiser; liebenswürdiger, aber
nicht achtungswerther; geschäftiger, aber
nicht thätiger; gewandter, aber nicht bild-
samer geworden. Indeß dürfen wir auch
das nicht unbemerkt lassen, daß es den Po-
lierern aller Art dennoch nicht gelungen war,

so viel von seinem Charakter abzuschleifen, daß seine vorige Gewissenhaftigkeit, Redlichkeit, Treue, Menschenliebe, Freundschaftsfähigkeit hinweggeputzt worden wäre.

Auf den stillen, sanften Gefährten seiner Reise hatte das Treiben der Menschen, das er gesehen, gerade den entgegengesezten Eindruck gemacht; und von Einer Seite war also des Vaters Absicht nicht erfüllt. August hatte die Nichtigkeit des Weltlebens vorher geahndet, jezt gefühlt; stille, heitere, verborgene, wohlthuende Thätigkeit war vorher sein Wunsch, jezt sein Bedürfnis. Er sehnte sich nach einer Zukunft, wo er sich dieser widmen könnte, und paßte also in so fern nicht in die Plane seines Vaters.

Der Oberamtmann, in Denkungs- und Sinnesart Karln, wie dieser jezt war, sehr ähnlich — hatte den Tag der Zurükkunft der Reisenden zu einem großen Familienfeste

geweihet. Alle Verwandten, Hausfreunde
und Bekannte sollten ihm beym Empfang
Willkommen rufen helfen. Alle waren schon
versammlet — da bließ der Postillion, der
Wagen rollte vor, die beyden jungen Männer sprangen heraus. Lange ruhete der
wackere Sohn am Busen des frohen Vaters
und der entzükten Schwester. Karl stand
ergriffen, betroffen, über den Anblick der
leztern. Die Knospe war entfaltet: in voller blendender Blüthe stand die Rose. Das
vierzehnjährige Mädchen war zum siebzehn-
jährigen geworden, und übertraf die Erwar-
tungen, welche sie schon ehemals erregt
hatte, weit.

„Meines Sohnes Freund — mein
„Freund —

begann jezt der Oberamtmann, indem er
Karln an sein Herz drükte;

„wie dank' ich Ihnen, daß sie mir mei-
„nen Sohn als so stattlichen Mann zu-
„rükbringen! Kein Weltleben hat seine

„Gefühle abgestumpft, das sagt mir die
„Innigkeit seiner Umarmung; keine Aus-
„schweifungen haben seine Gesundheit
„und den Frieden seiner Seele untergra-
„ben, das sagt mir sein Anblick" — —

„Möchte doch auch mein herzlichster Dank
„für den mir wiedergebrachten Bruder
„recht viel bey Ihnen vermögen" — — —
sagte Luise mit Innigkeit und der freyesten
Verbindlichkeit in der Miene. Indem Karl
ihre Hand küßte, ruhete ihr funkelndes
schwarzes Auge auf dem jetzt männlich aus-
gebildeten edlen Gesicht Karls. Nun rückte
der Schwarm der Onkels, Tanten, Basen,
Kusinen, Nichten u. s. w. mit ihren Glük-
wünschungen an, und der herzliche Empfang
ward zu einem vornehmen.

Karl hatte sich gar bald von dem ersten
betäubenden Eindruck erholt, zog sich mit
einer gewissen feinen Art nicht ganz beschei-
dener Bescheidenheit vom Schwarme ein wenig zurück; wußte aber durch einzelne ins

allgemeine Gespräch leicht hingeworfene, scharfe, auffallende, gründliche oder doch witzige Bemerkungen gar bald die Verständigsten aus der Gesellschaft um sich her zu sammlen.

Unterdeß war die Zeit der Abendtafel gekommen. Der Vater that Karln keinen großen Liebesdienst, als er ihn, um ihn heute möglichst auszuzeichnen, zum ersten Platz hinführte; denn auf dem lezten saß die junge schöne Wirthin. Nur im Vorbeygehen trafen sich beyde kurz vor dem Niedersetzen.

„Sie armer Mann,

sagte Luise schäkernd;

„nun wird man Sie quälen mit Fragen! „Und aufrichtig — ich will mir durch „meine jetzige Bescheidenheit nur eine Art „Recht erwerben, in Zukunft desto unbe= „scheidner seyn zu dürfen. Ruhen Sie „nur erst aus von der Ermüdung der „Reise, damit ich Sie hernach durch

„Fragen wieder ermüden kann. Glauben
„Sie, daß ich mir schon feste Rubriken,
„eine Art von Register, im Kopfe georb=
„net habe, deſſen Nummern auf Sie
„hinweiſen?‟

Ein alter Oheim trat hinzu und ſtörte die
Beyden:

„Aber ſagen Sie, ums Himmels willen,
„wie Sie es haben wagen können, bis in
„die Kreuzſpitze des Münſterthurms in
„Strasburg zu klettern?‟ —

„Um Verzeihung, Herr Oheim —
fiel Luiſe ein;

„ich dächte, man hätte mehr Urſache zur
„Verwunderung, wenn die Herrn un=
„ten geblieben wären! Das ſag' ich Ih=
„nen, wenn wir unſre Tour nach Pa=
„ris machen — wiſſen Sie? Sie verſpra=
„chen mir's neulich, um Mirabeau ſpre=
„chen zu hören, und Lafayette handeln
„zu ſehen — da müſſen wir auch hin=
„auf!‟ —

„So?   ....

sagte der Oheim lachend; ....

„nun Gnade uns Gott," wenn „unsre „jungen Damen so in die Höhe klet= „tern!" —

„So ziehen sie die Herrn mit hinauf — sagte Luise, und entwischte nach ihrem Platze.

Die Gesellschaft war zu groß, zu ver- mischt, zu unruhig und zu vorlaut, als daß viel Verständiges hätte verhandelt werden können. Das beste war, daß sie zeitig aufbrach, um den Zurükgebliebe- nen Ruhe zu gönnen. Der Vater dul- dete diese gleichfalls nicht länger. Karl kam auf sein Zimmer. Er fühlte ein son- derbares Drängen, eine Beklemmung, eine Aufreizung in seinem Innersten, und wußte sie sich allerdings zu erklären. ...

„Hinweg, ... sagte er endlich —   — ....

„du bist auf dem Wege ein schlechter
„Mensch und ein Thor obendrein zu
„werden! Hinweg mit den träumenden
„Schwärmereyen von Möglichkeiten,
„von" — —

Er versank dennoch wieder hinein. Nach
einer Weile fuhr er auf:

„Bin ich schon der Thor, der seine
„Phantasie nicht mehr zügeln kann? Da
„giebts Mittel!" —

Er ging an das Büreau und schrieb ein
Billet, voll Feuer und Leben an Lotten
und ihren Vater, meldete seine Zurük-
kunft, und versprach ihnen einen baldigen
Besuch. Dies machte ihn wirklich gefaßter.
Er schlief ziemlich ruhig.

Des Morgens ging er mit seinem
Freunde zum Vater und zur Schwester,
und nun wurde erst verständig gesprochen.
Beyde Parthenen erzählten Mancherley von
Veränderungen, Schiksalen, Plänen,
Hoffnungen u.s.w. Endlich begann Luise:

„Aber in den Garten sind Sie wohl
„beyde noch nicht gekommen? Es hat
„sich auch da Einiges verändert.“

„Nun so führe sie hin“ —

sagte der Vater.

„Sie kommen doch mit?“ —

fragte ihn Luise.

„Nein, Kinder, das nicht! Ich muß
„zu meiner Schande gestehen, ich bin
„den ganzen Sommer noch nicht ins
„Bosket gekommen, und überhaupt
„nicht weiter, als auf die Terrasse.
„Sehet; ich bin seit den drey Jahren,
„wider meinen Willen, so stark gewor-
„den; das Pedal fängt nach gerade an
„träge und bequem zu werden: ich gehe
„also sehr wenig, mache mir mehr Bewe-
„gung durch Reiten, und dann ist mein
„Weg auf eins der Güter, damit ich zu-
„gleich Etwas verrichten kann.“ —

„Aber heute, Väterchen, heute!“

bat Luise. Endlich willigte der Vater ein.

Der Garten zog sich vom Hause an ziemlich weit gegen die Berge hin. Vorn die Terrasse, von der man in einen kleinen Blumen = und Obstgarten stieg. An dessen Seiten war, durch blühende Hecken verborgen, der Küchengarten. Vom Blumengarten kam man auf eine schöne große Wiese, von einer Birkenallee umgeben, an deren Seite hin sich ein kleiner Bach schlängelte. Diese Allee führte am Ende in das erwähnte Bosket, wo unter blühenden Buschwerk Akazien dufteten, Silberpappeln flimmerten, Kastanien die Schatten dichter machten. Das Ganze wurde von beyden Seiten durch eine Allee hoher italienischer Pappeln eingefaßt, und am Ende von einem ziemlich hohen Hügel begränzt.

Die kleine lustwandelnde Gesellschaft ging unter heitern, freundlichen Gesprächen. Die jungen Männer wunderten sich über manche sehr angenehme Veränderung —

„Verdankt's Luisen, wenn's euch ge-
„fällt —

sagte der Vater;

„sie hat's gemacht. Ich erfuhr es immer
„erst, wenn's fertig war. — Ja, liebe
„Luise —

fuhr er nach einer Weile mit herzlicher Vaterliebe fort:

„Du weißt Dich in der Gesellschaft zu
„nehmen, weißt zu interessiren; das
„freuet mich. Aber du liebst auch von
„Herzen die einsame, stille, schöne Natur:
„das freuet mich noch weit mehr!" — —

„Hier gehet's in mein Heiligthum —

sagte nach einer Weile Luise, und führte
die Gesellschaft auf einen düstern Nebenweg.
Plötzlich standen sie an einem mäßig großen
Rundtheil, von hohen italienischen Pappeln
und herabgesenkten Hangeweiden umgeben.
Die Düsterheit des Platzes, die Höhe der
Bäume und das sanfte Rauschen der Lüfte:

in deren sanften wogenden Wipfeln — stimmten die Seele zur Erhabenheit. Im Mittelpunkt des Rundtheils auf einem Grashügel
mit Rosen umpflanzt stand eine sehr schöne
weibliche Figur. Sie hatte, in der Stel-
lung ruhigen Nachdenkens, sanfter Andacht,
frommer Freude, den Arm, der das sin-
nende Haupt leicht stüzte, auf einen Baum-
sturz gelehnt; das holde Gesicht war ein
wenig gen Himmel gerichtet. Auf dem Po-
stament las Karl die Worte Salomo's:

> Und ich sahe die Erde, wie sie
> so schön ist, und dachte: das
> muß ein gewaltiger Herr seyn,
> der sie so bereitet hat und den
> Menschen zur Freude gegeben" —

Er wendete sich ab, seine Thränen zu verbergen. Alle standen still und gerührt. Auch
in Luisens Augen zitterte eine Thräne sanfter
Freude. Karl bemerkte sie. Endlich unter-
brach sie das Stillschweigen. Sie sagte
zum Bruder:

„Die schöne Statue gab mir unser guter
„Vater vor dem Jahr zu meinem Ge-
„burtstage" —

„Aber die Idee ist von ihr!"

fiel der Vater ein. Luise machte nun noch
auf eine alte Weide, der Statue gegenüber,
aufmerksam. Der hohle Stamm des Bau-
mes hatte sich in drey Theile getheilt. Unten, wo sie noch verbunden waren, war ein
Sizchen für Eine, höchstens für zwey Personen, von Baumrinde. In der Höhlung
des dritten Theils, dem Sizenden linker
Hand, war eine Art Tischchen, gleichfalls
von Baumrinde, versteft.

„Hier ist mein Lesekabinet —

sagte Luise freundlich;

„Nun noch ein klein Stükchen wei-
„ter!" —

Sie kamen an das Ende, an den Fuß des
Hügels, um den sich ein kleiner Schnecken-
gang wand.

„Wie wär' es, wenn wir hinaufstiegen,
„um die Aussicht zu genießen?

sagte sie.

— „Steigt in Gottes Namen —

antwortete der Vater;

„ich setze mich indeß auf diese Rasen-
„bank!" —

„Liebes, gutes Väterchen —

bat sie;

„kommen Sie mit! Lehnen Sie sich auf
„mich" — —

Unterdessen hatte der Vater schärfer hinauf-
gesehen —

„Mädchen,

sagte er;

„wo hast du denn meine Pappeln oben
„gelassen? Das ist ja gar ein Kranz von
„jungen Platanen?" —

Die Tochter wollte schäkernd einfallen; Karl
sagte verwundert zu seinem Freunde:

„August, stehe hinauf! Erinnerst Du
„Dich nicht — ?„ —

„Welche Aehnlichkeit mit unserm Plata-
„nenhügel bey Aarau — da wo„ —

fiel der Bruder ein.

„O pfuy„ —

sagte Luise schnell;

„wer wird Etwas Angenehmes bekritteln,
„ehe man es genossen hat! Und vollends
„so — von unten im Fort, fort hin-
„auf!„ —

Alle stiegen in froher Laune. Aber wie schil-
dere ich die Freude aller, als sie oben mitten
im Platanenkranze die natürlichste und
lieblichste Nachbildung eines Sennenhütt-
chens fanden, versehen mit allem, was
eine solche patriarchalische Wirthschaft in
der Wirklichkeit hat: aber auch mit weiter
nichts verziert und — verunstaltet.

„Je du kleine Zauberin,„
sagte der Vater;

„davon weiß ich ja kein Wort?" —

„Sie sind ja seit zwey Jahren nicht hie-
„her gekommen —

war die Antwort —

„Ich will es Ihnen gestehen. Mein lie-
„ber August schrieb mir vor etwa andert-
„halb Jahren einen Brief von Aarau aus,
„als er die erste Sennenwirthschaft gese-
„hen, das erstemal in einem Milchhütt-
„chen übernachtet hatte, und war ganz
„entzükt von der Einfalt, Unschuld und
„Liebenswürdigkeit dieser Lebensart. Sie,
„Herr Weiler, waren sogar so gütig, mir
„eine Zeichnung von dem Hüttchen und
„dem Plaße, worauf es stand, zu schik-
„ken. Nun, dachte ich, es müßte den
„Reisenden doch nicht unangenehm seyn,
„wenn sie bey ihrer Zurükkunft unvermu-
„thet etwas Aehnliches fänden. Ich
„ließ es also nach der Beschreibung und
„Zeichnung machen, so gut es gehen
„wollte. Das ists alles. Vielleicht,

I. Th.   F

„mein lieber August, wird das in Zu-
„kunft Dein Lesekabinetchen!" —
„Schwester,

sagte dieser gerührt;

„ich verließ Dich als ein liebes Mädchen:
„aber ich finde Dich wieder — so edel!
„so trefflich!" —

„Amen!"

sagte Karl in seinem Herzen.

„Bst!

fiel Luise ein;

„Das Hüttchen, oder vielmehr die Rück-
„erinnerung hat Dich begeistert! Lerne
„mich nur erst näher kennen: Du wirst
„genug zu tadeln finden." —

So ging man zurück. Karl fühlte lebhaft
und stark, er müsse durchaus etwas haben, das ihn gegen die allzureizenden Gefahren dieses Hauses stählte. Sein Entschluß war gefaßt. Ueber Tische fing der
Vater zu den beyden Freunden an:

„Nun, ihr Leutchen, sagt mir aufrich-

„tig, was bringt ihr für Plane für eure
„Zukunft mit? Denn Plane habt ihr!
„Welcher Mensch beschlösse eine Epoche
„seines Lebens ohne Wünsche für die fol-
„gende? Sage, lieber August" — —

August gestand seinem Vater offenherzig,
welche Wirkung die Betrachtung des Thuns
und Treibens der Menschen auf ihn gemacht; daß er gefunden habe, er passe nicht
für den Strudel des geräuschvollen, zer-
streueten Lebens; sein Wunsch sey, im Stillen, in vorsäzlicher Beschränkung thätig
zu seyn, glüflich zu machen und dadurch es
selbst zu werden. Dem Vater war dies
freylich nicht ganz recht—

„Ich habe das schon lange Deinen Briefen
„abgemerkt,

sagte er;

„ich habe die Sache überlegt. Freylich
„wollte ich lieber, Du könntest nach und
„nach in meine Geschäfte treten: damit,
„wenn mich Gott abriefe, ich Dir alles
„überlassen und in der Ueberzeugung ster-

„ben könnte, Du würdeſt das ausführen,
„was ich anfing und in den Gang brach-
„te. Indeſſen, ich habe von jeher ſelbſt
„jeden Zwang zu ſehr gehaßt, als daß
„ich Eines meiner Kinder meinen Planen
„aufopfern und zu irgend Etwas gegen
„ſeine Meynung und Neigung zwingen
„ſollte. Es ſey. Vor der Hand, dächte
„ich, blieben Sie, mein guter Herr Wei-
„ler, noch etwa ein halb Jahr bey uns,
„und hülfen meinem Sohne das, was
„er dieſe Jahre her ſahe und erfuhr, in
„ſich ſelbſt verarbeiten, — wodurch allein
„das Reiſen erſt wahren, bleibenden
„Nutzen ſchaffen kann. Nicht—?"

Karl nahm es mit vollem Danke an; nur
bedung er ſich aus, erſt auf einige Wochen
ſeine ſeit drey Jahren vermißten Freunde
in der Gegend von J** zu beſuchen. Das
war es, wovon er neue Kraft erwartete.
Der Vater geſtand ihm das ſehr gern zu,
und fuhr dann fort:

„Dann werd' ich Dir, August, das Gut
„Rittersberge überlaſſen. Dort lebe
„nach Deiner Weiſe und benutze Deine Er-
„fahrungen zu Verbeſſerungen. Willſt
„Du es ſelbſt verwalten, ſo kann ich Dir
„anfänglich beyſtehen, da es nur einige
„Stunden entfernt iſt. Stifte Gutes,
„und ſey glüklich. Iſt Dir's dort zu ein-
„ſam, ſo beſuche uns fleißig, und noch
„beſſer — wähle Dir bald eine liebe, bra-
„ve Gefährtin Deiner Tage. Wähle frey,
„aber mit Weisheit. Ich beſchränke Dich
„auch hier nicht, glaube aber Dein Ver-
„trauen fordern oder vielmehr darauf
„rechnen zu können. Vielleicht kann ich
„dann noch Enkel um mich herum ſpielen
„ſehen. Sterb' ich, ſo bleibt das Gut
„Dein. Für Deine Schweſter iſt auch ge-
„ſorgt" — —

Der Sohn fiel mit Thränen des Danks und
der Freude dem Vater um den Hals —

„Und nun Sie, unſer gemeinſchaftlicher
„Freund — "

fuhr der Oberamtmann zu Karln fort;

„wozu sind Sie entschlossen"? —

Karl, der bisher in mancherley beunruhi-
gende Gedanken und Gefühle versenkt ge-
sessen hatte, antwortete in der gewiß nicht
vorbereiteten Dissonanz:

„Ein Mann, ohne Hülfsmittel, sein
„Schiksal zu regieren und seine Pläne
„durchzusetzen, thut wohl besser, gar kei-
„ne zu machen" —

Der Vater fiel ein:

„Wie? das klang unzufrieden. Was
„nennen Sie „Hülfsmittel, sein Schiksal
„zu regieren und seine Pläne durchzu-
„setzen?" Meynen Sie Vermögen? Es
„mag eins seyn — Eins! Aber wahrlich
„nur eins vom zweyten Range — unter
„ehrlichen Leuten, versteht sich! Könnten
„Sie die Hülfsmittel v o m e r s t e n R a n-
„g e, die Sie besitzen, darüber vergessen?
„Mit Ihren Talenten, mit Ihren Kennt-
„nissen und Geschiklichkeiten, mit Ihrem

„Fleiß, mit Ihrer Freiheit und Abhän
„gigkeit nur von sich auf der weiten Er=
„de —

Hier seufzete Karl verstohlen —

„mit Ihrer Regsamkeit und Thätigkeit;
„mit Ihrer Bestimmtheit und Festigkeit
„des Charakters, mit Ihrer Jugend —:
„da kann ein Mann doch wahrlich aus
„sich machen, was er nur selbst will —
„vorausgesezt, daß er vernünftig
„will. Irre ich mich nicht, so gefallen
„Sie sich mehr, als mein August, in ei=
„nem Leben, das der Geschäfte viel und
„mancherley hat; das — wie sag’ ich
„nun? ein wenig ins Große gehet!
„Bleiben Sie also bey mir! Und in Jahr
„und Tag — verlassen Sie sich darauf —
„sind Sie in einer Sphäre, worin Sie zu=
„frieden und glüklich leben können —
„wenn Sie selbst wollen!“ —

Karl wollte mit aller Innigkeit danken; der
Oberamtmann fiel ein:

„Sagen Sie nichts! Ich bitte! Mein
„Gott, ich habe ja so viel Verbindlich-
„keit gegen Sie!"—

———————

Karl reiſete in einigen Tagen ab. Die
Unruhe, die ſich in ihm mit jeder zurükge-
legten Meile vermehrte, war wohl mehr
Aengſtlichkeit, als Ahnden der Freude des
Wiederſehens. Als er aber durch J** ritt,
und nun auf dem vormals ſo oft beſuchten
Wege nach dem ſtillen, friedlichen Jägerhütt-
chen die alte Bekanntſchaft jedes Baums,
jedes Steges, jedes Hügels, jedes Dörfchens erneuerte: da ſiegte die Freude, und
je näher er dem Walde kam, deſto höher
flammte ſie auf zur Begeiſterung. In ſeiner vorhin mehr wehmüthigen Seele ſtiegen
jezt die Gedanken an verflogene Freuden,
die wiederkommen könnten — wie der Voll-
mond hinter einer Regenwolke, auf.

„Wie wirſt du ſie finden?

dachte er;

"Ob sie wohl auf dich wartet? Was wird
"dein erster Anblick auf sie würken? Was
"der ihrige auf dich? Und der gute
"Alte — wird der noch rasch und mun-
"ter seyn? Wie willst du dem erzählen!"
"u. s. w.

Mit solchen Gedanken beschäftiget, trieb er
das Pferd scharf an, und kam jezt an das
lezte Dorf, an welches schon Franzens
Wald stieß. Am Ende des Dorfs, auf einem Hügel, lag die Kirche. Karl mußte
vorbey. Er sahe oben eine Menge Landleute
versammlet in kleinen Gruppen und lebhaf-
tem Gespräch.

"Hier giebt's eine Trauung oder Beerdi-
"gung —

sagte er;

"denn nur an diesen beyden — Extremen
"des menschlichen Lebens nimmt der
"große Haufen Antheil" —

Indem hörte er von weitem den Gesang der Schule. — Es ergriff ihn. Er verstand die ruhige, dem Tode des Frommen ähnliche Melodie: Nun laßt uns den Leib begraben. Es überlief ihn kalt. Näher kam der Zug. Karl hielt, entblößte sein Haupt, ließ den Zug vorüber. Sie sangen:

> In Frieden schlummre. Himmelsruh
> Strömt Dir vom Throne Gottes zu.
> Bald legen unsern Pilgerstab
> Wir auch an unsern Gräbern ab — —

Jetzt zog der Sarg vorbey. Die Töchter des Pfarrers, weiß gekleidet, folgten unmittelbar, und trugen den Todtenkranz. Ein schauerlicher Wind rauschte mit dem weitflatternden weißen Bande des Kranzes.

„Wen begrabt ihr, lieben Leute?" fragte Karl einen der Nachfolgenden.

„Vater Franzen, den Förster" — war die Antwort.

„O mein Gott — !"

rief Karl und erstarrete. Der Zug wallete
ruhig vor ihm über, den Hügel hinauf.

Karl, ohne zu wissen, was er that, sprang
vom Pferde, band es an, eilte den Hügel
hinauf in die Kirche. Der alte würdige
Pfarrherr begann vor dem Altare die Lei-
chenrede. Karl lehnte sich hinter eine Kirch-
thüre, und weinte unbemerkt, in Wehmuth
zerschmolzen, dem redlichen Vater seine Ab-
schiedsthränen nach.

„O ihr menschlichen Hoffnungen! O ihr
„menschlichen Freuden!"

seufzte er mit zerrißnem Herzen.

Als der Redner mit einer Apostrophe an
die, deren Wohlthäter und Freund der
Verstorbene war, besonders an die hinter-
laßne Tochter, beschloß, und alles um ihn
her schluchzte und weinte, und alles sich hin-
zudrängte nach dem offen vor dem Altar
stehenden Sarge, um den guten Vater

noch einmal zu fehen: da drängte auch Karl
fich hin, fiel am Sarge auf feine Kniee,
küßte die abgezehrte, kalte, fchwere Todten=
hand, preßte fie an feine brennenden Au=
gen — bis der Prediger ihn fanft aufhob.
Indem es fchwarz vor Karls Augen wurde,
war der Sarg bedekt, mit dem Kranze ge=
ziert, hinausgetragen, und der Todte zu
feiner Ruhe gebracht.

Karl war nicht hinausgegangen. In
Wehmuth aufgelößt, hatte er fich auf die
Stufen des Altars gefezt — allein, in den
grauen, veralteten, öden Wölbungen der
Kirche. Endlich floffen feine Thränen fanft.
Der Prediger hatte unterdeffen den lezten
Seegen über den Todten gefprochen, und
jezt kam er zurück zu Karln.

„Mein Herr,
fagte er;

„Sie nehmen viel Antheil an dem Tode
„meines feelgen Freundes. Wahrfchein=
„lich haben Sie ihn genau gekannt. Viel=

„leicht erleichtert es Ihr Herz, Jemand
„zu haben, mit dem Sie von ihm spre-
„chen können. Kommen Sie mit mir in
„meine Wohnung. Auch ich verlohr
„viel an ihm: meinen ältesten, besten
„Freund" —

„Und ich meinen Wohlthäter, meinen
„Vater!"

rief Karl.

„Wie? so sind sie wohl der Herr Wei-
„ler?" —

„Der bin ich —"

„So kommen Sie! kommen Sie! Ich
„hab' ein Vermächtnis des Seel'gen an
„Sie" — —

Karl ließ sich mit fortziehen. Der Pfarrer
führte ihn in eine Laube seines Gärtchens
am Hause. Da erzählte er Folgendes.

„Der gute Vater Franz war bis verwich-
„nen Donnerstag immer sich gleich; zwar
„etwas schwach von Alter, aber ruhig

„und oft recht heiter. Den Donnerstag
„war ich bey ihm. Wir sezten uns gegen
„Abend heraus in die Kühlung unter die
„alten Linden vor dem Hause. Wir spra-
„chen von vergangenen Zeiten. Er war
„sehr heiter. Lottchen saß bey uns. Die
„Sonne neigte sich zum Abschied, und
„blinkte gar herrlich von der Seite her-
„über.

„„Ich dächte, wir äßen ein Butterbrod
„„zusammen hier haußen unter der
„„Linde“ —

„sagte er. Ich war's zufrieden. Wäh-
„rend Lottchen es zubereitete, brach ich
„gesprächsweise in ihr wohlverdientes Lob
„aus. Da entdekte er mir Ihre Verbin-
„dung mit ihr.

„„Heute haben wir Briefe bekommen, daß
„„er zurück ist“ —

„sagte er —

„„Wahrscheinlich wird er uns nun bald
„„besuchen. Und — sonderbar — es

„„„ift mir doch, als würde ich ihn nicht
„„„wiederfehen" —

„Ich gab ihm mein Befremden zu erken=
„nen, redete ihm den Gedanken aus —

„„„laſſen Sie's gut ſeyn —

„fiel er ein:

„„„glauben Sie nicht, daß mich der Ge=
„„„danke ängſtiget! Was iſts denn nun?
„„„Ich fühl's, daß die Erde ihren Theil
„„„von mir haben will, und mei=
„„„nem Geiſte gelüſtet's nach jener Welt.
„„„In Gottes Namen. Wann der Herr
„„„will. Ich hätte auch nicht e i n e Be=
„„„unruhigung, wenn nicht das Mädchen
„„„wäre. Doch Weiler iſt ein redlicher
„„„Mann. Wenn ich ihn nicht ſprechen
„„„ſollte, ſo ſagen Sie ihm in meinem
„„„Namen: er ſollte mein Kind nicht ver=
„„„laſſen. Doch das haben Sie wohl
„„„nicht einmal nöthig ihm zu ſagen —
„„„das thut er ohnedies nicht. Sie hat
„„„ja ſo ſittſam, ſo treulich auf ihn ge=

„„wartet. Aber das reden Sie ihm ins
„„Gewissen: er soll, wenn er nun seine
„„Bekanntschaft mit Lotten erneuert hat,
„„um Gottes willen sein Herz genau un-
„„tersuchen, ob er noch gewiß ist, sie
„„glüklich zu machen und durch sie
„„glüklich zu werden. Unglükliche Lie-
„„be ist schreklich: aber unglükliche Ehe
„„tausendmal schreklicher. Hören Sie?
„„das soll er genau untersuchen! Glaubt
„„er jenes nicht mehr: so stiften Sie eine
„„Trennung in Freundschaft. Und dann
„„vermach' ich meine Lotte Ihnen" — —

„Hier kam die gute Tochter mit dem Es-
„sen. Er brach ab. Als sie noch einmal
„zurück ins Haus ging, begann er noch
„einmal mit Thränen im Auge:

„„Hören Sie? Er soll sich ja scharf prü-
„„fen, ehe er sie zu seinem Weibe
„„macht!" —

„Er troknete seine Augen, drükte meine
„Hand, und sagte ganz heiter:

„„„Da hätt' ich ja auf einmal mein Te-
„„„ſtament gemacht!" —

„Lottchen kam jetzt zurück. Der Vater
„war vergnügt, wir aßen alle drey, und
„ſaßen beyſammen, bis die Abendluft kühl
„und feucht ward. Da nahm ich Abſchied,
„ging im Mondſchein nach Hauſe, und
„Vater und Tochter begleiteten mich noch
„ein feines Stück.

„Kaum war der Morgen angebrochen,
„ſo bekam ich einen Boten von der Toch-
„ter mit der Nachricht, mein alter Her-
„zensfreund ſey gegen Morgen vom
„Schlag getroffen worden. Ich eile hin.
„Er liegt mit voller Beſinnung, aber
„ohne Sprache. Nur durch eine ruhige,
„ſanfte Miene, und durch einen matten
„Händedruck könnte er die gute Tochter
„und mich alten Mann tröſten. Der
„Arzt kömmt. Er geſtehet, daß er bal-
„diges Wiederkommen des Schlags be-

„fürchte. Vater Franz liegt so den gan-
„zen Tag. Des Abends giebt er mir
„durch Zeichen zu verstehen, ich soll ihm
„sein Lieblingslied noch einmal hören las-
„sen. Ich setze mich an das kleine Kla-
„vier und spiel' ihm: Befiehl du deine
„Wege — das war sein Lieblingslied.
„Meine Frau und eine andere Freundin
„Lottchens sangen es leise. Das Mäd-
„chen vermogte es nicht. Der Vater
„horchte sehr aufmerksam, faltete seine
„Hände über der Decke, weinte nicht,
„sondern lächelte, und bezeichnete mit
„bedeutender Miene und ausdruksvollem
„Augenwinken die Stellen, welche auf
„seine oder seines Kindes Verhältnisse
„paßten. Jezt sangen sie: Mach' End,
„o Herr, mach' Ende — — Da hob
„sich seine Brust gewaltsam in die Höhe, ein
„tiefer, tiefer Odemzug; der Körper strekte
„sich, das Auge brach und — sein Geist
„ging zu Gott, ehe der Vers beendigt
„war. Lottchen — — Nein, mein

„Herr, ich will Ihnen das Herz nicht
„noch mehr brechen" —

„Wo ist sie?"

fragte Karl.

„Jezt in ihrem Hause. Meine Frau ist
„bey ihr. Sie wird sie aber den Abend
„hieher bringen, damit sie die Nacht
„über nicht im einsamen Leichenhause
„bleibt. Da können Sie sie sprechen.
„Aber ich muß sie erst vorbereiten" — —

„Wie hatte ich mich auf die Ueberraschung
„Beyder gefreuet!

rief Karl mit heißen Thränen —

„Wie hatte ich auf Beyder Freude gerech-
„net! Und nun" — —

„Dergleichen h o h e Freuden,

sagte der Pfarrer;

„dergleichen Triumphfeste empfindungs-
„voller Seelen gelingen uns selten in
„unserm Wandel zwischen Gräbern —

„so selten, daß man gar nicht mehr auf
„sie rechnen, sondern nur, wenn sie sich
„von selbst machen, sie mit voller Seele
„genießen sollte. Ihre Seltenheit soll
„uns diese Erde nicht allzulieb werden
„lassen, und uns auf den Pfad über den
„Gräbern hinweisen; ihr Erscheinen aber
„uns einen Vorschmack von jenem Lande
„des Lichts geben, und Sehnsucht dar-
„nach einflößen“ — —

Da die Frauenzimmer kamen, mußte sich
Karl in die Nebenstube verbergen. Der
Pfarrer bereitete Lotten nach und nach vor,
und öffnete endlich selbst die Thür. Karl
kam. Lotte hatte sich zu fassen bemühet.
Auch Er hatte das igethan. Ohne Thränen, stumm, langsam näherten sie sich einander. Als aber jezt sie an einander standen, Lotte die Augen nach den seinigen aufhob, ihre Blicke sich begegneten: da bemei-
sterte sich der Schmerz des Mädchens, ihre
Thränen stürzten hervor, mit einem über-

lauten Ach! fiel sie an seine Brust und klammerte sich fest an ihn. Karl, dadurch gleichfalls im Innersten seiner Seele ergriffen, drükte sie an sein Herz und ließ sie sich ausweinen. Lange konnten beyde nicht sprechen — —

Um Aufsehen zu vermeiden, wurde, auf den Vorschlag des würdigen Pfarrers, beschlossen, daß Karl in der Pfarrwohnung bleiben, und nur hier Lotten sehen; diese aber täglich zur Pastorin kommen sollte. Es geschahe. Karl blieb fast vierzehn Tage da. Als er abreisete, war man überein gekommen, daß Lotte ihr kleines Eigenthum verpachten, und sich, bis Karl ein festes Amt bekommen hätte, beym Pfarrer aufhalten sollte.

Karl war diese Zeit über so bestürmt, so betäubt gewesen, daß er nur erst auf seiner einsamen Reise sich dessen, was er gesehen und empfunden, deutlich bewußt werden konnte. Der Entschluß stand fest und unerschüttert in seiner Seele: Lotte wird deine Gattin. Aber er konnte sich doch nicht ableugnen, daß er das Hohe, das Mächtige beym ersten Anblick nicht gefühlt, welches er nach so langer Trennung hätte fühlen sollen. Er rechnete zwar allerdings viel auf die Umstände dieses Zusammentreffens; aber dennoch, meynte er, hätte es anders seyn müssen. Lotte hatte — und das bemerkte Karl — seit vierthalb Jahren an ihrem Aeußern viel verlohren; sie stand jezt im vier und zwanzigsten Jahre, und hatte das Ansehen einer ruhigen, bescheidnen, angenehmen Gattin. Ihr Geist, der sich eigentlich nie weit über den kleinen Kreis stiller Häuslichkeit erhoben hatte, war seit jener Trennung in seiner weitern Ausbildung zurükgeblieben — und auch das bemerkte Karl. Wie konnte das gute Mädchen bestehen, als er sie mit dem Bilde von ihr, das erst Unerfahrenheit, dann Phantasie, endlich guter Wille in seiner Seele aufgestellt hatten — verglich? —

Karl verlohr sich darüber in lange Betrachtungen und verworrene, düstre Gedanken. Endlich raffte er sich auf durch die
Wahrheit: auch bey Beschränkung, Stille,
Ruhe, Eingezogenheit wohnt Freude und
Glück. Aber er vergaß zu bemerken, daß
man, um diese Freude, dies Glück zu finden, die größere Welt entweder nicht kennen, oder ihre Nichtigkeit aus eigner
hinlänglicher Erfahrung ganz genau
kennen; daß diese Beschränkung Zurükzie-
hen vor aller Einmischung ins Weltleben,
oder nach durchgefühltem Gewühl
desselben — nicht nach dem ersten halben,
schüchternen, leckern Kosten seyn; daß man
dazu vor allem frey seyn müsse — wenn
auch nicht von dem heimlichen Stolz, doch
von der heimlichen Eitelkeit, die Karln eingenommen hatte; und daß auch bey dem andern Theile offenbar die Beschränkung freywillig, im edlen Sinn philosophisch, daß
sie Geschmack, und nicht unabänderliche
Beschränktheit, nicht Mangel an Fä-

bigkeit, sich zu Etwas Anderm zu erheben, seyn dürfe.

Als er in das Haus des Oberamtmanns zurükkam, bemerkten seine Freunde die große Veränderung in seinem Gemüth. Er erzählte aufrichtig alles — nur sein Verhältnis mit Lotten verschwieg er. Und hierin sehen wir das erste Schwerverzeihliche: denn bey einem Manne wie er, bey Freunden, wie die seinigen, war es nicht etwa Mistrauen, oder jugendliche Schüchternheit, oder Unüberlegtheit — — Der Oberamtmann faßte seine Hand:

„Sie sind ein Mann,

sagte er;

„Sie werden sich unter das ewige Gesetz, „der Natur zu beugen wissen. Ihr ver„storb'ner Freund hat einen leeren Plaz in „Ihrem Herzen gelassen: wollen Sie „mir ihn gönnen, so will ich ihn einneh„men" — —

Als das halbe Jahr der Wiederholung
der Reise vorbey war, ging August auf sein
Gut ab, und der Oberamtmann bot Karln
an, vor der Hand unter dem leicht zu erhal-
tenden Namen eines fürstlichen Kammerse-
kretairs bey ihm zu bleiben, und ihm seine
Geschäfte, die ihm anfingen beschwerlich zu
werden, verwalten zu helfen. Karl nahm
es mit Freuden an. Er hatte sich gar bald
in die mannichfaltigen Verrichtungen seiner
neuen Lebensart hineingearbeitet, fand Geschmack daran, wurde heiter und vergnügt,
und mit jeder Woche stieg auch die Zufriedenheit, das Wohlwollen, das Zutrauen,
die Freundschaft des Oberamtmanns gegen
ihn. Luise ward ihm von Zeit zu Zeit interessanter: aber er wendete alles an, um sich
immer in den Schranken einer vertrauens-
vollen Hochachtung gegen sie zu erhalten.

So verging wieder ein halbes Jahr.
Karl wechselte fleißig Briefe mit Lotten; sie
freuete sich seines jetzigen Wohlstandes, sei-

ner Verforgung, fühlte aber delikat genug, ihn auch nicht von fern her an fein
Wort zu erinnern. Karl erinnerte fich def-
fen nicht felten, er fchifte Lotten die anfehn-
lichften Gefchenke: aber eine Verbindung
mit ihr fchien ihm jezt immer noch weit-
ausfehend zu feyn. So oft ihn auch fein
Gewiffen mahnte, fo wenig wahre Hinderniffe ihm im Wege ftanden: fo mußte er
doch bald erft jenes wegräumen, bald erft
diefes zu Stande bringen, bald erft fo fich
einrichten, bald erft dies vorbereiten u. f. w.
Diefe eingebildeten, oder wenigftens fehr
vergrößerten Hinderniffe mehrten fich, jemehr er an den Gefellfchaften feines Haufes
und der mit diefem verbundenen Familien
Theil nahm — —

„O es muß ein göttliches Gefühl feyn
„für Luifens künftigen Gatten —

fagte er einft zu fich felbft, als er an einem
Familienball ein Viertelftündchen in den
Garten fchlich —

„Es muß ein göttliches Gefühl für ihn
„seyn, zu sehen, wie sie, mit der liebenswür-
„digsten Bescheidenheit, durch ihren Geist die
„ganzen Zirkel beherrscht; zu bemerken,
„wie die Weiber, selbst die eitelsten, so-
„bald sie hereintritt, die Seegel streichen,
„behutsam sprechen, schweigen, horchen;
„zu beobachten, wie sie überall den Ton
„angiebt — und das alles mit dem
„Wohlwollen, mit der Freyheit von Prä-
„tension, daß selbst ihre Rivalinnen sie
„lieben, ihre Neiderinnen schweigen müs-
„sen, gedemüthigt, niedergeworfen durch
„das eigene Gefühl von Luisens Ueberle-
„genheit — — Heute gefällt es ihr, ihr
„Band so zu schlingen: morgen ists
„Mode um sie her. Heute beliebt es ihr,
„ihr Haar so zu tragen: morgen begreift
„man nicht, wie man es anders mit Ge-
„schmack tragen könne — — Und die
„Männer: welcher huldigt ihr nicht?
„Welche Braut, welche junge Gattin
„erröthet nicht ängstlich, wenn der

„Bräutgam oder Gatte sich etwa Luisens
„Hand zu einem Tanz erbittet? Welche
„Mutter stellet sie der erwachsenen Toch-
„ter nicht als Muster vor — bald der
„Artigkeit und Sitte, bald der Häuslich-
„keit und Ordnung, bald der Aelternliebe
„und Menschenfreundlichkeit, bald der
„Freundschaftstreue und Wohlthätig-
„keit? — Ha, mit ihr daher zu ziehen
„in Stille und Freundlichkeit; das Flü-
„stern, das sich einander Zuwinken und
„Anstoßen nicht zu bemerken und — d o ch
„z u b e m e r k e n! Das Niederschlagen
„der Augen vor ihr, das die Augen Auf-
„reißen und in Betrachtung Stehenblei-
„ben ihr nach — — Und wenn ihr zu-
„künftiger Gatte dafür keinen Sinn hätte,
„das nicht bemerkte, nicht hochhielt —:
„wie unglüklich müßte sie seyn! wie
„würde ich ihn haffen müssen! — Doch
„warum ich?“ —

Es überlief ihn widerlich — Nach langer
Pause fuhr er fort:

„Nicht aus Eigennützigkeit — denn sie
„ist mir wie dort der schöne, freundliche
„Abendstern, den man bewundert, des
„man sich freuet, den man liebt, ohne
„ihn zu begehren — Nicht aus Eigen-
„nützigkeit: aber — aber“ — —

Ein Geräusch in der Hecke störte ihn. Er
ging schnell wieder zur Gesellschaft und
tanzte heftig.

An einem schönen Tage des Spatherbsts
war Karl mit dem Oberamtmann auf eins
der entfernten Güter geritten. Sie wollten
vor Abend zurück seyn, um der schon rauhen,
feuchten Abendluft zu entgehen: aber mancherley Verrichtungen hielten sie auf und
verspäteten sie. Man sezte sich bald nach ihrer Zurükkunft zum Abendessen: da erblaßte
auf einmal der Vater, der Löffel entfiel seiner Hand, alle sprangen zu, er sank ohn-
mächtig in Karls Arme. Todesschrecken er-

griff alle. Man brachte den Erstarreten zu
Bette. Ehe noch der Arzt kam, erwachte
er und kam zur Besinnung. Nach einer
halben Stunde fühlte er nichts von Krankheit, als einige Betäubung des Kopfs; Ue-
belkeit und große Mattigkeit. Es war
nichts als Folge einer starken Erkältung:
aber Glükliche fürchten den Tod, nehmen
also jede Kleinigkeit für Anklopfen desselben. Der Kranke glaubte fest, von einem
leichten Schlage getroffen zu seyn, fürchtete
bey seiner Constitution baldiges Zurükkom-
men desselben und schnelles Verlöschen seines Lebens.

Er konnte die Nacht nicht schlafen, lag
ruhig, aber sichtbar in ernsthaftes Nachdenken, in wichtige Ueberlegungen versenkt.
Luise und Karl wichen nicht von seinem
Bette. Der Vater sahe sie oft lange
unverwandt an, lächelte dann sanft,
reichte der Tochter oder Karln die Hand,
und schwieg. Gegen Morgen hat er

Luisen, sich schlafen zu legen: sie war aber nicht dazu zu bereden. Er bat Kerln um dasselbe, erinnerte ihn, daß er nothwendig heute wieder auf jenes Gut müsse — Karl gab endlich nach, mehr aus Gefälligkeit gegen den Kranken, als aus Bedürfnis oder Neigung. Er warf sich angekleidet etwa zwey Stunden aufs Sopha; dann kam er zurück, um nach dem Kranken zu sehen und ihn um noch Einiges, was auf dem Gute zu verrichten war, zu befragen. Luise saß hart am Bette des Vaters, ihre Hand in der seinigen. Die Tochter hatte geweint — aber, wie es schien, nicht aus Kummer. Der Vater sahe heiter aus und schien sich besser zu befinden, als da Karl ihn verlassen hatte. Er gab Karln Antwort auf seine Fragen und beschloß sehr freundlich:

„Nehmen Sie meinen Engländer, damit „sie bald wieder bey uns sind. Adieu, „mein lieber Weiler!" —

Luise hatte sich, als Karl kam, in ein Nebenzimmer entfernt. Er kam noch vor dem Mittagsessen zurück. Der Vater befand sich noch besser, als früh; Luise war sehr still und heimlich. Sie mußte es dem Vater versprechen, daß sie nach Tische einige Stunden schlafen wollte; unterdeß sollte Karl bey ihm bleiben. Es geschahe. Der Kranke ließ sich erst Karls Verrichtungen vom Vormittag erzählen, freuete sich — denn Karl hatte ihm etwas Wichtiges durchgesezt — und dann entspann sich folgendes Gespräch.

Der Vater. Ueberhaupt muß ich Ihnen sagen —: Ich war zwar überzeugt, daß ein so fähiger, geschikter und thätiger Mann, wie Sie, sich auch in diese Geschäfte bald und leicht einarbeiten würde: aber, aufrichtig, daß dies so schnell und so leicht gehen würde, bildete ich mir nicht ein. Sagen Sie nichts dagegen: es ist wahrhaftig wahr und gehet mir vom

Herzen. Ich glaube, Sie sind erst hier in Ihre eigentliche Sphäre gekommen —

Karl. Wahrhaftig, so ists —

W. So sollten Sie sie auch nie wieder verlassen —

K. Hängt das von meinem Willen ab?

W. Allerdings! Ganz!

K. Ich habe das Vertrauen zu Ihrer Freundschaft für mich, daß Sie meine Verhältnisse nicht ändern werden — —

W. Außer wo ich sie verbessern kann —

K. Aber — —

W. Aber —? Seyn Sie offen gegen mich. Die einsamen Stunden, die man, wenn der Tod anklopft, mit einem Freunde verschwazt, sind feyerlich, sind von Bedeutung. Wer weiß, ob ich je wieder so mit Ihnen spreche. Jezt aber, jezt ist es mein Vorsatz. Lassen Sie uns also fortfahren. Sie waren zufrieden mit Ihrer Lage, Sie wünschten sie nicht geändert, Sie glaubten, daß dies auch mein Wunsch sey, und doch haben Sie eine Bedenklichkeit —

I. Th.   H

K. Als ich vor dem Jahr meinen geliebten Toden betraukte, nannten Sie sich meinen Vater —— Ja, ich will ganz offen mit Ihnen sprechen; so offen, als mit keinem Menschen auf der Welt —

B. Ich weiß das zu schätzen —

K. Ich bin sehr zufrieden mit meinen jetzigen Geschäften; hierin wünsche ich keine Aenderung. Aber mit meiner Lage ist denn doch verbunden — die Unmöglichkeit, einen gewissen Wunsch — eine gewisse Pflicht — —

Der Vater fiel sehr sanft, wohlwollend und vertraulich ein:

Verstehe ich Sie recht, so wollen Sie heyrathen!

K. Ich — ich — —

B. Guter Weiler; ich freue mich sehr der Antwort ihres plözlichen Erröthens! — Sie sprachen von Unmöglichkeit: diese sehe ich nicht —

K. Aber — —

B. Ich verstehe Sie — Sie haben recht! Ich liebe an dem jungen Mann von Verdienst Etwas Stolz!

K. Mein gütiger Vater —

B. Für diese Bedenklichkeit würde ich sorgen — unter gewissen Voraussetzungen. Sagen Sie nichts — Diese Freudenthräne ist schon zu viel Lohn für mich. Ich sagte überdies: unter gewissen Voraussetzungen! Hören Sie mich ganz. Wenn Sie — nicht etwa nach meiner Wahl, (so eine Albernheit werden Sie mir nicht zutrauen,) aber doch nicht gegen meine Wünsche für Ihr wahres Wohl heyrathen; so laß' ich alle meine Minen springen, und es müßte nicht gut seyn, oder ich setze es durch, daß Sie mir adjungiert werden, mit der unwiderruflichen Versicherung, nach meinem Tode in die Verwaltung — wenigstens eines beträchtlichen Theils der fürstlichen Güter einzutreten —

Freudig erschrocken rief Karl:

Um Gottes Willen — Ich? Wo denken Sie hin?

V. Auf Ihr Wohl!

K. Ich? Ihr unbegränztes Wohlwollen übersiehet Hindernisse, die unübersteiglich — —

V. Schwerlich!

K. Ich? Ich? Ohne Konnexion —.

V. Für die stehe ich Ihnen —

K. Ohne Vermögen — was hier so unumgänglich ist?

V. Sie haben Freunde — auch nach meinem Tode wenigstens Einen, der es besizt!

K. Ich bin so verwirret, so überrascht —! Ich weiß mich nicht zu fassen —

V. Und doch kann ich ein Gespräch nicht abbrechen, das über so vieles entscheiden kann. Kenne ich Sie recht, so könnten Sie so überdelikat, so überbedenklich seyn, auch nicht einmal in solcher Rüksicht von Freunden — wie Sie es nennen würden — einigermaßen abhängig seyn zu wollen: obschon dergleichen Dienste, unter solchen Umständen, mehr Gefälligkeiten gegen den Geber, als gegen den Empfänger sind. Aber — ich kenne das! — Nun — auch dann liegt es an Ihnen, wenn Sie sich nicht ein vielleicht ansehnliches eignes Vermögen verschaffen wollen —

K. An mir? Herr Oberamtmann —!

V. Heyrathen Sie ein reiches Mädchen —

Karl sahe ihm sehr befremdet ins Gesicht. Er fuhr fort:

V. Es verstehet sich — ein Mädchen, das vorerst die Eigenschaften besizt, welche Sie zu einem glüklichen Gatten machen können; ein Mädchen, dem Sie Ihre Liebe schenken können, welches Sie wieder liebt: aber dabey auch Vermögen hat — —

Der Vater sahe ihm hier scharf in die Augen. Karl erblaßte, zitterte, faßte dann heftig seine Hand, riß sie an sein hochklop-

fendes Herz — Da heiterte sich das Gesicht des Oberamtmanns noch mehr auf.
Er drükte Karls Hand, und sagte mit der
liebevollesten Fröhlichkeit, indem er sich zum
Sitzen in seinem Bette aufrichtete:

B. Es fehlet Ihnen an Muth — Ein
Mann von Ihrer Gestalt, Ihrer Jugend,
Ihren Talenten, Ihrem Charakter, Ihren
Aussichten — ey, es müßte nicht gut
seyn —! Wissen Sie was? Machen Sie
mich zu Ihrem Vertrauten, zu Ihrem
Brautwerber! Was zittern Sie? Was
wenden Sie sich weg? Ich möchte so gar
gern noch ein Paar gute Menschen glüklich
machen, ehe sich meine Augen schließen!

Karl fiel mit heißen Thränen heftig um
seinen Hals. Der Vater fuhr fort:

So! das laß' ich mir gefallen! Nun
also — sehen Sie sich um! suchen Sie!
wählen Sie! —

Mit der väterlichsten Zärtlichkeit sezte er
leise hinzu:

Oder hätten Sie vielleicht schon gefunden? schon gewählt? Sie schweigen? Sie zittern mehr? Wie? Kenn' ich das Mädchen? Vermag ich Etwas über sie?

Außer sich fiel Karl vor dem Bett auf die Kniee:

Mein Vater, mein Vater — Ihre Güte, Ihre Liebe drükt mich zu Boden! Ja, Sie sollen alles, alles wissen! Ja, ja, ich liebe ihn...

V. Nun so hab' ich doch recht gesehen! Jezt nur nicht weiter — jezt nicht! Sie sind erschüttert, Sie sind begeistert, Sie sind in Schwärmerey. Sie könnten in Begeisterung und Schwärmerey ein Wort geben, das Sie hernach aus Dankbarkeit und Mannessinn nicht zurüknehmen wollten —

— K. Nein! Nein! Jezt alles, alles! Ich liebe — Ihre Tochter...

Mit einer Freudenthräne halb gen Himmel gerichteten Auge, legte der Va-

ter seine Hand auf des noch knieenden Karls
Haupt, und sagte:

Gott seegne — —

Karl riß sich auf; in Verzweiflung rief er:

Nicht weiter! Um Gottes Willen nicht
weiter! Sehen Sie mein Beben, meine
Todesangst! Ja — es ist heraus, das
schrekliche Geheimnis, das ich bis jezt
mir selbst nicht gestand — Ich liebe Ihre
Tochter: aber, ich Unglüklicher — ich
kann nie ihr Gatte werden — —

Tödlich erschrocken fuhr der Vater zusammen —

Was ist das?

stammelte er. Karl fuhr fort:

Ich bin gebunden — ich bin verlobt —
seit meinen frühen Jünglingsjahren — —

Das ist Etwas anders — das hab' ich
nicht erwartet!

sagte der Vater schwach —

Ach Gott — das ist traurig! —
setzte er nach einer Weile hinzu. Karl weinte
laut. Nach langer Pause fragte der Oberamtmann:

Wer ist Ihre Verlobte?

K. Die Tochter meines verstorbenen
Wohlthäters, des Försters Franz. Ich
bin ihre einzige Hoffnung, ihre einzige
Stütze — — Ach, nun werden Sie mich
hassen. —

V. Das werde ich nie. Aber das muß
ich Ihnen noch sagen, daß Sie sehr wahrscheinlich sich selbst, Ihre Verlobte, und —
vielleicht auch noch eine dritte Person zu
Grunde richten — Jezt gehen Sie, jezt
kann ich nicht weiter sprechen — —

In Verzweiflung stürzte Karl auf sein
Zimmer. Kein Wort der Schilderung seines Zustandes. Der Gedanke, Lotten ver-

laſſen zu wollen, kam ihm nicht in die
Seele; aber der Wunſch, ſie verlaſſen zu
dürfen, nagte heimlich, wie eine ver-
ſtekte Natter, an ſeinem Herzen. So
brachte er die Nacht hin. Des Morgens
hörte er, der Oberamtmann ſey geſtern
Abends bis ſpät in einſamen Geſpräch mit
Luiſen geweſen —

„Mamſell Luischen iſt aber auch gar zu
„ängſtlich —

ſagte der alte Bediente, der ihm jenes erzählte:

„Ich mußte doch die Nacht beym Herrn
„wachen und gab ihr Licht, als ſie auf
„ihr Zimmer ging. Hatte ſie ſich nicht
„die Augen roth und dick geweint! Lieber
„Gott, wir ſehen ja, daß es von keiner
„Bedeutung iſt bey dem alten Herrn! —‟

Einige Stunden darauf bekam Karl folgenden Zettel vom Oberamtmann. Er war
nur mit Bleyſtift geſchrieben:

„Das gestern unter uns Vorgefallene sey
„so gut als nicht vorgefallen, und mache
„vor der Hand eben so wenig Verände-
„rung in unsern gegenseitigen Verhält-
„nissen, als es auch nicht von fern
„her, weiter erwähnt werden darf —
„wenigstens unter einem Vierteljahre
„nicht.“ Ich glaube, es ist uns Beyden,
„mir und Ihnen, zu viel daran gelegen,
„als daß ich nicht überzeugt seyn sollte,
„Sie wären dies zufrieden — auch ohne
„gerade Ihre Zustimmung mündlich oder
„schriftlich zu geben.“ —

Karl verstand ihn — schrieb nicht. Es war
Wohlthat für ihn, daß dies alles uner-
wähnt bleiben sollte. Er mußte den Vormittag in Geschäften zu dem Kranken, faßte
sich so viel nur möglich, fand ihn aber noch
weit gefaßter. Der Oberamtmann sprach
wirklich, als sey nichts vorgefallen; sogar
seine Miene, sein Ton, sein Benehmen war
so. Bey Tische erschien Luise, zwar etwas

bläffer, als gewöhnlich: aber gleichfalls,
wie es schien, ohne Veränderung und ganz
ruhig. Karl dankte dem Himmel, daß er
den Vater so fand: aber es schnitt ihm durch
die Seele, Luisen so zu finden. Den dritten
Tag darauf wurde es als eine gemeine
Sache erzählt, Luise werde den bevorstehen-
den Winter in der benachbarten Hauptstadt
bey einer Tante zubringen, da ihr Vater
wieder hergestellt sey. Karl klagte vor sich
über die Trennung von dem Einzigen, wodurch ihm alles Andere um ihn her erst interessant und lieb wurde: aber im Innersten
seines Herzens that es ihm wohl — — O
menschliches Herz, ewig im Widerspruch
mit dir selbst; wie viel mehr mit deiner
rechtmäßigen Gebieterin, der Vernunft!
Hast du — wie der Fleischklumpen, den
deinen Namen führt, nach einigen der neuesten Anatomiker keine Nerven hat — nichts
Bleibendes, Selbstständiges? nur —
Sensibilität und Irritabilität? —

Der Tag von Luisens Abreise kam. Hier

behielt bey Karln der Schmerz die Ober=
hand. Bleich und zitternd nahm er von ihr
Abschied; starr sahe er dem Wagen noch
lange nach, als er schon weg war. Jezt
schwankte er in seinem Entschluß. Er
schwang sich aufs Pferd, und jagte einige
Stunden im Freyen umher, wild, wie der
Novembersturm, welcher die lezten Reste
der Blätter von den Bäumen warf. Weh=
müthig kehrte er zurück —

„Wer auch so fiel, wie diese welken Blät=
„ter!“

seufzte er, und schwankte mehr in seinem
Entschluß.

Indeß hatte das Stadtgeschwätz, wel=
ches, wo es keine Intriguen anspinnen kann,
Intriguen vermuthet — schon lange Karln
und Luisen zu Bräutgam und Braut ge=
macht, oder wenigstens eine geheime Lieb=
schaft zwischen beyden als gewiß umherge=
zischelt. Einige junge Herrn, die ihr Heil
vergebens bey dem Mädchen versucht hat=

ten, und die nicht begreifen konnten, wie
man, ohne für einen Andern bis zum Er=
blinden eingenommen zu seyn, — ihre Ver=
dienste verkennen, und die Zärtlichkeit, wel=
che sie wenigstens auf der Zunge hatten,
unerwiedert lassen könnte — hatten das
Gerücht bestätigt, durch allerley kleine Anek=
doten unterhaltender, folglich eindringen=
der gemacht; und die Alten, welche für
ihre Söhne oder Neffen auf Luisens Vermö=
gen spekuliert hatten, waren beflissen, dies
Gerücht mit Geschäftigkeit und Emsigkeit
immer weiter zu verbreiten. Schon seit ei=
nem halben Jahre zweifelte Niemand mehr
an der Wahrheit der Verbindung zwischen
Karln und Luisen.

Als Karl von seinem traurigen Spazier=
ritt zurükkam, sagte man ihm, ein fremder
junger Mann habe ihn sprechen wollen.
Seinen Namen habe er nicht gesagt, werde
aber nach Tische wiederkommen. Karl
nahm es gleichgültig hin. Der Fremde
kam. Kräftig und hitzig trat er ein:

„Kennen Sie mich noch?" —

„Sie halten mich für sehr vergessen.
„Sollte ich mich das wackern Herrn För-
„sters Friedrich U** nicht mehr erin-
„nern?" —

Es war wirklich Fritz U**. Er fuhr im
härtesten Ton fort:

„Erinnern Sie sich auch noch eines ge-
„wissen Besuchs von mir vor fünf Jah-
„ren in J**? Wissen Sie, was ich da-
„mals versprach? Jetzt ifts Zeit" — —

„Wozu? Was wollen Sie von mir? Sie
„sind erhizt" — —

„Ja, kalt zu seyn und zu vernünfteln,
„wenn das Herz glühet, und es in den
„Adern siedet — das hab' ich nicht ge-
„lernt. Sie mögen darin Meister
„seyn, eben so, wie — im Gegen-
„theil" — —

„Was ist das?

sagte Karl nun gleichfalls aufgereizt;

„find Sie gekommen, mich zu beleidi-
„gen?" —

„Ich beleidige Niemand: aber schlechte
„Menschen haß' ich, verfolg' ich — " —

„Herr — !"

Ununterbrochen fuhr Fritz fort:

„Das Mädchen kann über die Schurkerey
„eines Mannes nur weinen, nur jam-
„mern, und sich abhärmen: aber der
„Mann ist da, sie zu bestrafen. Hier
„sind Pistolen — Wählen Sie — Dann
„einen Gang mit mir ins Freye" — —

„Sind sie von Sinnen — ?" —

„Wollen Sie etwa gegen mich denuncie-
„ren? Es ist wahr, ich handle gegen das
„allergnädigste Duellmandat, dessen sich
„alle Schleicher getrösten" — —

„Herr,

fuhr Karl wüthend auf;

„erklären Sie Ihren Unsinn: oder,
„beym allwissenden Gott — !" —

„Auch auf den kann ſich der Weltmann
„berufen? Gehört's zur Figur? zur
„Maske? Doch ich ſoll mich erklären!
„Herr — ich trat vor Ihnen bey Lotten
„zurück, weil ich mich für geringer, für
„ſchlechter hielt, als Sie, und weil Sie
„ſich hoch und theuer vermaßen, das
„Mädchen nicht zu verlaſſen — kurz, ſie
„zu heyrathen. Jezt heyrathen Sie —
„aber eine Andere" — —

„Wer ſagt das?" —

„Die ganze Stadt!" —

„Ein Schurke ſagt's, und ein Thor
„glaubt's!"

„Was war das?"

rief Fritz außer ſich.

„Eine Wahrheit war's, Herr;
fuhr Karl fort —

„Ihr Eifer mag gut gemeynt ſeyn, aber
„er iſt unſinnig. Ich gab Lotten mein
„Wort, und ich werde es halten, ohne

I. Th.   J

„das Einmengen von irgend Jemand.
„Das sagen Sie meinethalben der ganzen
„Stadt, die Sie gefoppt hat. Jezt ver-
„lasse ich Sie fünf Minuten. Unterdes-
„sen überlegen Sie, ob ich mich noch mit
„Ihnen schießen soll —" —

Karl ging schnell ins Nebenzimmer.
Der wackere, aber unbesonnene Fritz stand
wie vernichtet. Nach fünf Minuten kam
Karl weit ruhiger zurück. Er sagte:

„Was beschließen Sie?" —

„Ich möchte mir diese Kugel vor den
„Kopf schießen! Soll ich denn immer
„und ewig nur wie ein Schulknabe vor
„Ihnen stehen?" —

„Nein,

sagte Karl und faßte fest seine Hand;

„sondern als Freund!" —

Fritz fiel ihm um den Hals, und preßte ihn
heftig an seine Brust.

Dieser schnell vorübergehende Auftritt wirkte jedoch viel auf Karln, und vertilgte alles Schwanken in seinem Gemüth. Karl war wieder entschlossen, alles für Lotten zu thun. Den folgenden Tag sprach er den Oberamtmann allein. Er leitete das Gespräch auf diese Angelegenheit, wollte offen und frey sprechen; da fiel ihm der Alte ein:

„Ich bleibe bey meinem Vorsatz, unter „einem Vierteljahr nicht über diese Sache „zu sprechen. Es verstehet sich von „selbst, daß es bey Ihnen stehet, zu thun, „was Sie wollen. Sie können auch hei„lig versichert seyn, daß ich keiner Ihrer „Unternehmungen entgegenarbeiten, son„dern mich bemühen werde, Ihnen dienst„willig zu seyn in allem, was Sie thun, „und was ich für — nicht ganz unweise „halte. Davon seyn Sie fest versichert: „aber ich spreche jezt noch nicht dar„über."

Karl mußte schweigen. Aus diesem ge-
spannten Verhältnis entstand aber eine gewisse Behutsamkeit, ja Furchtsamkeit in
der Unterhaltung und im Benehmen Beyder; und Karls Verdienst war es nicht,
daß nicht, wie gewöhnlich, aus solcher Behutsamkeit, Kälte; aus dieser, Entfernung der Herzen; aus dieser, gänzli-
che Trennung entstand. Des würdigen Vaters Wohlwollen, Klugheit und Liebe zu
Karln verhinderte diese üblen Folgen, und
stellete, jene Angelegenheit abgerechnet,
den alten herzlichen Ton, die alte Vertraulichkeit, ziemlich wieder her.

Nicht lange nach Weihnacht sagte einmal der Vater im gewöhnlichen Gespräch:

„A propos! Hab' ich Ihnen schon gesagt,
„daß der Graf X — mir eins seiner Gü-
„ter hat anbieten lassen? Dem Anschlag
„nach ist das Gut zwar klein, aber alles
„im besten Stande. Und eine vortheil-
„hafte und dabey schöne Lage soll es ha-
„ben" — —

„Sie haben mir noch nichts davon ge-
„sagt,

erwiederte Karl;

„wo liegt das Gut?" —

„In der Gegend von J**, etwa zwey
„Stunden über die Stadt hin — Ey,
„was will ich denn — Sie sind ja in der
„Gegend bekannt" —

sezte er langsam hinzu, indem er bereuete,
so unachtsam gewesen zu seyn — Karl ant=
wortete überrascht und erröthend:

„Ja, ich kenne das Oertchen. Es liegt
„schön. Um die nähere Beschaffenheit
„habe ich mich nicht bekümmert."

Der Oberamtmann ging, verdrüßlich über
sich selbst, an das Fenster, und wollte nach
einer Weile ein anderes Gespräch anfangen.
Da ergriff Karl mit Lebhaftigkeit seine
Hand. Noch schwiegen Beyde und verstan=
den sich. Endlich begann der Vater:

„Nun, es ist einmal gesagt — weiter al=
„so. Ich werde in einigen Wochen dahin

„reiſen, um ſelbſt zu ſehen, ehe ich kaufe:
„wollen Sie mich begleiten? Werde ich
„da eine gewiſſe Bekanntſchaft ma-
„chen?" —

„Ja,

antwortete Karl,

„Sie werden Lotten kennen lernen. Der
„Pfarrer, bey dem ſie ſich aufhält, iſt
„Ihr nächſter Nachbar" —

„Nun denn — ich breche ja mein Wort
„nicht: das Vierteljahr iſt vorbey! Alſo
„aufrichtig! Sie ſcheinen entſchloſſen" —

„Ja, das bin ich, ein ehrlicher Mann zu
„bleiben und mein theuer und wiederholt
„gegebenes Wort zu halten" — —

„Gut! Und in Anſehung der äußern Ver-
„hältniſſe — was haben Sie da beſchloſ-
„ſen?" —

„Da weiß ich noch nichts. Nur das weiß
„ich, daß ich — ach Gott, daß ich aus
„Ihrem Hauſe muß„ —

„Sie haben recht. Ich habe auch hier
„mein Wort gehalten und oft genug an
„Sie gedacht. Ich kann Ihnen einen
„Vorschlag thun. Freylich glänzend ist
„er nicht. Ich sage mehr: er ist eigent-
„lich Ihrer unwürdig" — —

„Wenn er einer kleinen Familie zum be-
„schränkten, nothwendigen Auskommen
„verhilft, sie nützlich beschäftigt,
„und mit Ehren angenommen werden
„kann", — —

„Sonst würde ich ihn Ihnen nimmer-
„mehr vortragen. Ich will jenes Gut
„kaufen. Sie haben Liebhaberey an Oe-
„konomie gefunden: übernehmen Sie
„den Pacht des Guts. Ihre künftige
„Gattin verstehet Landwirthschaft, liebt
„sie wahrscheinlich auch; ich mache Ihnen
„einen Pachtkontrakt, bey dem ich geden-
„ke, wie viel ich Ihnen an meinem Soh-
„ne zu verdanken habe, und mache den

„Kontrakt eifern, für Ihre und Ihrer
„Gattin Lebenszeit. Gar mancher, der
„sein Glück vergebens in der großen Welt
„suchte, fand es in der Stille des Land-
„lebens. Ziehen Sie den Radius Ihrer
„Begriffe von Glück und Ihrer Wünsche
„enger und immer enger: bis Sie endlich
„auf den Haupt- und Mittelpunkt in sich
„selbst reduciert werden, und daran sich
„halten lernen. Hielt ich Sie für einen
„Mann von geringern innerm Werth: so
„würde ich Ihnen diesen Rath nicht ge-
„ben. Befolgen Sie ihn: so können Sie
„in jener stillen Art zu leben sehr zu-
„frieden und glüklich seyn" — — —

Der Vorschlag war gut überdacht, redlich gemeint; Karl mußte das eingestehen:
und doch schmerzte er ihn so innig. Er erbat es sich, seine Entscheidung erst nach der
Zurükkunft von der Reise zu geben. Der
Oberamtmann fand das nicht nur billig,
sondern auch nothwendig. Man fürchte

keine Schilderung von den sich durchkreu-
zenden Gefühlen, mit welchen Karl abreisete und mit welchen er in der wohlbekann-
ten Gegend ankam. Ich könnte sie nicht
geben, wenn ichs auch wollte: denn das
Unbeschreibliche ist — unbeschreiblich.

Gleich den andern Tag nach ihrer Ankunft ließen sich der Oberamtmann und
Karl bey dem Pfarrer melden, wo sich Lotte
aufhielt. Karls Entschluß stand fest. Aber
mit welchen Empfindungen erblikte er jezt
die gute, bedauernswürdige Lotte ganz so,
wie sie ihm ihr verstorbener Vater vor fast
acht Jahren geschildert hatte. Sie war
jezt sechs und zwanzig Jahr; abgeblühet,
durch eine ausgestandene Krankheit, durch
Sorge und Kummer von mancherley Art,
namentlich durch das immer erneuete Gerücht von Karls Verbindung mit Luisen.
Ihre Lebhaftigkeit war mit den Rosen ihrer
Wangen verblichen, ihr naiver Witz ent-
schlummert, ihre Laune hin, ihr Geist er-

mattet bis zur Resignation auf alles Lebens=
glück, ihr Benehmen ängstlich, heimlich,
verschüchtert, ihr Vertrauen erzwungen,
ihre Freude gedämpft. Karl wiederholte
ihr in einem einsamen Stündchen seine Ver=
sprechungen, theilte ihr den Vorschlag des
Oberamtmanns mit, schilderte ihr das zu
hoffende Glück stiller, friedlicher Häuslichkeit
mit Farben der — vielleicht aus gutem
Willen vorsäzlich erhizten Phantasie —
Sie hörte aufmerksam zu, ihre Augen wa=
ren voll Thränen, sie lächelte wehmüthig,
drükte sanft Karls Hand: aber keine Auf=
wallung der Freude, kein frohes Auffassen
seiner Hoffnungen — !

Die Geschäfte des Oberamtmanns er=
laubten ihm nicht, lange vom Hause ent=
fernt zu seyn. Auch Er hatte das an Lot=
ten nicht gefunden, was er erwartet hatte.
Den fünften Tag reiseten sie wieder ab —
Karl mit dem Versprechen, bald wieder zu
kommen. Lotte blieb in der beschriebenen

Stimmung, bis Karl in den Wagen steigen wollte. Da überwältigte sie ihr Gefühl. Sie riß ihn mit größter Heftigkeit an ihre Brust, ihre Thränen stürzten gewaltsam hervor, sie hing bewußtlos an ihm, und mußte halbohnmächtig zurükgebracht werden.

Karl schwang sich in den Wagen Der Postillion fuhr fort. Dumpf in sich gekehrt saß Karl im Winkel des Wagens, sahe starr hinaus, sprach kein Wort. Der Oberamtmann, der ihn verstand, den er jammerte — fing dies, fing jenes Gespräch an: Karl fuhr dann, wie aus einem tiefen Schlafe auf, gab einige gleichgültige Worte Antwort, und versank wieder in sein betäubtes Träumen und Hinbrüten.

So blieb er die ersten acht Tage nach seiner Zurükkunft in das Haus des Oberamtmanns. Lotte hatte durch diesen Besuch viel in seinem Herzen verlohren. Doch blieben, als er

endlich zu deutlichem Bewußtseyn erwachte,
dies seine Gedanken:

„Ich sehe mein Unglück vor Augen: aber
„ich will Gotten Wort halten — die
„Ehre verlangt es" — —

(Ist das nicht der Anfang zu kaltem, abge-
zirkelten, zurükscheuchenden — Wohlver-
halten gegen eine solche Unglükliche, wenn
sie nun Gattin geworden ist?)

„Das Opfer, das ich ihr an Luisen bringe,
„ist groß, wahrlich sehr groß: aber ich
„will ihr Wort halten" —

(Ist das nicht der Grund zu überspannten
Forderungen an die gute arme Gattin, und
da sie diese nicht erfüllen kann, zur Ver-
nachläßigung derselben?)

„Sie soll das nie fühlen — Ich bin ihr
„einziger Schutz, ihre einzige Hoffnung:
„ich will ihr Wort halten und sie glüklich,
„recht glüklich machen — das verlangt
„schon Menschlichkeit" —

(Iſt das nicht der Grund zum drückenden,
wenn auch durch Sitten verſtekten Despotismus gegen das gute, duldende, ſich
ſchmiegende, nur heimlich weinende
Weib? —)

O Männer, die ihr den Frieden einer
jungen weiblichen Seele unbeſonnen, zwek-
los, faſelnd, ohne Abſicht ſtöhrt — wie
der muthwillige Knabe Mohnköpfe herab-
ſchlägt und Roſen zerpflükt; die ihr dann
bemerkt, was eure Unbeſonnenheit ange-
richtet hat, aber aus Sinnlichkeit, oder
Eitelkeit, oder fortdauerndem Leichtſinn,
oder falſchem Ehrgefühl nicht eilet gut
zu machen durch frühe und ſchonende Ent-
ſagung —: ihr bildet euch ein, etwas Edles, Großes, Heldenmüthiges zu thun,
wenn ihr endlich dem halbabgehärmten,
um euretwillen welkenden, zum Freudenge-
nuß des Lebens durch euch halbunfähig ge-
machten Geſchöpf eure Hand reichet? Ihr
handelt ſtreng, nach Ehre — Seyd ihr

ganz Ehre? und kann es dem liebenden
Geschöpf genug seyn, wenn ihr's wäret?
Ihr wollt euch verbergen, wollt die Gattin
glüklich machen — wär' es auch nur aus
allgemeinem Wohlwollen, aus Menschlichkeit — gestehet's, aus Mitleid! Denkt
ihr nicht, wie unaussprechlich wehe es thut,
vom Mitleid des Andern abzuhangen? Oder
soll das Weib Mitleid nicht von Liebe unter-
scheiden können? Endlich — seyd ihr ganz
Mitleid? seyd ihr's immer? Nein! nein!
das seyd ihr nicht! Ehe ihr es euch versehet,
übereilt euch eine Stunde der Härte, der
Grausamkeit, des Despotismus. Die
Stunde fliegt vorüber. Jezt wollt ihr gut
machen; jezt überhäuft ihr die Zertretene
mit Liebkosungen — und hierdurch
macht ihr sie am allerelendesten. Sie zittert
vor euch, und muß Liebkosungen — dulden! Sie schmachtete in Zärtlichkeit gegen
euch; sie hoffte noch immer auf Erwiede-
rung, wenn sie euch nur alles ganz recht
machte, sich in all eure Launen fügte: nur

siehet sie eure Heucheley; muß von Stund'
an, auch wenn wahre Liebe in eure Herzen
zurükkehrte, sie für Heucheley halten — —
O. ihr guten, armen Geschöpfe, die ihr
glaubt, alles werde gut werden, wenn nur
erst der Seegen vor dem Altar euren Bund
heiligte! da habt ihr einige matte Züge
vom Bilde so vieler, vieler Ehen jener Art,
unter — wahrlich noch lange nicht schlech-
ten Menschen. „Aber, sagt ihr, wird das
anders seyn, wenn der Bund der Herzen
bald durch Ehe geheiligt wird?“ In der
Regel, ja! Warum? das zeig' ich anders-
wo. Vor der Hand glaubt, daß die Natur
selbst eurem Glück hier mütterlich zu Hülfe
kommt; und um nicht blind zu glauben,
denkt an Kinder. „Wir sehen aber so
viele glükliche Ehen nach langen Liebschaf-
ten!“ — So viele? Kennet ihr auch die
verborgenen häuslichen Verhältnisse derer,
die euch öffentlich zum Lobe, vielleicht sogar
zu kleinem Neide reizen? So viele?
Manche — ja ohnstreitig! Aber überlegt

euch noch einmal Karls und Lottens Charakter; vergleicht sie mit dem Charakter derer, von denen ihr gewiß seyn könnet,
daß sie, unter übrigens gleichen Umständen,
noch glüflich wurden; und vor allem —
warum ich dies alles schrieb — vergleicht
den Charakter dessen, der sich eben jezt in
euer Herz schleichen will, ohne euch seine
Hand bald geben zu können. Ihr kennt seinen Charakter noch nicht? Ihr habt noch
nicht untersucht, ob er überhaupt einen Charakter hat? Und folget dennoch dem süßen
Zuge eurer Herzen? Da kann euch Niemand
rathen, Niemand helfen — — Wie ungern
schweigt der Mund, wenn das Auge so viel
sahe, das Herz in stiller Theilnahme so
viel litt! Wird man mir diese Abschweifung
vergeben? —

Jemehr das lieblich rauschende Mondlicht und Lottens Bild in Karls Seele verblichen war, desto glänzender ging aus dem
fernsten Hintergrunde Luisens strahlende

Morgenröthe auf. Man sprach im Hause von ihrer baldigen Zurückkunft. Da stand auf einmal der Gedanke deutlich und fest vor Karls Seele: das erwartest du hier nicht! Du darfst mit ihr nicht zusammenleben! — Der Kauf des erwähnten Gutes zog sich sehr in die Länge, da sein jetziger Besitzer es in Florenz verzehrete und er selbst die Unterhandlungen beendigen mußte — Karl, in der Betäubung seines Kopfs, ging zum Oberamtmann, und bat um seine Entlassung. Der Oberamtmann erschrak. Dann sagte er sanft:

„Herr Weiler, haben Sie sich das über„legt?" —

„Ja —"

„Wollen Sie nicht lieber einige Wo„chen Bedenkzeit nehmen?" —

„Nein, es muß seyn —"

„Auch nicht einige Tage?" —

„Ich verstehe Sie — Sie meynen es

I, Th.   K

„sehr gütig — Ich danke Ihnen —:
„aber es muß seyn!" —

„Also wohl überlegt und fest entschlos-
„sen?"

„Ja."

„Ich will nicht um die Ursache fra-
„gen —"

„Ich nehme es mit Dank an, wenn
„Sie nicht fragen" —

„Sie setzen mich außer Stand, Ihnen
„das zu vergelten, was Sie an mei-
„nem Sohne gethan haben" —

„Das haben Sie längst vergolten. Er-
„halten Sie mir Ihre Freundschaft" —

„Und Sie mir die Ihrige. Ja, ich
„habe nichts gegen Ihre Trennung
„auf einige Zeit. Aber versprechen
„Sie mir's, wenn die Ursachen, aus
„denen Sie weggehen, sich geändert
„haben, wieder zurück zu kehren?" —

„Wenn mich nichts anders hindert —
„ja, mit Freuden!" —

„Und sollte Sie das Schiksal in Ver-
„hältnisse bringen, wo Sie einen theil-
„nehmenden und zugleich thätigen Freund
„brauchten: versprechen Sie mir, mich
„nicht zu übergehen?" —

„Sie sind der einzige Mensch auf Er-
„den von dem ich Wohlthaten anneh-
„men könnte" —

„Wir scheiden also als Freunde und
„hoffentlich auf kurze Zeit. Vielleicht
„hat die Welt, vielleicht haben andere
„Geschäfte und Verhältnisse Zerstreuung
„und Ruhe für Sie" —

„Ich will dulden und handeln als red-
„licher Mann, und hoffen, daß es viel-
„leicht bald aus seyn wird" — —

Der Oberamtmann wollte ihm eine be-
trächtliche Geldsumme unter allerley au-
ständigem Vorwande aufdringen: Karl

schlug sie mit Dankbarkeit und auf die beste
Weise aus.

―――――

Karl wollte sich auf eine Universität
wenden, sich habilitiren und Kollegien lesen. Nach J** wollte er nicht, weil er
seine dortigen Bekannten und deren Erkun-
digungen fürchtete: er wendete sich also
nach X**. *) Man nahm ihn höflich, aber
kalt auf. Ein jeder der dortigen Gelehrten
von Bedeutung war viel zu sehr mit sich
und seinem eigenen Interesse beschäftigt,
als daß er von einem Neuling, den man
überdies nicht einmal kannte, hätte Notiz
nehmen sollen. Karl zeigte bey mancherley
öffentlichen Vorfällen, daß er viel Wissen-
schaft besitze: man ließ ihm das Recht, wie-

―――――

*) Um allem unnützen Deuteln zuvorzukommen,
merke ich an, daß alle Namen sich mit den angeführten Buchstaben nicht anfangen.

verfahren, daß er — nicht ganz ungeschikt zu seyn scheine. Er erhielt das Recht Kollegien zu lesen: aber Niemand kannte ihn — er mußte noch immer von seinem wenigen ersparten Gelde leben.

„Du kannst es nicht anders verlangen: sagte er;

„du willst dich durch eine Schrift erst „bekannt machen!" —

Die kantische Philosophie, die damals endlich die Nebel des Vorurtheils gegen sie zu durchdringen anfing, und das glänzendste Aufsehen in der gelehrten Welt machte; für oder wider welche damals alles Parthey nahm, wobey Freunde und Feinde über Mißverstand klagten und schrieen — : diese erwählte sich Karl, und glaubte seine Parthey weise zu wählen. Er war einer der Ersten, welche einen Versuch bekannt machten, die über das neue System geführten Streitigkeiten dadurch vielleicht beyzulegen, daß man sich nur erst hinlänglich verstehen lernte.

Er erklärte in diesem Buche Kants Schriften aus — Kants Schriften; versuchte es,
die Resultate derselben, von ihrer damals
noch ziemlich unbekannten und gefürchteten
Sprache entkleidet, gemeinfaßlich und ein-
leuchtend darzustellen —.

„Hm, ein junger kantischer Philo-
„soph —!"
sagten die Leibniz-Wolfianer in X** und
zukten die Achseln.

„Ey, ein junger kantischer Philo-
„soph —!"
sagten die Eklektiker daselbst und lächelten.

„Ha, ein kantischer Philosoph —!"
sagten die Theologen, und zogen die Augenbraunen zusammen. Was man höhern
Orts sagte, weiß ich nicht; was man
that, wird die Folge lehren. Die Studierenden lasen sein Buch nicht: Karl ward
nicht bekannt.

„Du willst es von anderer Seite versu-
„chen —"

sagte er. Er schrieb ein Werkchen über die Staatsverfassungen Englands, Frankreichs und Deutschlands, um den Vorurtheilen entgegen zu arbeiten, nach denen es damals Ton war, die erste in den Himmel zu erheben, die zweyte zu bejammern, um die dritte sich nicht zu bekümmern. Da er alles an Ort und Stelle untersucht und gesammlet hatte, war er wohl der Mann dazu. Er entwickelte bloß historisch, und belegte sein weniges Raisonnement, um sicher zu gehen, überall mit Thatsachen seiner eigenen Erfahrung. Er rühmte die englische Konstitution, stellte sie aber auch als Beyspiel auf, wie die beste Verfassung durch List guter Köpfe und Goldvolle Beutel zu den schreflichsten Ungerechtigkeiten gemisbraucht werden könnte. Das hieß man frech. Er verdammte die damals vor kurzem gestürzte monarchische Regierungs-Art in Frankreich, und stellete sie als Beyspiel auf, wie durch einen Zusammenhang innig verwickelter Intriguen, verjährter

schrekticher Misbräuche u. s. w. es selbst dem
besten Monarchen — wenn er nicht von
allumfassendem Blick und gewaltiger, durch-
greifender Kraft wäre — unmöglich gemacht werden könnte, etwas Namhaftes
zum Wohl seiner herzlich geliebten Unter-
thanen zu schaffen. Das hieß man unverschämt, pasquillantisch, jakobinisch, sans-
külottisch. Er schilderte das deutsche Reich
in seiner Verfassung als einen bewunderns-
würdigen Koloß, zusammengesezt aus den
ungleichartigsten Theilen, berechnet mit
großer Weisheit auf das Gewicht und Wi-
derhalten des besondern Interesse und nach-
barlicher Eifersucht; unerschütterlich in enger Verbindung der Theile, aber jezt wankend, wegen des Uebergewichts einzelner
Massen, deren Bänder lose geworden waren. Das hieß man gefährlich für Sicher-
heit und Ruhe des Vaterlands — aufrüh-
rerisch.

Das Buch ward gelesen: er selbst ver-
mieden. Er kündigte ein Kollegium über

Staatsrecht an, die Studierenden eilten
herbey — Endlich! endlich! rief Karl —
arbeitete mit aller nur möglichen Anstrengung — Da kam ein Rescript von der hohen Landesregierung:

„Dem Magistro legenti, Herrn Karl
„Weiler, ist, wegen gefährlicher Grund-
„sätze, vom Dato an untersagt, öffent-
„liche Vorlesungen irgend einer Art auf
„irgend einer der **schen Universitäten
„zu halten. Uebrigens bleibt es ihm,
„aus hoher landesväterlicher Milde und
„in Hoffnung einer künftig sorgfältigern
„Mäßiguug, vor der Hand unbenommen,
„als Privatmann in den **schen Staa-
„ten zu leben. Geben *) — —

---

*) Es ist sonderbar, daß der Kurialstyl alle
Worte so viel als möglich ausdehnt, aus bekannten Ursachen: nur allein dem Worte „geben“ so
viel, als nur immer möglich, abschneidet.

Karl eilte außer sich zu den Gelehrten, welche Sitz und Stimme im litterarischen Aeropagus und Gehör bey den Vätern des Staats hatten. Die meisten bedauerten ihn mit vielen eiskalten Worten, einige wenige drükten ihm die Hand und schwiegen. Alle kamen aber darin überein, daß nichts in der Sache zu thun sey.

Unterdessen hatte er sein ganzes erspartes Vermögen zugesezt. Er war nun ganz arm. Da bekam er einen Brief von seinem alten Vater, dem es nicht gelungen war, sich wieder in die Höhe zu helfen, und der in einem elenden preußischen Dörfchen bey einem selbst armen Verwandten krank und hülflos darnieder lag.

„Ich habe Dich nicht unterstüzt, mein „Sohn —

schrieb er;

„weil ich nicht konnte. Gott kennet die „Thränen, die ich aus Wehmuth gewei-

„net habe, daß ich meinem lieben Sohne
„fast nichts geben konnte, als das nakte
„Leben. Indeß, der Herr hat Dir ge-
„holfen, Du bist ein angesehener Mann
„geworden. Jezt bin ich ohne Hülfe.
„An wen sollte ich mich wenden, als an
„meinen lieben Sohn?" u. s. w.
„Gott! Gott!"

rief Karl, und heiße Thränen liefen seine
Wangen herab. Er eilte zu einem Juden,
verkaufte einen Theil seiner entbehrlichsten
Habseligkeiten, und schikte das Geld seinem Vater. Jezt dachte er an den Oberamtmann. Er wollte an ihn schreiben.
Aber wie schwer ward es ihm, wie schwer
mußte es ihm werden, auch bey aller
gegenseitigen Freundschaft, unter den Verhältnissen, in welchen er übrigens mit
ihm stand. Er sprang auf, warf die Fe-
der weg, indem er ausrief:

„Nein, jezt noch nicht! Du hast ja noch
„nothdürftig zu leben — auf einige
„Monate!" —

Da pochte Jemand an der Thür.
Der Verleger seiner leßten Schrift trat
herein. Das Buch war viel gekauft worden. Der Mann glaubte Karln weiter
brauchen zu können.

„Mein Herr Magister,

sagte er;

„ich habe von Ihrem Unfall gehört.
„Ey ey! Ich bedaure — bedaure von
„Herzen —

hier nahm er eine Prise Tabak —

„Indeß — laßen's gut seyn! Thut
„nichts, sag' ich Ihnen; thut nichts!
„Giebt Ihnen mehr Ruf! Müssen mehr
„schreiben!" —

„Gott sey Dank,

dachte Karl;

„das wäre doch noch eine Thür!"
Er sagte zum Herrn Verleger:

„Ich bin jezt so zerstreuet, so verwirrt:
„was soll ich schreiben?" —

„Hm, nur frisch auf dem Wege fort,
„den sie betreten haben. Ich bin Ihr
„Freund! ich nehme alles, was Sie
„machen. Sind Sie pressiert — thut
„nichts, sage ich Ihnen; thut nichts! Ich
„gebe Ihnen Vorschuß — unter gehöri-
„gen Bedingungen nehmlich! unter ge-
„hörigen Bedingungen —! Jetzt haben wir
„Neujahr. Nun, schreiben Sie mir ein
„Werkchen über kantische Philosophie,
„oder über die französische Revolution
„zur Ostermesse" — —

„Kann ich mit Ehren Etwas unter mei-
„nem Namen in diesen Fächern schreiben,
„das schlechter ist, als was ich schon ge-
„macht habe?" —

„Ja, unter Ihrem Namen muß es seyn!
„Aber warum denn gerade schlechter?" —

„Mein Gott, glauben Sie denn, daß sich
„so Etwas in einem Vierteljahr zusam-
„menschreiben läßt? Auf jene Schriften

„hatt' ich drey Jahre in der Stille vorge-
„arbeitet!" —

„So —! hm! Nun, so schreiben Sie et-
„was Modernes, Unterhaltendes, Galan-
„tes! Ihr Styl gefällt mir nicht übel,
„und Etwas Phantasie scheinen Sie auch
„zu haben. Ich gebe Ihnen pro Bogen
„drey Reichsthaler. Das ist einmal so
„meine Tax; davon bringt mich nichts
„ab. Drey Thaler für Modeartikel, fünf
„für wissenschaftliche Werke. Die Zeiten
„sind schlecht. Kein Absatz. Papier theuer.
„Leihbibliotheken" —— —

„Gut, gut —
fiel Karl ein;

„ich will Ihnen einen Roman schrei-
„ben" —

„Recht! Aus den Ritterzeiten, — dacht'
„ich! Man liebt's einmal jezt, und ich
„brauche Jemand für dies Fach, da mir
„der beliebte Sp— untreu geworden
„ist" ——

„Ich kenne nur unfere Zeiten hinläng-
„lich" —

ſagte Karl mit ſchmerzlicher Reminiſcenz.

„Nun, es mag drum ſeyn —
fuhr der gefällige Mann fort;

„ein Alphabetchen ſtark etwa; ſo ein Werk-
„chen für einen Thaler," u, ſ. w.

Karl ſchrieb den Roman. Er erſchien,
gefiel; aber unter den Areopagiten in X —
hieß es:

„Hm! der vorlaute junge Mann macht
„jezt den Romanſchreiber!" —

Karl lachte ihrer. Die Phantaſiewelt, in
welcher er während der Arbeit ſchwebte, hatte
ihn heiterer, leichter gemacht. Er fing ſchon
an, ſich wieder eine angenehme, unabhängige,
wenn auch freylich nicht glänzende und nicht
bequeme Zukunft zu verſprechen. Da kam
ihm eine ſpröde thuende Recenſion des in der
Literatur entſcheidenden Journals zu Geſicht. Das Buch war mit folgenden Zeilen
abgefertigt:

„Der Verfasser schreibt nicht übel,
„seine Sprache ist ziemlich rein, auch
„sind seine Sentiments nicht ganz ge-
„mein. Aber er kennet die Welt nicht,
„seine Charaktere haben nicht Natur, sei-
„ne Phantasie schwärmt in Idealen um-
„her. Wann wird man aufhören, mit
„dergleichen Dingen die Köpfe unsrer Ju-
„gend schwindelnd zu machen!" —

Der Herr Verleger erschien — Er sagte
eilig:

„Haben Sie die —sche Recension gese-
„hen? Ey ey, ey ey! Es fing ganz hübsch
„an zu gehen, das Buch; ja, nun bleibt
„mir der Plunder liegen! Sie sollten sich
„Freunde machen unter den gelehrten
„Herren! Ich rede nicht etwa von Be-
„stechungen — die dort sind verdammt
„skrupulös darin; das weiß ich. Aber
„sonst —! Sie sehen doch ein Buch aus
„ganz anderm Gesichtspunkt, mit ganz
„andern Augen an, wenn sie dem Verfas-
„ser gut sind.

„Je nu — es mag diesmal drum seyn!
„Laſſen Sie den Muth nicht ſinken. Ma-
„chen Sie mir noch einen Roman zur
„Michaelismeſſe — oder zwey, wenn Sie
„fertig werden. Aber — müſſen hübſch
„in der ordinairen Welt bleiben! Die
„Grandiſons ſind längſt vorbey!" — —

Karl verſprach es, nicht ſowohl um dem
Manne zu folgen, als vielmehr ſich ſelbſt
auch hier zu verſuchen. Er ſchrieb mit aller
Anſtrengung, mit allem Fleiß, eine Fami-
liengeſchichte, in welcher er Empfehlung
edler Geſinnungen, Verbreitung feiner Welt-
und Menſchenkenntniß, mit angenehmer,
munterer Unterhaltung zu verbinden ſuchte.
Das Buch erſchien. Es ward begierig ge-
leſen. Manchen Dank erhielt Karl in der
Stille. Er freuete ſich, er hoffte: da erſchien
eine vornehmthuende Recenſion in jenem
Journal:

„Der ſeit einiger Zeit das Publikum reich-
„lich beſchenkende Verfaſſer liefert hier

I. Th.   L

„eine Familiengeschichte, die ihm selbst,
„schwerlich aber Lesern von Geist interes-
„sant seyn wird. Die Charaktere sind
„gemein, die Situationen ohne eingrei-
„fende Größe. Herr W— wird nie Glück
„in dieser Gattung machen. Uebrigens
„sind die darin geäußerten Grundsätze
„und Gesinnungen recht gut und unschäd-
„lich; auch scheint der Verfasser wirklich
„einige Menschenkenntnis zu besitzen“—

Der Verleger kam gesprungen —

„Sapperment — haben Sie die Recen-
„sion gelesen? Ich habe mich alteriert —
„Herr Magister, ich habe mich alteriert —
„Nein, nun ists vorbey mit Ihnen! Ih-
„re „recht guten, unschädlichen Gesinnun-
„gen“ — ich hab' den Teufel davon!
„u. s. w.“

Karl schaffte sich den Mann vom Halse,
theilte den Rest seines Honorars mit seinem
kranken Vater, und schweifte gedankenlos
den Tag über im Freyen herum. Er kehrte
zurück, entschlossen, nach langem Kampf,

nun an den Oberamtmann zu schreiben.
Da fand er einen unterdessen angekomme-
nen Brief von unbekannter Hand. Er erbrach ihn. Der Brief war vom würdigen
geheimen Rath von Z— aus der Residenz.

„Was ist das?"
rief Karl, und zitterte in freudiger Ahndung.
Er las folgendes:

„Ich kenne Sie als einen sehr geschikten,
„thätigen Mann, der besonders der
„Fächer sehr mächtig ist, in die ich ihn
„versezt wünschte. Ich bin durch die
„Gnade und das Vertrauen meines Für-
„sten als Geschäftsführer zu der Konven-
„tion nach — — ernannt, welche die
„jetzigen Zeitläufte nothwendig machen.
„Einige geschikte Männer aus hiesigen Di-
„kasterien werden mich zwar begleiten:
„aber ich brauche dabey noch einen Mann,
„der, außer den vorauszusetzenden Kennt-
„nissen, noch besonders die Welt gesehen
„hat, der der neuern Sprachen ganz
„mächtig ist, und der die Privatverhält-

„niſſe mancher bedeutenden Männer und
„deren beſonderes Intereſſe kennet. Ich
„halte Sie für den Mann. Können Sie
„ſich entſchließen, unter dem Namen eines
„geheimen Sekretairs mich zu begleiten,
„bey Bedingungen, welche Sie ſelbſt
„machen können: ſo hoffe ich meine Bit-
„te um Sie von Jhro Durchlaucht nicht
„abgeſchlagen zu bekommen; und dies
„hoffe ich um ſo mehr, da wir hier kein ſol-
„ches Subject haben. Sie könnten darauf
„rechnen, nach unſrer Zurückkunft einen
„bleibenden Poſten zu erhalten, wofür ich
„mich dann mit aller Mühe verwenden
„würde. Sollten Sie ſich dieſe Stelle
„wünſchen, ſo legen Sie Jhrer Antwort
„ſogleich ein Anhaltungsſchreiben an die
„Regierung bey. Bis zur Entſcheidung
„der Sache werden Sie ſie gegen Jeder-
„mann verſchweigen u. ſ. w.

„Endlich! endlich!

rief Karl entzückt:

„O Gott, Gott, verzeihe, daß ich an dir
„und deiner Hülfe zweifelte!" —

Er sezte sich, schrieb an den geheimen Rath
die dankbarste Annahme der Stelle, und legte
das Anhaltungsschreiben bey. Der geheime Rath hätte es gern unmittelbar dem Fürsten übergeben: diesen hielten aber die Freuden des Karnevals in W — von seiner Residenz abwesend. Er hatte dem Minister
J — unbeschränkte Vollmacht zur völligen
Regulierung dieser Sache zurükgelassen.
Der geheime Rath kam zu diesem; er sprach
für Karln und übergab dessen Schreiben.
Seine Erzellenz liefen es flüchtig durch, dann
erwiederten Sie:

„Ich muß gestehen, ich würde Ihnen
„eben heute ein Subjekt vorgeschlagen
„haben. Indeß — der Herr geheime Rath
„müssen selbst am besten wissen, wen Sie
„zu diesem Geschäft noch nöthig haben.
„Aber —

sezte er stuzend hinzu, indem er sich mit der
flachen Hand über die Stirne fuhr —

„Weiler, Weiler von X. — Iſt das nicht —?
„Erlauben Sie!" —

Er ging ans Bûreau, langte ein Taſchen-
buch hervor, blätterte eine Weile darin —
„Ja wahrhaftig! Kennen der Herr geheime
„Rath den Mann genau? Wiſſen Sie,
„daß er Verfaſſer der Schrift „—" iſt?"

„Da ich hier bloß ſeine Kenntniſſe brauche,
ſagte der geheime Rath,

„ſo darf ich geſtehen, daß ich eben durch
„dieſe Schrift auf ihn aufmerkſam gewor-
„den bin; eben um derentwillen um ihn
„bitte" —

„Wollen der Herr geheime Rath es wagen,
fuhr der Miniſter ſehr ernſthaft fort;
„unſerm gnädigſten Herrn bey dieſen ver-
„wickelten Verhältniſſen und ſo bedenkli-
„chen Zeiten einen Mann vorzuſchlagen,
„der ſo unglüklich geweſen iſt, ſich vor gar
„nicht langer Zeit Seiner Durchlaucht
„Ungnade, — und gerade von dieſer Seite,
„zuzuziehen?" —

„Ich kenne den jungen Mann nicht nur
„als sehr geschikt, sondern weiß auch von
„sehr sicherer Hand, daß sein Charakter
„brav ist. Ich wage es.“ — —

„Ohngeachtet des gnädigsten Befehls
„unsers Herrn, die Sache vollends zu
„berichtigen“ —

fuhr der Minister in langsam gezogenem Ton
fort:

„wage ich es doch nicht, hierüber zu ent=
„scheiden, sondern werde Bericht erstat=
„ten“ — —

„Ew. Exzellenz erinnern sich, wie kurz die
„Zeit ist“ — —

„Noch heute gehet der Kurier ab, und
„wenn Seine Durchlaucht durch — an=
„derweitige Geschäfte nicht abgehalten
„werden, meinen alleruntertänigsten Be=
„richt sogleich zu lesen, kann in vier Tagen
„spätstens die Antwort da seyn — —

Die Antwort kam:

„Lieber Getreuer,

„Auf Euren erstatteten Bericht wird dem
„Weller die Stelle mit allem Recht ver-
„weigert. Ihr werdet Sorge tragen, den
„Mann baldigst einzurichten, der Euch
„bekannt zu seyn und von Euch empfohlen
„zu werden das Glück gehabt hat. Blei-
„ben Euch in Gnaden gewogen" — —

Wie wartete Karl auf Antwort! In seine
Augen kam fast kein Schlaf bis zur Rükkehr
der Post aus der Residenz. Jezt kam sie —
jezt, des geheimen Raths Brief. Er riß
ihn auf, er las — Wie vom Donner gerührt warf er sich dann in einen Stuhl,
saß eine Viertelstunde, ohne sich zu regen,
und stand schreklich lachend auf.

„Nur zu! Nur zu!"
rief er, und lachte von neuem —

———————

Da trat ein Mann herein — der einzige,
der helfen konnte: der alte würdige Oberamtmann.

„Was ist Ihnen?

sagte er;

„mein Gott — wie find' ich Sie —!“
Karl erzählte kurz seine Geschichte seit ihrer
Trennung.

„Pfuy, Herr,

rief der Alte;

„sich so zu plagen, und sich nicht an mich
„zu wenden!“ —

„So lange ich noch Hülfsquellen in mir
„selbst fand,

erwiederte Karl;

— „that ichs nicht, und — konnte es um
„keinen Preis thun. Jetzt — jetzt ma-
„chen Sie mit mir, was Sie wollen“ —

„Ey was werde ich da mit Ihnen ma-
„chen?

fiel der gute Alte ein;

„Vorerst Sie an mein Herz drücken, und
„dann wollen wir schon weiter sehen.“
Nun redete er dem Betäubten zu;

„Verlaſſen Sie ein Land, wo Sie es ein-
„mal mit den Herrn verdorben haben.
„(Gott verzeihet — dieſe nie!) Kommen
„Sie wieder zu uns! Unſer kleiner Hof
„zwiſt uns zwar: aber er läßt uns doch
„auch reden und thun, was wir wol-
„len — wenn wir nur ruhige Bürger
„ſind und unſre zwanzigerley Quatember
„bezahlen, u. ſ. w.

Es gelang ihm nicht, Karln zur Faſſung zu
bringen. Dieſer war wie ein Träumender.
Er hörte ſeinem alten Freunde zu, ohne ihn
zu verſtehen. Endlich faßte ihn der Vater
feſt bey den Schultern, rüttelte ihn durch —
Aug' in Auge ſagte er mit Kraft und
Würde:

„Wo will das hinaus? Iſt das männ-
„lich? O Herr, es iſt leicht, aber auch
„kleinlich, unwürdig, erniedrigend, dumpf
„über ſeinem Unglück zu brüten und über
„ſich ergehen zu laſſen, was da will: hin-
„gegen ſchwer, aber auch groß, edel, er-
„haben, unter dem ſchwereſten Druck des

„Schiksals Hand anzulegen, es zu ver-
„beſſern, oder ſich über daſſelbe zu erhe-
„ben" —

Bitter lächelnd antwortete Karl:

„Von wem verlangen Sie das? Von mir
„doch nicht?" —

„Allerdings von Ihnen, lieber, wacke-
„rer Mann!" —

„Es thut wehe, ſehr wehe, von edlen
„Menſchen für beſſer gehalten zu werden,
„als man iſt. Mein Kopf iſt düſter, ich
„kann über mich nicht denken. Mein
„Herz iſt zerknirſcht, unſchlüſſig, ich kann
„für mich nicht handeln. Gehe es mir,
„wie es wolle — Hier bin ich: ich über-
„laſſe mich dem Gange meines Schik-
„ſals" —

Der edle Alte ließ noch nicht ab; mit neuer
Wärme fuhr er fort:

„Herr, wiſſen Sie, daß Sie nicht für
„ſich allein leben?" —

Karl schauderte zusammen und schwieg.

Der Oberamtmann fragte weiter:

„Antworten Sie mir: was soll aus Ih-
„rer Lotte werden?

Da fuhr Karl heftig auf:

„Ja ja! Ich will sie heyrathen — und
„bald! Wie ists mit dem Gute? Haben
„Sie's? Wollen Sie es mir noch anver-
„trauen?" —

„Darüber wollen wir schon weiter spre-
„chen! Jezt" — —

„Nein, jezt jezt! Wollen Sie mir's an-
„vertrauen?" —

„Ach gern, gern! Aber nur nicht so,
„lieber Weiler!" — —

„Warum nicht? Ja ja, so Etwas muß
„schnell gemacht werden! Kommen Sie —
„wir wollen die Sache in Richtigkeit
„bringen." — —

„Um Gottes Willen, so kommen Sie
„doch zu sich" — — —

„Ha, Sie wollen nicht! Sie verlaſſen
„mich auch.“ — —

„Sie wollen nicht geſchont ſeyn. Alſo
„muß ich Ihnen ſagen: Sie dürfen
„ſich nicht ſchnell entſchließen. Wiſſen
„Sie nicht mehr, daß Sie dem guten
„Geſchöpf nicht nur verſprochen haben,
„ſie zu heyrathen: ſondern auch ſie glük‐
„lich zu machen? Können Sie das?
„Werden Sie durch dieſe Verbindung
„glüklich? Wenn Sie es nicht werden,
„können Sie denn Lotten glüklich ma‐
„chen? Ich dächte denn doch, das bedürf‐
„te einer ruhigern Ueberlegung, als ihre
„Stimmung Ihnen jezt zuläßt“ — —

Da verſank Karl wieder in ſein erſtes düſtres
Träumen — Leiſe ſagte er:

„Was habe ich gethan, wozu mich nicht
„das Schikſal zwang? Ja, der Menſch
„wird gefället, wie das Opferthier, oh‐
„ne daß er weiß warum“ — —

„Weiler, Weiler — Sie lästern, statt
„in Ihr Herz zu blicken —!“

Da stand Karl still, sahe starr in den Winkel des Zimmers, schauderte, und sagte, ohne bey sich selbst zu seyn:

„Da steht er — ha, da steht er“ — —

„Weiler, wollen Sie sich umbringen?
rief der Oberamtmann;

„wer denn? wer steht denn da!“ —
Langsam erwachend und wehmüthig lächelnd
sagte Karl:

„Sie werden mich auslachen — Ein alter
„eisgrauer Quäker, den ich vor drey Jah-
„ren in London predigen hörte, und der
„mich seit einiger Zeit bey Tag und Nacht
„in meiner Phantasie verfolgt“ — —

„Wunderlicher Mann —

sagte der kluge Alte, um ihn nur zum sprechen zu bringen;

„wer war denn der alte Mann? was
„predigte er denn? Erzählen Sie“ — —

„Mit einem überirdischen Feuer, mit glü-
„hender Beredsamkeit, preßte er mir sei-
„ne fürchterliche Rede tief ins innerste
„Mark" — —

„Nun? wovon handelte denn die Re-
„de?" —

Karl antwortete, indem sein Ton nach und
nach wieder bitterer und heftiger ward:

„Der Greis handelte den Satz ab: so lange
„der Mensch noch an irgend Etwas hän-
„ge, irgend Etwas liebe, das irdisch sey;
„so lange er noch auf Etwas hoffe, noch
„Etwas wünsche, für Etwas Plane ma-
„che, auf Etwas rechne, als auf das
„Grab; so lange er noch wisse, wo aus
„oder ein: so sey er für Gottes Gnade
„noch nicht reif; seine Dahingebung sey
„eitel Prahlerey, und sein Vater im
„Himmel müsse ihn mehr drücken, pressen,
„mürbe machen, zermalmen. Wenn er
„dann zerknirscht, zertreten, vernichtet
„für alles Irdische, daliegt — sagte er;

„wenn er nichts mehr hat als Thränen
„und gefaltete Hände, keine Gedanken,
„kein Wünschen, kein Hoffen —: dann
„erscheint Licht von oben, dann reißt ihn
„die Gnade auf über den Staub; dann
„gehet Gottes Herrlichkeit vor ihm in sei-
„ner Jammerhöle, wie einst vor Moses,
„vorüber; dann" — —

„Weiler —!

fiel der Oberamtmann erstaunt ein;

„von der Seite hab' ich Sie noch nicht ge-
„kannt. Unglüklich sind Sie: wollen
„Sie auch verdienen, es zu seyn? Wie soll
„das enden?" —

Karl sahe ihm eine Weile still in die Augen:
dann wendete er sich schnell ab, und sagte:

„Ich bin bald so mürbe!" — —

Es giebt einen gewissen Abgrund, in
welchen wüthend sich herabzustürzen viele,
vielleicht die meisten Menschen von Geist
und Kraft einmal in ihrem Leben versucht werden — Dies ist: Religionshaß

des Gefühls, düstrer, giftiger, weit
unheilbarer, als aller Religionshaß des
grübelnden Skeptizismus oder Atheismus
der Vernunft. Giftiger — weil dem Herzen, durch sich selbst zerknirscht, von Tage zu
Tage der Himmel verdächtiger wird; unheilbarer — eben weil er aus verwundetem Herzen entspringt, und es diesem, bey Betrachtung der Uebel in der Welt und der Schiksale der Menschen, nie an schimmernden ein-
schneidenden Gründen fehlt, sich in sich selbst
zu befestigen. Indem der Religionshaß des
Verstandes diesen selbst mehr aufreizt, schär-
fet, stärket: so hat er in sich selbst sein Gegenmittel. Aber hier saugt das Herz die
Kräfte des Verstandes selbst mit auf — wie
Reizungen bey Nervenschwachen die Ner-
venkraft selbst verzehren. Dort gelangt
man endlich zum Resultat alles Denkens
und Grübelns — zum Glauben an ewige,
wenn auch nie zu demonstrierende Wahrheiten, oder zur ruhigen Ueberzeugung von
den Gränzen all unsers Wissens und der Be-

I. Th.   M

schränktheit unsrer ganzen Natur? hier
wird man verstoßen in das leere Nichts —
in betäubende Finsternis, und gelangt,
nach durchkämpfter Nacht — bey noch einmal aufflammender Kraft, zur Verzweiflung; bey für immer zerknirschtem Sinn,
zum Aberglauben und zur Bigotterie. Dies,
und nur dies erklärt mir so manche schrekliche Erfahrung, die man an übrigens gros-
sen Menschen zu machen bekömmt — namentlich an verschiednen übrigens großen
Männern der französischen Revolution.

An diesem Abgrund schwankte jezt Karl.
Der Oberamtmann besorgte schnell seine
Sachen, nahm den Träumenden an den
Arm, sezte ihn in den Wagen, und fuhr
zum Thor hinaus seinem Wohnorte zu. Sie
mußten des Nachts unter Weges bleiben.
Karl legte sich, aus Nachgeben gegen die
wiederholten Bitten des Oberamtmanns,
nieder: aber er schlief nicht. Und doch gab
ihm diese Nacht Erquickung, unschäzbare

Erquickung. Jezt endlich konnte er weinen.
Ruhiger, und voll des innigsten Dankes
gegen seinen Wohlthäter, fuhr er weiter.
Sie kamen den Mittag an. Der Oberamtmann brachte Karln sogleich in sein ehe-
maliges Zimmer; sagte den Leuten im
Hause, er sey unter Weges unpaß geworden; gab ihm Bücher und ein Kla-
vier, und ging immer ab und zu bey
ihm.

Gegen Abend kam der edle alte Mann
wieder.

„Aufrichtig, lieber Weiler, ich bin mir
„nicht klug genug über Ihre Umstän-
„de, und mag denn doch Niemand be-
„fragen. Ich habe Etwas wichtiges
„mit Ihnen zu sprechen, ich kam des-
„wegen zu Ihnen gereiset — Ich weiß,
„es wird Sie wieder angreifen, und
„dennoch“ — —

„Sagen Sie! sagen Sie! Was könn-
„te kommen, das schlimmer wäre,

„als was ich schon getragen ha-
„be?" —

„Nun — Ich habe auch meine guten
„Ursachen, warum ich Ihnen die Sa-
„che nicht länger vorenthalten will.
„Ich habe einen Brief an Sie. Man
„hat ihn mir überschikt, weil ein Um-
„schlag von dem Uebersender mich von
„dessen Inhalt benachrichtigen soll-
„te" — —

Karl nahm — erkannte Lottens Hand an
der Aufschrift. Er zauderte, ihn zu erbre-
chen. Er fragte:

„Sie rathen mir, ihn jezt zu lesen?" —

„So zweit ich urtheilen kann —:
„ja!" —

Karl erbrach und las.

„Mein theurer, ewig verehrter
Freund!"

„Endlich kann ich mein Herz, das über
„den Inhalt meines Briefes schon längst

„feſt entſchloſſen war, auch dahin be-
„wegen, ihn Dir mitzutheilen. Ver-
„lange keine Einkleidung, keine behut-
„ſame Annäherung. Der Menſch muß
„mehr als Menſch ſeyn, der bey ge-
„wiſſen Dingen ſie finden kann. Karl
„ — die Umarmung, aus der ſie mich
„wegtrugen, als Du, nach Deinem
„lezten Beſuche, in den Wagen ſteigen
„wollteſt — war mein Abſchied von
„Dir für dieſe Welt. Die Stunde war
„ſchreklich, nichts nüzte mir meine
„ſorgſame Vorbereitung: aber Gott
„gab Kräfte — ſie iſt überſtanden.
„Auch ihre Folgen ſind es jezt. Mit
„ihr iſt das erſte Buch meines Lebens
„geſchloſſen — zerriſſen: ich habe ein
„neues Blatt angefangen — Deiner
„darf darin nicht weiter Erwähnung
„geſchehen. Karl, glaube nicht, daß
„dieſer Entſchluß vielleicht Folge einer
„Uebereilung, einer kränklichen oder
„mismuthigen Stunde, einer Beleidi-

„gung, oder des Etwas sey. Nein,
„ich habe ihn vor vier Jahren schon mei-
„ner Seele als möglich vorgehalten;
„seit Deinem lezten Besuche und nach
„Ueberlegungen hierüber mit meinen
„hiesigen würdigen Freunden — als
„nothwendig befunden. Ich halte ein;
„ich kann nicht mehr so kalt schreiben.
„Du stehest vor mir und weinst. Wei-
„ne nicht, mein guter Karl. Ich will
„Dir nichts schreiben, als was geschrie-
„ben werden muß, damit Du mich
„nicht misdeutest. Schon vor Deiner
„Reise nach Frankreich war Dein Herz
„nicht mehr ganz mein. Nur der Lie-
„bende versteht die Worte der Liebe:
„aber auch jeden Buchstaben des Wan-
„kelmuths. Vergieb mir, daß ich Dir
„dies schreibe — Gott weiß es, es
„soll nicht etwa Vorwurf seyn: aber
„ich muß mich erklären. Deine Recht-
„schaffenheit, Deine Grundsätze, Dei-
„ne Versprechungen blieben fest: aber

„Deine Gefühle blieben es nicht. Je=
„doch Deine Briefe von der Reise wur=
„den — zwar kürzer, aber ungeschmükt
„zärtlicher. Ich fing schon an, Mis=
„trauen in meine Bemerkungen zu sez=
„zen, und bat Deinem Bilde mein Un=
„recht tausendmal ab. Da kamst Du
„zurück, besuchtest mich, und ich sahe
„nun klar, daß es kein Unrecht war.
„Von da an faßte ich den Entschluß,
„Dir zu entsagen: aber ich schwankte.
„Du kamst zum zweytenmal mit dem
„Oberamtmann. Jezt wurde ich fest.
„Nimm noch einmal die Versicherung,
„daß ich noch jezt keinen Zweifel in
„Deine Rechtschäffenheit setze, Dir kei=
„nen Vorwurf mache. Ich bin gewiß,
„Du thatest alles, was Du konntest,
„mir Deine Liebe zu erhalten; Du tha=
„test, was Du konntest — Mehr ver=
„langt Gott nicht von uns, und ich
„armes Geschöpf sollte mehr von Dir
„verlangen? Die Hauptursache, den

„erſten Grund Deiner Veränderung fin-
„de ich nicht in Dir, ſondern in mir.
„Könnte ich doch nur das alles ſo aus-
„drücken, daß Du mich nicht misver-
„ſtündeſt und Dir keinen Kummer mach-
„teſt! So lange Du, unbekannt mit
„der großen Welt, eingeſchränkt in
„Deinen Wünſchen, Bedürfniſſen, Be-
„kanntſchaften — in unſerm Hauſe aus-
„und eingingſt, waren wir uns gleich,
„und wären ein glükliches Paar ge-
„worden, wenn eine Verbindung da-
„mals möglich geweſen wäre. Dein
„armes, unausgebildetes, häußliches,
„aber treues Landmädchen füllete Dein
„Herz aus und befriedigte ſogar Dei-
„ne Phantaſie, weil dieſer kein voll-
„kömmneres Bild aus der Wirklichkeit
„vorſchwebte. Aber nachher wurde al-
„les anders, mußte alles anders wer-
„den. Ach Karl, wie würde ich den
„Mann haben glüklich machen können,
„der mir nun in allem ſo weit überle-

„gen war? — Mußten nicht selbst die
„lieblichen, zarten Wendungen Deiner
„Schmeicheleyen bey Deinem lezten Be-
„suche mich tief verwunden? Konnte
„ich es wagen, mein Herz sprechen zu
„laffen, da es nur so schlecht zu spre-
„chen verstand? Würde ich es jemals
„gewagt haben? Würden mich nicht,
„auch als Deine Gattin, Deine zärt-
„lichsten Gespräche verschüchtert; wür-
„dest Du das nicht für Kälte genom-
„men haben? — Und dann — wie hät-
„te das an Kenntniffen so beschränkte
„Weib Deinem Verstande, Deiner Sehn-
„sucht nach mehr gebildeter, feinerer, hö-
„herer Unterhaltung, die Du schon
„gewohnt warest, auch an Wei-
„bern gewohnt warest. — Genüge lei-
„sten, und dadurch das Herz ihres
„Gatten fest halten können? Ach, mein
„theurer Freund — ich wäre, auch
„mit einem Herzen voll der innigsten
„Liebe, ein unglükliches Weib; Du,

„durch mich, ein unglüflicher Gatte
„geworden! Was blieb uns also übrig,
„als Entsagung? Und, da Deine Ge-
„wissenhaftigkeit diese nie vorgeschlagen
„haben würde — Entsagung von mei-
„ner Seite? Ja, Du bist frey, und
„aller Segen Gottes über Dich für
„die tausend Freuden, mit denen Du
„meine frühern Mädchenjahre verschönt
„hast. Werde noch recht glüflich —
„auch durch Liebe; und wenn Du an
„mich nicht denken kannst, als an ei-
„ne ganz uneigennützige, für immer
„entfernte Freundin: so vergiß mich
„lieber ganz — so wehe dies auch mei-
„nem Herzen thun würde. Karl, wir
„scheiden als Freunde — ich behalte
„Deine Geschenke, auch Deine Briefe:
„mache mit den meinigen, was Dir
„gut dünkt. Glaube aber nicht, daß
„irgend etwas diesen meinen Entschluß
„wankend machen könnte. Solltest Du
„mich verkennen — was ich jedoch nicht

„befürchte: so werde ich weinen, aber
„schweigen und dulden. Solltest Du
„mich wankend machen wollen — was
„ich gleichfalls nicht fürchte: so wür-
„de ich meinen jetzigen Aufenthalt, die-
„sen Wohnplatz stillen Friedens, ver-
„laſſen, und einen Dir unbekannten
„wählen müſſen. Jetzt lebe wohl; le-
„be ewig wohl, mein theurer, verehr-
„ter Freund. Mein Gebet soll Dir
„folgen, wohin Du Dich wendest; es
„soll Dir den Beyfall des Himmels er-
„flehen, bey allem, was Du unter-
„nimmst. Dort, in jener Welt, se-
„hen wir uns wieder.“

Charlotte Franz.

Karls erster Gedanke war: Lotte ist
ungetreu — liebt einen Andern —

„Gott vergebe es Ihnen —

sagte der Oberamtmann;

„Sie lästern ein vortreffliches Geschöpf,
„das Sie, auf die einzig mögliche Art,
„von einer gewiß unglüklichen, kum-
„mervollen Zukunft rettet" — —

„Aber die Kälte — die Kälte, mit der
„sie das alles so hinsagt —!"

rief Karl. Der Oberamtmann fiel in festem langsamen Ton ein:

„Wie vielmal das arme Mädchen wohl
„den Brief geschrieben, zerrissen, und
„wieder geschrieben haben mag, bis
„sie diese Kälte — doch nein, nicht
„Kälte, nur Ruhe — bis sie diese Ru-
„he bey sich erzwang, um Ihrem ver-
„wundeten Herzen zugleich Trost zu ge-
„ben! Wie sie der Gedanke geängstet
„haben mag, um eben dieser Ruhe wil-
„len von Ihnen verkannt zu werden!
„Und wie sie doch selbst Ihre Achtung hat
„aufs Spiel setzen wollen, um Ihnen
„nur Ruhe zu geben" — —

Karl sahe den Oberamtmann Karr an: dann las er den Brief noch einmal. Jezt weinte er sanft und küßte das Blatt —

„Edles Mädchen — ja, ich bin Dein „nicht werth: aber ich will es wer„den, und Du sollst mein bleiben!" —

„Weiler, ich bitte Sie: keine neue „Uebereilung! Sehen Sie, was mir „der Pfarrer, auf Lottens Auftrag, „schreibt."

Karl las, wie herzlich dieser den Oberamtmann bat, alles, wo möglich, zu verhindern, wodurch Lottens so sauer errungene Ruhe gestört, und er — der Pfarrer — einer so geliebten Freundin seines Hauses beraubt werden würde u. s. w.

„Lassen Sie mich diesmal noch nach „meinem Sinn handeln!

sagte Karl;

„ich muß ihr noch einmal schreiben:
„aber ich will es kurz und ohne sie zu
„beunruhigen."

Der Oberamtmann schüttelte mit dem Kopfe und Karl schrieb. — Lotte wäre ihm
durch diesen lezten Brief noch theurer geworden; die Zeit wäre da, wo sie bald
ganz vereinigt werden könnten. Er erinnerte sie an den Schatten ihres Vaters,
an die himmlischen Stunden ihrer ersten
Liebe u. s. w. und bat endlich um das für
immer entscheidende Wort. Bald darauf
kam diese Antwort:

„Mein theurer Freund!

„Ich hatte nicht geglaubt, daß Du
„Deiner Freundin herzliche Bitte uner-
„füllt lassen würdest, da Du doch selbst
„einsehen mußtest, daß sie weder aus
„Unbesonnenheit, noch aus irgend ei-
„ner übeln Gesinnung entsprungen war.
„Aber ich verkenne Dein Herz nicht so,

„wie Du — doch gewiß nur in der
„ersten Aufwallung — das meinige zu
„verkennen scheinst. Ich bin fest über-
„zeugt, Du wirst auch nach dieser
„meiner Antwort mir Deine Achtung
„eben so wenig entziehen, als Du al-
„le Bitten meines vorigen Briefes, die
„ich hier wiederhole, in Zukunft uner-
„füllt laſſen wirst. Vergönne Deiner
„Freundin ferner die Stille und Ru-
„he, welche sie hier, in der ländli-
„chen Natur und im Umgange mit red-
„lichen Freunden, genießt. Meinen
„Entschluß kann nichts wankend ma-
„chen. Einige Wendungen Deines Briefs
„veranlaſſen mich, Dich heilig zu ver-
„sichern, daß nicht etwa Ueberredung
„von irgend einer Seite auf mich Ein-
„fluß gehabt hat: ich bin vielmehr von
„meinen Freunden lange abgehalten
„worden, Dir meine Entschließung zu
„eröffnen. Lebe wohl, lebe glüflich,
„mein werther, theurer Freund!" —

Karl trauerte um seine Lotte, wie um
eine frühverstorbene Gattin. Er übernahm
die Verwaltung jenes Guts nicht, um
ihrem Aufenthalt nicht zu nahe zu seyn:
sondern unterstüzte den Oberamtmann,
wie vormals, in seinen Geschäften. Die
Mannichfaltigkeit seiner Arbeiten, deren
Menge, seine Neigung dazu, der Anblick
des vielen Guten, das er dabey stiften
konnte und wirklich stiftete — dies alles
trug bey, seinen Geist nach und noch
zu erheitern.

Jezt kam Luise, nach einem langen
Aufenthalt bey ihrem Bruder, zurück.
Sie war Karln desto interessanter gewor-
ben durch Entfernung; er ihr, durch Leiden. Beyde glaubten die Empfindungen
der Liebe in sich unterdrükt zu haben,
und nur Freundschaft für einander zu empfinden. Beyde überließen sich also den
Neigungen ihrer Herzen desto unbefange-
ner und freyer. Endlich konnte und —

wollte der Freund der Freundin, und die Freundin dem Freund nicht mehr leugnen, daß sie sich liebten.

Der Vater, dem sie den Bund ihrer Herzen nicht verhehlten, machte jezt einige Schwierigkeiten. Da er aber, nach aufgelegter ziemlich langer Pause, vornehmlich Karln scharf genug beobachtet hatte, gab er seine Einwilligung; wirkte bey seiner Regierung aus, daß er ihm adjungirt wurde, und das Versprechen bekam, nach seinem Tode in den fürstlichen Pachtungen zu bleiben. Die Verbindung ward fröhlich geschlossen. Nicht gar lange Zeit hernach erfuhren die jungen Eheleute, daß sich Lotte mit dem wackern Förster Fritz U — verheyrathet habe.

———————

Epilog.

„Nun so war ja beyden Partheyen
„geholfen —

sagte meine junge lebhafte Kusine, welcher ich diese Erzählung vorgelesen hatte —

„Ihr Herren bringt doch am Ende
„die Sachen immer noch ins rechte Ge-
„leis — wenn ihr uns erst gehörig
„warm gemacht habt!" —

Das muntere Mädchen hatte nicht gedacht, daß mich dieser Scherz so traurig machen würde, als er mich machte.

„Geholfen? Nantchen, geholfen? bey-
„den Partheyen?
rief ich aus —

„Wenn meine Erzählung diese Ueber-
„zeugung bewirkt, so ist sie umsonst;
„so ist sie mehr schädlich — und ich
„dachte doch dadurch zu nützen!" —
Nantchen wurde ernsthafter.

„Beſtes Kuſinchen,

fuhr ich nun fort;

„es iſt ein ſchweres Kreuz, welches
„auf den Erzählern liegt, daß ihre Le-
„ſer und Leſerinnen nun einmal haben
„wollen, ihre Aufſätze ſollen da auf-
„hören, wo ſie erſt recht anfangen
„ſollten — wie der Menſch abſtirbt,
„wenn erſt ſein rechtes Leben ange-
„gangen iſt. Wenn ſie ihre Perſonen
„bis zum Altar gefördert haben, ſo
„müſſen ſie ſie verlaſſen, oder die Le-
„ſer bekümmern ſich nicht mehr um ſie.
„Das Intereſſe an ihnen verwelkt mit
„der Roſe im Haar der Braut. Hat
„der Pfarrherr den Segen geſprochen:
„ſo ſezt man als ausgemacht voraus,
„dieſer werde auch in Erfüllung gehen.
„Was kann man dabey thun, als die
„Charaktere ſeiner Perſonen ſo zeichnen,

„daß man die Leser in den Stand sezt,
„selbst zu beurtheilen, ob dieser Segen
„mehr seyn werde, als etwa ein ge-
„wöhnlicher Neujahrwunsch?"

„Sind also Ihre beyden Partheyen nicht
„glüflich verheyrathet?

fragte Näntchen sehr ernsthaft;

„Lassen Sie sehen! Karl war etwas
„stolz, wohl auch ein wenig eitel; er
„wollte in die Höhe, wollte Ansehen,
„wollte Vermögen: er bekam jezt das
„alles" — —

„Aber wird ein Mann dieses Charak-
„ters das, was er von solchen Glüks-
„gütern bekömmt, was er so auf
„einmal bekömmt — nicht in eini-
„gen Jahren gewöhnt? und ist sei-
„nes Höherstrebens wohl je ein En-
„de?" —

Nantchen schwieg nachdenkend.

„Laſſen Sie uns vorjezt nur weiter exa
„minieren,

ſagte ich;

„am Ende ziehen Sie das Reſultat
„aus allem, was Sie gefunden ha-
„ben.“ —

„Er hatte Lotten wohl eigentlich nie
„geliebt —

fuhr ſie fort;

„wenigſtens liebte er ſie — jezt lange
„nicht mehr; von der Seite hatte
„ſeine Ruhe alſo nichts zu beſor-
„gen“ —

„Auch nichts von dem Skorpion im
„Herzen, Lottens Ruhe für immer,
„oder, wenn ſie jezt glüklich wur-
„de — doch für ſo lange, für ih-
„re ſchönſte Zeit vernichtet zu ha-
„ben?“ —

Sie schwieg wieder. Dann fuhr sie
fort:

„Lassen Sie uns auf Luisen kommen.
„Sie liebte Karln herzlich“ —

„Ohnstreitig!“

„Sie stimmte mit seiner Denkungs- und
„Sinnesart überein“ —

„Ziemlich!“

„Sie war vielleicht am glüklich-
„sten“ —

„Schwerlich, gutes Lusinchen! Sie
„liebte die große Welt im guten Sin-
„ne des Worts; sie liebte Glanz und
„Geistesherrschaft; sie wollte haben
„ganz ohne Prätension erscheinen, und
„das war gerade die größte. War
„Karl wirklich der Mann, ihrem Gei-
„ste Genüge zu leisten? Sie mußte wün-
„schen, mit ihm in der Gesellschaft zu

„glänzen; sie mußte das um so viel
„mehr wünschen, da ihre Verbindung
„von gewöhnlichen Menschen doch für
„eine Art Mesalliance gehalten wur-
„de; kann es aber ein Mann, von
„seiner Erziehung, frühern Lebenswei-
„se u. s. w., auch bey viel Kenntnis-
„sen und Wissenschaften, auch bey vie-
„lem nachherigen — späten — Um-
„gang mit der großen Welt, jemals
„bis zum Glänzen in der Gesell-
„schaft bringen? oder nur dahin, mit
„einem Weibe, wie Luise, auch hier
„gleichen Schritt zu halten? Und wenn
„dies möglich, wenn es hier wirklich
„wäre: liegt es nicht in der Natur
„Ihres Geschlechts, den Mann, den
„sie für immer lieben sollen, über
„sich sehen zu müssen?“

„Warum das gerade? Sie thun meinem
„Geschlecht wehe.“

sagte sie schnell.

„Näntchen, das iſt ein ſehr intrikates
„Kapitelchen, das äußerſt fein behandelt
„ſeyn will. Ich will Ihnen Ihre Frage
„nicht beantworten, beſonders da ich
„ſehr weitläuftig ſeyn müßte. Blicken
„Sie lieber aufrichtig in Ihr Herz, und
„um Etwas zu haben, was Ihre dunkeln
„Gefühle vielleicht leiten und deutlicher
„machen kann, denken Sie daran, daß
„das Weib in Liebe und Ehe ſich dem
„Manne ergiebt. Wem kann der
„Menſch von Gefühl ſeines Werths, ſei-
„ner Würde, ſich ergeben, den er nicht
„mit Ueberzeugung über ſich ſiehet? ver-
„ehrt? — Nehmen Sie noch das dazu.
„Kann es, da Luiſe um Karls ehemalige
„Verbindung mit Lotten wußte, da ſie ein
„ſo feuriges Weib war — an Veranlaſſun-
„gen zu kleinem heimlichen Mistrauen in
„ſeine Liebe gefehlt haben; beſonders
„weil Karl — zum Theil ohne ſeine
„Schuld — gewöhnlich ernſthaft, zu-
„weilen ſogar etwas düſter geworden

„war? Ich will noch nichts davon erwäh-
„nen, daß dies kleine Mistrauen heimlich
„verstärkt werden konnte durch den Ge-
„danken, daß sie Vermögen hatte, er
„keines“ u. s. w.

Die Kusine schwieg jezt noch länger. Dann
begann ich:

„Aber lassen Sie uns das zweyte Pärchen
„auch nicht vergessen. Glauben Sie, daß
„Lotte glüklich war?“ —

Sie antwortete etwas schüchtern:

„Lotte liebte Stille, Ländlichkeit, Häus-
„lichkeit, en. ge Beschränktheit in jedem
„Betracht: das alles fand sie in ihren
„jetzigen Verhältnissen“ —

„Ohnstreitig!!!“ —

„Ihr Gatte war wacker und brav; liebte
„sie von ganzer Seele“ —

„Ganz gewiß! Aber, Nantchen, hatte
„er nicht wieder von der andern Seite,
„allzuwenig Kultur, allzuwenig Geistes-

„ausbildung, um ihr zu genügen, da sie
„an Karls Umgang, wenigstens an sei-
„nen Briefwechsel gewöhnt war? Mußte
„es sie nicht schmerzen, manche feine,
„gutgemeynte und wohl ausgesonnene
„Zärtlichkeitsbezeigung von ihrem Manne
„nicht bemerkt, nicht verstanden zu sehen?
„Mußte sie das nicht immer wieder an
„vergangene Zeiten, an verblühete Freu-
„den erinnern?" —

„Sie liebte Karln nicht mehr" —

„Und wenn auch —? Aber woher wissen Sie
„das so gewiß? Doch daraus nicht, daß
„sie auf seinen Besitz Verzicht that? daß
„nichts sie von ihrem Entschluß abbrin-
„gen konnte? Erinnern Sie sich noch,
„wie Sie als ein siebenjähriges Mädchen
„Ihre Lieblingspuppe verkaufen wollten,
„um Ihrer Schwester ein Angebinde zu
„kaufen?" —

„Je, pfuy doch —!"

fiel Nantchen ein. Ich fuhr fort:

„Haben Sie wohl Lottens beyde Briefe
„aufmerkſam genug gehört? Sollte Ih-
„nen das Erzwungene, Gekünſtelte, Un-
„natürliche — beſonders im lezten; und
„das Innige, Herzliche im erſten, da,
„wo ſie beſorgt, von Karln verkannt zu
„werden — entgangen ſeyn? — Noch
„Eins! Bedenken Sie, daß in Lotten ſich,
„durch ihre lange Einſamkeit und ihre
„übrigen Verhältniſſe, ein Hang zur
„Schwärmerey und Empfindlichkeit er-
„zeugen nud feſtſetzen mußte, welcher der
„geraden Denkungs- und Sinnesart ih-
„res Gatten geradezu entgegen, ihm
„ſelbſt zuwider ſeyn mußte! Vergeſſen
„Sie nicht, daß ein Mann, wie er, bey
„aller Bravheit, bey aller Liebe gegen
„ſeine Gattin, doch zuweilen, aus Ue-
„bereilung und ohne es böſe zu meynen,
„etwas hart iſt; und daß“ — —

„O ſtill! ſtill!

fiel meine Kuſine ein:

„ich mag nichts mehr über das arme Weib
„hören! Und aus dem? was Sie alle-
„weile sagten, folgt schon von selbst, ob
„ihr Gatte glüklich war" — —

Die Fortsetzung dieses Gesprächs wurde zu
speciell, als daß ich sie herschreiben sollte.

II.

Die Landmädchen.

Comödien

Die Landmädchen.

Die ziemlich bejahrte verwittwete Pastorin Lehnhold hatte nach dem Tode ihres Mannes — mehr aus Neigung, als um Erwerbs willen, eine Art Erziehungsanstalt auf ihrem Landgütchen in Grünfeld errichtet. Da sie aber keinen hochtönenden Plan hatte drucken, noch viel weniger einen artigen Unterlehrer auf Anwerbung — reisen lassen — wie große Handlungshäuser einen galanten jungen Mann mit der Musterkarte in der Welt umher schicken: so wußte man von ihrer Anstalt nur in — Grünfeld, und

ihre ganze Erziehungsfamilie, wie man's
jezt nennt, bestand, nächst ihr, aus zwey
Mädchen — nicht mehr und nicht minder.
Jettchen hieß die eine, Hanchen die
zweyte. Jettchen war die hinterlassene Tochter des ehemaligen Pachters des Ritterguts,
der aber in traurigen Umständen gestorben
war. Der Herr Hofkammerrath Felix,
der Besitzer des Dorfs, erhielt Jettchen,
aus Erkenntlichkeit gegen die treuen Dienste
ihres Vaters, in der Pension. Hanchen
war die Tochter eines kleinen Krämers aus
dem benachbarten Städtchen, der gleichfalls
verstorben war, und seine Tochter der Pastorin vermacht hatte, sie von dem mäßigen
Ertrag seines hinterlaßnen kleinen Haußes
und Gartens zu erziehen.

Die Mädchen waren ziemlich gleiches
Alters, Jettchen jezt vierzehn, Hanchen
dreyzehn Jahr. Keine hatte andern Umgang gehabt, als die andere; keine hatte
sich andern gewünscht: Was eine wollte,

wollte die andere, was eine that, that die
andere mit. Sie arbeiteten gemeinschaftlich,
sie pflegten gemeinschaftlich ihre Blumen im
Garten, sie gingen gemeinschaftlich spazie-
ren, sie sangen gemeinschaftlich Weißens
und Hillers Lieder für die Jugend. Jettchen putzte sich gern an hohen Festtagen,
wenn's zur Kirche ging, oder wenn die drey
Frauenzimmer ins nahe Städtchen zum
Jahrmarkt fuhren: da machte Hanchen ihr
Kammermädchen. Hanchen liebte die Blu-
menzucht: da hatte ihr Jettchen, ehs sie
sichs versahe, ihre schönsten Blumenstöcke
in ihr Beet gepflanzt. Daß sie sich liebten,
hatte keine noch der andern gesagt: denn es
fiel keiner ein, daß die andere daran zweifeln könnte. Im ganzen Dörfchen hießen
sie die Freundinnen, die Unzertrennlichen;
sie hörten nicht darauf, aber die gute alte
Mutter hörte darauf und freuete sich darüber.

Der Herr Hofkammerrath, Jettchens
Wohlthäter, kam um diese Zeit nach Grün-

feld, um seinen Egerschen Brunnen, als
Frühlingskur dort zu gebrauchen, und sahe
bey dieser Gelegenheit nach seinem Pflege-
kinde. Er war von jeher ein sogenannter
Lebemann gewesen — allerdings unverhey-
rathet. Er lebte in der Residenz, machte
dort ein großes Haus, und war jezt ein —
zwar etwas zerbrechlicher, aber doch noch
regsamer Junggesell von fast funfzig Jahren.

Er wurde von der kleinen Familie mit
tiefer Ehrfurcht empfangen. Er betrachtete
Jettchen mit der Lorgnette, das Mädchen
wurde roth, der ältliche Herr lächelte, that
das Glas weg, und versicherte die Pastorin,
daß er mit ihrer Erziehung recht wohl zufrieden wäre. Er ließ die Frauenzimmer
zweymal bey sich speißen, Jettchen machte
große Augen über all die Herrlichkeiten, die
sie hier zum erstenmal in ihrem Leben sahe,
und alle drey konnten die Gnade und Menschenfreundlichkeit des Herrn Hofkammer-

raths nicht genug erheben. Er besuchte die
Familie öfters auf ein Stündchen, ließ sich
mit Jettchen gern allein in ein Gespräch ein,
um als gewissenhafter Pflegevater den Zustand der Kultur ihres Geistes zu erforschen;
belachte ihre muntern, naiven Einfälle,
munterte sie durch Freundlichkeit noch mehr
auf, und sagte einmal, als er sie beym
Platten der Wäsche fand, mit wohlwollen-
der Vertraulichkeit zur Pastorin, sie möchte
Jettchen doch nicht so viel von dergleichen
Arbeit verrichten lassen, weil sie sich — die
Hände verderben würde. Jettchen hatte
es gehört, plattete, ohne daß sie es gehört
zu haben schien, etwas langsamer und von
nun an seltner; machte auch, als sie ein
Weilchen allein war, zum erstenmal die Bemerkung, daß sie wirklich sehr wohl ge-
formte, zarte und weiße Händchen habe.

Der Herr Hofkammerrath zog, nach
wohlausgeputztem Magen, wieder ab.
Beym Abschied war er ganz besonders

freundlich gegen Jettchen, machte ihr ein
großes, der Pastorin und Hanchen ein kleines Geschenk, und bot dem Mädchen einen
Briefwechsel mit ihm selbst an. Es ist das
— sagte er zur Pastorin — die beste Uebung im Schreiben für die Kleine; sie lernt
dabey zugleich sich ausdrücken, ihre Gedanken ordnen, ihnen eine Wendung geben, sie
mittheilen u. s. w. Die ehrliche Pastorin
gab ihm vollkommen Recht, und meynte
nur, der Herr Hofkammerrath möchten im
Anfange vorlieb nehmen — — „O sie
wird sich finden! sie wird sich gewiß finden!" sagte er, indem er seitwärts dem
Mädchen freundlich ins schwarze Auge
blikte — „Unter der guten Leitung einer so
würdigen Erzieherin" — sezte er nach einer kleinen Pause hinzu, und neigte das
Haupt mit Verbindlichkeit ein wenig nach
der Pastorin, die einige Komplimente her-
stotterte.

Jettchen puzte sich seit der Zeit noch lieber, als zuvor. Sie konnte sich nicht satt

sprechen von dem Glück solcher Herren, und
wie schön es wäre, wenn sie dabey sich zugleich so herablassend und freundlich gegen
Aermere betrügen u. s. w. Sonderbar war
es, daß sie davon doch noch weit lieber und
öfter mit Hanchen allein sprach, als wenn
die Mutter dabey saß — obschon auch diese
von Verehrung des menschenfreundlichen
Herrn voll war. Hanchen ließ ihre Freundin dann ausschwatzen; gab, ihr zu Gefallen, wohl auch einige Wörtchen dazu:
war aber gegen die Herrlichkeiten und das
Glück solcher großer Herrn weniger em-
pfänglich.

Die Korrespondenz wurde angefangen.
Jettchen schrieb, unter Beystand der Mutter, einen Gratulationsbrief, wegen der —
zu hoffenden glüklichen Ankunft ihres Wohlthäters, vertiefte sich dann in sehr umständliche Danksagungen für alle angethane Ehre
und Wohlgewogenheit, und empfahl sich

seiner fernern Güte treugehorsamst. Die
Pastorin hatte sich den Kopf zerbrochen
über die Titulaturen; sie war am Ende mit
dem Briefe zufrieden — denn sie hatte ihn
fast ganz diktiert: aber Jettchen war's nicht,
sie wußte selbst nicht warum.

Der Hofkammerrath war's auch nicht,
aber er mußte warum. Er schrieb zurück:

Meine liebe Kleine!
Ich danke herzlich für Deinen Brief.
Er zeigt mir, daß Du an mich gedacht
hast. Aber was quälest Du Dich und
mich mit Titulaturen und Umständlichkei-
ten, die ich hasse? Schreibe mir, was
Dir einfält und wie Dirs einfällt. Ich
wünsche, daß Dir beyfolgende Kleinigkeit
Freude macht. Grüsse Deine Pflegemutter und Deine blonde Freundin. Dein
aufrichtiger Freund

Felix, Hofkammerrath.

Es war eine ganz eigene Empfindung,
mit welcher Jettchen jezt den ersten Brief in

ihrem Leben; — und von der Post! und mit
einem Paket begleitet! — in Empfang
nahm. Sie eilte mit hochklopfendem Herzen und brennend rothen Wangen zur Mutter und zu Hanchen; zeigte den Brief, zeigte das Paket, und getrauete sich eine Weile
nicht eins aufzumachen. Endlich ging's
doch drüber her. Sie schnitt zuerst auf —
das Paket, sagt-ihr? Es war zu vermuthen: aber sie öffnete den Brief zuerst.
Sie las Obiges. Bey dem Fragzeichen hielt
sie ein und sagte lebhaft:

„Sehen Sie, liebe Mutter? Ich dacht's
„wirklich und sagt' es Ihnen wohl. Er
„litt ja auch im Reden keine Umstände.
„Nun hat ihm mein Brief nicht gefallen.
„Er gefiel mir auch nicht —.“ —

„Mein Kind —

sagte die Mutter —

„das verstehest Du nicht! An vornehme
„Herrn muß man so schreiben, bis sie es
„ausdrüflich anders verlangen. Dann

„sagt man — weil es denn also Ew.
„Wohlgebl. Befehl ist—"

Jettchen hatte unterdessen zu Ende gelesen,
und erschrak fast vor dem „aufrichtigen
Freunde!" —

Mutter! Hanchen! Sehen Sie, sieh
doch, wie er sich unterschreibt: meinen
aufrichtigen Freund! —

Je, der gute Herr!

sagte die Pastorin;

Nuny, Jettchen, werde nur nicht hoch-
müthig darauf! Die vornehmen Herren
ändern sich manchmal geschwind. —

Im Päktchen war schöner Tafft zu einem
neuen Kleide, nebst einigen andern kleinern
Galanterien.

Das gute Hanchen war hinausgegangen,
ehe es geöffnet war. Jettchen mußte ihr
doch die Herrlichkeiten zeigen. Sie suchte
sie im Hause und dann im Garten. Da saß

das weichherzige Mädchen in der Laube und
weinte.

„Was ist Dir denn, Hanchen? Komm
„geschwind! Du mußt mein neues Kleid
„sehen!

„Ja, ich komme gleich" —

sagte Hanchen, troknete die Augen und lächelte ihre Freundin an —

„Ich weiß gar nicht, wie Du mir vor-
„kömmst!

sagte Jettchen;

„Du freuest Dich gar nicht mit mir —
„und das ist nicht hübsch!" — —

„Pfuy, Jettchen, wie kannst Du das
„glauben? Wahrhaftig, ich freue mich
„recht herzlich über Dein Glück. Ich will
„Dich anpußen, so gut ich kann, wenn
„Du das neue Kleid anziehest — Aber,
„Jettchen" — —

„Rede doch! Du machst mich trau-
„rig!" — —

„Du haſt nun ſo einen vornehmen reichen
„Freund; wirſt Du darüber mich armes
„Mädchen nicht vergeſſen? Wirſt Du
„mich immer ſo lieb, wie bisher, behal-
„ten? Sieh’, ich bin Dir ſo gut, ſo herz-
„lich gut“ — —

Sie fing wieder an zu weinen. Jettchen
war gleichfalls ſehr gerührt, drükte ſie an
ihr Herz —

„Hanchen,

ſagte ſie;

„Du biſt mir doch weit lieber, als der
„Herr mit allen ſeinen ſchönen Briefen
„und theuren Paketen! Weine nicht!
„Komm zur Mutter!“ —

Sie trokneten einander die Thränen ab, und
gingen dann Arm in Arm zur Mutter, um
das ſchöne Kleid zu bewundern. Hanchen
war nun recht froh, hielt Jettchen das Zeug
an, und verſicherte, daß es ihr allerliebſt
ſtehen würde. Als Jettchen den folgenden

Morgen erwachte, hing Hanchens zahmer Kanarienvogel, der ihr auf den Finger hüpfte, der sie küßte, der aus ihrem Munde sein Stükchen Zucker hohlte. — in Jettchens Zimmer, und Hänchen that es nicht anders, er mußte dort bleiben.

———————————

Die Korrespondenz ging ein halb Jahr fort. Der Hoftammerrath schikte Jettchen auch zuweilen Bücher: aber die Pfarrerin las sie, ehe sie das Mädchen bekommen sollte, und fand für gut, als sie sie gelesen hatte, daß Jettchen sie nicht bekäme. Auch wurde die zwar gar nicht weltkluge, aber doch eben so wenig einfältige Alte ziemlich aufmerksam auf das Verhältnis der Pflegetochter und des Pflegevaters. Ihre Unterhaltungen nahmen nun öfter die Wendung, in den Herzen ihrer Mädchen das Abscheuliche der Verführung, die Gefahr vor Verführern, das Elend der Verführten anschau-

lich zu machen. Der Saame fiel auf trefflich Land, bekleibte, und wurzelte tief.
Hanchen konnte sich dabey aber manches gar
nicht möglich denken, was Jettchen schon
ziemlich begriff. Und Jettchen war doch
nur Ein Jahr älter.

Im Herbst kam eine Dame von etwa
vierzig Jahren, wohl beleibt und hoch ge-
schmükt, weise thuend und Wohlwollen
affektierend — unter dem Titel der Madame,
verwittweten Pfeil im Grünfelder Schlosse an. Sie machte gleich den Tag nach ihrer Ankunft der Pfarrerin und ihren Pflege-
töchtern den Besuch. Da entwickelte sich
denn, daß sie eine Art von Haushofmeiste-
rin des Hofkammeraths war, die, wie sie
sagte, mancherley wichtige Angelegenheiten
auf dem Schloße zu besorgen gekommen
wäre; und dabey noch den besondern Auftrag hätte, Jettchens und ihrer Freundinnen Bekanntschaft zu machen.

Die Dame brachte wieder ein Briefchen
des Herrn, worin sie sehr empfohlen

wurde; und ein ansehnliches Geschenk von
ihm, wodurch sie sich nicht weniger empfahl. Madame hub an mit geläufiger Zunge vorerst die edlen Gesinnungen und erha-
benen Thaten des Hoffammeraths im Allgemeinen zu preisen; kam dann im Besondern auf seine trefflichen Absichten mit Jettchen —

„Glauben Sie, mein liebes Kind —

sagte sie zu dieser;

„er hat mit Ihnen Etwas Großes
„im Sinn!“ —

Jettchen erschrak. Hanchen sahe unverwandt auf ihre Nähderey. Die Mutter
horchte nicht ohne Mistrauen hoch auf —
Sie sagte:

„Etwas Großes? Madam, was Sie
„nicht sagen! Was könnte denn das
„Große wohl seyn?“ —

„Das ist nicht mein Geheimnis, dahin
„gehet mein Auftrag nicht!“ — —

„Aber dahin, dies Jettchen zu sa-
„gen?"

Die Frau kam ein wenig in Verlegenheit.
Sie war aber gewohnt, in größern zu seyn,
nahm also diese kleine leicht hin, und
wollte von Etwas Anderm sprechen. Aber
die Pastorin fiel ein:

„Sollte sich mein liebes Jettchen wohl
„zu „Etwas Großem" von irgend einer
„Art schicken? Ich glaub' es nicht.
„Sie ist immer so schlecht und recht,
„still und häuslich erzogen" — —

„Eben darum, Frau Pastorin, sollten
„Sie nach Möglichkeit dafür sorgen,
„ihr mehrern, feinern Umgang zu schaf-
„fen, sie Welt zu lehren, ihr Sitten
„beyzubringen" —

„Nun — ungesittet werden Sie mein
„Jettchen nicht gefunden haben" —

„Ey bewahre Gott! Wer sagt denn
„das? Sie verstehen mich nicht, Ma-
„dam! Ich meyne feine Sitten —

„Doch dazu haben Sie freylich hier auf
„dem einsamen Dörfchen nicht wohl Ge-
„legenheit. A propos! Was hat denn
„das liebe Mädchen für Unterricht ge-
„habt? In Wissenschaften, meyn'
„ich" —

„Religionsunterricht bey unserm würdi-
„gen jungen Pastor" —

„Nun ja —! Sodann —"

„Etwas Geographie auch bey ihm" —

„Hm, wenn die der Kutscher weiß, so
„kommt sie doch an Ort und Stelle!
„Nein, Sie verstehen mich wieder nicht,
„gute Frau! Ich meine — wie sag' ich
„nun? von Geschiklichkeiten" — —

„Da sehen Sie doch die Arbeit an, die
„sie eben vor hat!" —

„Nähderey — Nun ja, recht hübsch,
„recht nett gemacht: aber die wird ihr
„Mädchen eben so gut machen — Sie
„kann doch tanzen?" —

„Je nun — so eigentlich, nach der Re-
„gel, freylich nicht. Wo hätte sie Gele-
„genheit haben sollen, es so zu lernen?
„Und wozu auch? Die Mädchen ländern
„denn wohl, wenn sie lustig sind, ein
„Dutzend mal die Hausflur entlang" — —

„Gerechter Gott — nicht tanzen? nicht
„tanzen? Doch es ist wahr, ich bin un-
„billig; vergeben Sie, liebe Frau! Sie
„haben hier allerdings keine Gelegenheit
„gehabt. Aber Klavierspielen? Sin-
„gen?" —

„Unser Herr Schulmeister hat den Mäd-
„chen einigen Unterricht gegeben" —

Lächelnd schloß die Dame und legte den Zei-
gefinger an die Stirn:

„Das wäre — Etwas! Sie werden er-
„lauben, Frau Pastorin, daß Jettchen,
„so lange ich hier bin, bey mir auf dem
„Schlosse bleibt" —

„Madam —"!

sagte die Pfarrerin bedenklich und höflich
verweigernd. Die Dame fiel ein:

„Lesen Sie den Brief des Herrn Hofkam-
„merraths noch einmal: er verlangt
„es!"—

„Dann kann ich freylich nichts einwen-
„den"—

„Nun so kommen Sie, liebes Kind! Ich
„habe schon vorläufig das schöne blaue
„Zimmerchen auf der Morgenseite für Sie
„einrichten lassen"—

Jettchen stand zwischen beyden, und blickte
schüchtern bald nach der einen, bald nach der
andern — Die Frau gefiel ihr nicht, gar
nicht; und doch —

„Verlangt's der Herr Hofkammerrath
„wirklich, liebe Mutter?"
fragte sie.

„Ja, er schreibt, Du möchtest, wo mög-
„lich, immer um die Madam seyn und
„ihr Dein ganzes Vertrauen schen-
„ken"—

I. Th.   P

Jettchen umarmte ihre Pflegemutter mit einer geheimen Aengstlichkeit, die ihr das Athmen schwer machte. Sie umarmte Hanchen, der Thränen in den Augen standen, mit schwesterlicher Liebe, bat diese, sie auf dem Schlosse zu besuchen, und versprach, alle Tage zu ihr zu kommen. Dann ging sie mit niedergeschlagenen Augen am Arme der Dame aufs Schloß.

Die geschwätzige neue Mentorin verplauderte ihr den Nachmittag und Abend von den Annehmlichkeiten des Stadtlebens und den Herrlichkeiten im Hause des unvergleichlichen Herrn Felix — ziemlich angenehm. Des Abends sagte sie, da Jettchen gewohnt seyn würde, eher am Morgen aufzustehen, wie sie, so möchte sie sich unterdessen mit den Büchern die Zeit vertreiben — Sie gab ihr verschiedene.

Jettchen schlief, wie eine Königin, im seidnen Bette, erwachte früh, wie gewöhn-

lich, und ging auf den Zehen, um nicht gehört zu werden, und Niemand im Schlafe
zu stören. Das Dienstmädchen, welches
scharfe Ordre hatte und gerade unter ihr
schlief, hatte sie dennoch gehört, und brachte nach kleiner Weile ihr den Kaffee. Jettchen wußte gar nicht, wie ihr geschahe —

Nun, so willst du dir aber auch einen recht
himmlischen Morgen machen —
sagte sie; rükte das Tischchen ans Fenster,
wo die ersten Strahlen der heitern Morgensonne hereinfielen, trank mit innigem Wohl-
behagen ein Täßchen aus dem schönen Por-
zellan, und nahm das erste, das beste der
Bücher zur Hand.

Sie waren alle äußerst sittsam und kalt —
nach dem Urtheile des Auswählers, des
Herrn Hofkammerraths. Für den Ostin-
dier ist kalt, was für den Russen warm ist.
Jettchen las. Es wurde ihr warm dabey.
Zum erstenmale ward ihre Phantasie stark
aufgeregt. Sie las begierig — legte zuwei-

ken das aufgeschlagene Buch hin, giug einigemal das Zimmer auf und ab, nahm mit hochklopfendem Herzen das Buch wieder, und las weiter. Sie würde es weit von sich geworfen haben, wenn g r o b e Sinnlichkeit darin geherrscht hätte.

Nach neun Uhr kam die Dame und trank den Kaffee bey ihr. Jettchen hoffte, Hanchen würde auch kommen: diese kam aber nicht — die Mutter hatte es ihr ausdrüklich verboten.

Gegen Mittag sagte die Dame:

„Nun, mein Kind, wollen Sie sich nicht „ein wenig ankleiden? Ich will Ihnen „Mariechen schicken! Hernach ziehe ich „mich auch noch an" —

„Ankleiden? Madam, bin ichs denn „nicht?"

fragte Jettchen verwundert, da sie von früh an nett angezogen war. Die Dame verdeutschte ihr, daß das, was Jettchen an-

putzen geheißen hätte, nichts sey, als von
nun an ankleiden; mit dem Putzen wür-
be es sich noch ganz anders finden — wenn
es die Mühe mehr belohnte, als hier im
Dörfchen. Jettchen fragte, warum sie sich
denn so anpu— ankleiden sollte.—

„Wir wollen nach Tische einige Stunden
„nach F — fahren!"

Das war das benachbarte Städtchen, wohin Jettchen alle Jahrmärkte gekommen war.
Jettchen war sehr gern dort: aber sie fragte
traurig:

„Und nicht zu meiner guten Pflegemut-
„ter? nicht zu Hanchen?"—

„Ey dazu ists morgen Zeit —

„Nein, nein! nicht morgen! heute! alle
„Tage! Lassen Sie mich allein hier! Fah-
„ren Sie allein nach F — Wenn Sie zurück
„sind, komme ich wieder zu Ihnen!"—

Dazu hatte die Dame freylich keine Ohren.
Sie versuchte Jettchen abwendig zu machen:

da ihr das aber schlechterdings nicht gelang,
so ward beschlossen, nur einige Stunden im
Freyen umher zu fahren, und dann die Pfarrerin zu besuchen.

Die gute Alte saß traurig. Hanchen auch.
Da rollte der schöne englische Wagen vor
die Thür, der Bediente sprang herab, hob
das köstlich gepuzte Jettchen heraus — —
Hanchen stand schüchtern hinter dem Vor-
hange — Gutes, armes Hanchen!

Die Unterhaltung war etwas matt:
Jettchen wußte nicht recht warum. Jettchen war fröhlich, und wagte es doch
nicht, ihre Fröhlichkeit zu äußern. Es war
seltsam. Als der Besuch Anstalt zum Auf-
stehen machte, schlüpfte Hanchen hinaus, kam
bald zurück, und brachte einen Strauß von
den schönsten Blumen ihres Gärtchens, den
sie schweigend der geliebten Freundin an der
Brust befestigte. Jettchen drükte ihr die
Hände so innig! Sie hätte sie gern gefragt,
warum sie nicht zu ihr käme? Hanchen hätte gern ihr zugeflüstert, daß sie nicht dürf-

te, um bey Jettchen allem Mistrauen vorzu-
beugen: aber diese wurde von i h r e r, H a n -
chen von i h r e r Aufseherin so scharf be-
wacht, daß sie kein Wörtchen allein sprechen konnten — —

So vergingen zwey, drey Wochen: die
Dame kehrte noch nicht zur Stadt zurück.
Endlich entschloß sie sich, auf einen Brief
aus der Stadt, den ganzen Winter hier zu
bleiben. Jettchen wollte zwar erst zur Mutter zurück: aber schon würde ihr das „für
immer Hierbleiben" weit leichter, als vor
einigen Wochen das „auf kurze Zeit Weggehen" — Ein Brief des Hoffammerraths,
worin er Jettchen ausdrüklich bat, bey Madame Pfeil zu bleiben, und ein anderer, worin er der Pfarrerin sehr verbindlich für
ihre bisherige Sorgfalt für Jettchen dankte,
und sie derselben für die Zukunft überhob —
bestätigte d i e s e Trennung, aber nicht die
Trennung ihrer Herzen. Jettchen, so vornehm sie auch in manchen Dingen, durch
Fleiß und Sorgsamkeit der Madame Pfeil,

schon geworden war, besuchte doch fast täglich ihre gute Alte und ihr Hanchen. Doch ließ ihre Wächterin sie nie allein hingehen.

Als der Frühling das Jahr zu verschönen anfing, bekam Jettchen folgenden Brief:

Mein theures, bestes Jettchen!

Du bist durch die brave Frau, deine Gesellschafterin, nun vorbereitet genug, wahrhaftes Lebensglück schätzen, annehmen und genießen zu können. Du weißt, dies wahre Lebensglück findet man in Stille, Ruhe, Eingezogenheit, Häuslichkeit, Versteektheit — bey eingeschränktem Verstande, engem kaltem Herzen) und — überhaupt bey Mangel an Fähigkeiten für die Welt. Hätte ich Dich so gefunden: nimmermehr würde ich diese Deine Ruhe und Zufriedenheit, welche ihren Grund in Deiner Unerfahrenheit hatte und bey rei-

fern Jahren Dich sehr unglüklich gemacht
haben würde — unterbrochen haben.
Aber, dacht' ich, soll ein liebes Mädchen,
mit den trefflichen Gaben an Geist und
Körper, wie ein niedres Vergißmeinnicht
am Bach verwelken, oder wohl gar mit
dem Graße vermengt und — genoſſen
werden? Nein, sagte mir meine Rechtschaffenheit — Nein — meine Liebe für
Dich von Deiner Kindheit an. Ich habe
keine nahen Verwandten und das Schikſal hat mir Vermögen zugeworfen. Ich
kann Dein Glück machen, ich will es auch.
Glaube nicht, daß ich eigennüßig handle:
ich mache nicht etwa Ansprüche auf Deine
Hand. Ich wünsche mir nur Dir zu be-
weiſen, daß ich Dein herzlicher Freund
bin, und daß Du aus gegenseitiger Freundſchaft mir erlaubeſt, öfters ein Stündchen in Deiner Gesellschaft zu ſeyn, mich
Deiner zu freuen und vielleicht noch Etwas zu Deiner Fortbildung beyzutragen.
Willſt Du meine Bitte erfüllen, ſo komm

mit Deiner Gesellschafterin zu uns. Bewohne mit ihr mein Gartenhaus in der Vorstadt, wohin ich selten komme, und betrachte alles, was Du da findest, als Dein Eigenthum. Madame Pfeil wird für Gesellschaft sorgen, wodurch Du allein Dich so vervollkommnen kannst, als Du es fähig und würdig bist. Mich wirst Du nicht finden. Ich reise wenigstens auf ein halbes Jahr Geschäfte halben. Wie werde ich mich dann freuen, wenn ich Dich, liebes Mädchen, vergnügt, schon eingewohnt und glücklich sehe u. s. w.

Felix, Hofkammerrath.

Jettchen weinte süße Thränen der Dankbarkeit und Freude, als sie diesen Brief las. Madame Pfeil fuhr sich gleichfalls mit dem Tuche über die — troknen Augen, und rief einmal über das andere aus:

„Der gute Herr! Der vortreffliche Mann! „Kind, es wäre Ihnen nicht zu verzeihen,

„wenn Sie dabey gleichgültig wären,
„oder jemals es würden!" —

Jettchen wollte sogleich mit dem Briefe zu
ihrer ehemaligen Erzieherin und zu Hanchen. Aber die Dame verstrikte sie in ein
interessantes Gespräch, und dann in allerley kleine Geschäfte, so daß heute nichts
draus wurde. Nach dem Abendessen erbat
sie sich den Brief, um ihn vor Schlafenge-
hen noch einmal mit Bedacht zu lesen. Jettchen gab ihn, und träumte die Nacht vom
schönen Gartenhaus in der Residenz.

Als sie des Morgens nach dem Brief
fragte, war er nicht da.

„Wo hab' ich ihn denn?"

sagte Madame, und suchte verwundert. Jettchen machte viel Lermen darüber, half suchen,
das ganze Haus aus: der Brief blieb weg.
Jettchen weinte; die Dame entschuldigte sich
kreuz und queer, meynte auch, er müsse
sich noch finden; wußte ihn aber jezt icht
zu schaffen. Jettchen hatte schon so viel

Selbstgefühl ihres Werths — oder vielmehr
des Werths, den man auf sie legte — bekommen, der Dame zuweilen die Spitze zu
bieten. Sie entschloß sich, diesen Unfall ihrem Wohlthäter sogleich zu schreiben. Da
fand sich der Brief. Jettchen, die heute
einmal im Zuge war und das Trozköpfchen
aufgesezt hatte, flog damit zur Thür hinaus,
und schnell schnell zu ihren Freundinnen —
allein! —

Die Dame stand da, wußte nicht, was sie
machen sollte, und begriff endlich, daß sie
nichts machen könnte. Ihr sogleich nach-
zugehen, ließ sich nicht thun, ohne sich lächerlich zu machen: aber in einem Viertelstündchen — gleichsam als wüßte man nicht, wo
Jettchen wäre, als vermuthete man sie nur
da —! Das ging eher.

———————

Der Brief war unterdessen von der Pfarrerin bedächtig, mit eingeschobenen Erkla-

mationen oder auch Kopfschütteln, gelesen
worden. Sie vermuthete schlechte Absichten, ward durch die Hälfte des Briefes gewiß: aber ~~der einzige Umstand~~, daß Felix
Jettchen nicht treffen, sie ein halbes Jahr
lang nicht sehen wollte — ~~das~~ machte sie
wieder zweifelhaft.

„Hätte er sie lieb, hätte er Böses im
„Sinn: so würde er's nicht erwarten
„können, sie zu sehen —"
dachte sie. Die gute Frau! Sie kannte freylich kein Jota von dem raffinierten Entbeh-
rungskatechismus verlebter Weltleute.
Was sollte überdies dem verschraubten,
sublimierten, raffinierten, überdelikaten Felix ein Kind, das noch immer nicht viel mehr
war, als ein — präcipitirtes Landmädchen?

„Und dann wäre es ja auch gar zu ab-
„scheulich, einem funfzehnjährigen Kinde
„Schlingen zu legen" —
meynte die Alte weiter. Jezt schlug sie den
Brief zusammen, gab ihn zurück, und sagte:

„Was wird mein Jettchen thun?"

„Ey nun — sobald als möglich in die
„Stadt reisen"

„So —! Nun ja! — Aber ehe dies ge-
„schieht, möchte ich doch mit meinem
„Jettchen über gewisse Dinge einmal recht
„ausführlich sprechen."

„Warum jezt nicht, liebe Mutter? Wir
„sind ja allein — Wer weiß, wenn wir's
„wieder sind!" —

„Wohl wahr! Höre also, mein liebes
„Jettchen: aber ernsthaft — ich bitte
„Dich, ja ernsthaft" — —

„Sie machen mich ängstlich, liebe Mut-
„ter" —

„Dein Wohlthäter" — —

Da sahen sie Madame Pfeil vom Schlosse
herübertraben dem Häuschen zu. Die
Pfarrerin sagte schnell:

„Wir können nicht weiter sprechen!
„Sollte es gar nicht mehr geschehen kön-

„nen: so werde ich Dir schreiben, und
„wenigstens beym Abschiede Dir den Brief
„heimlich zustecken" — —

Da trat die Dame herein:

„Ey da sind Sie ja! Sie böses Kind!
„Haben Sie mir nicht, Sorge gemacht!
„Ich wußte gar nicht, wo Sie mir hinge-
„rathen waren!" — —

Die Abreise wurde so viel nur möglich
beschleunigt. Die Dame nahm ihre Pfleg-
empfohlne nun besser in Acht: sie konnte
mit der Pfarrerin nicht allein sprechen.
Diese stekte ihr aber den versprochenen Brief
unbemerkt zu.

Der Abschied kam. In Jettchens Seele war ein Gemisch von Aengstlichkeit und
Freude, Furcht und Hoffnung. Hanchen
war still: aber ihre verweinten Augen sprachen. Jettchen drükte sie an ihre Brust,
und sprang dann schnell in den Wagen.
Hanchen lief diesem zuvor an das Ende des
Dörfchens, warf der scheidenden Freundin

weinend Küsse zu, und sahe noch lange auf
die Straße hin, als der Wagen ihr schon
aus den Augen war.

———

Jettchen kam an im Gartenhause des
Hofkammerraths. Sie erstaunte schon
nicht mehr vor dem, was sie als Eigenthum
betrachten sollte: aber sie freuete sich darüber. Madame Pfeil sorgte für Gesellschaft.
Zwey Schwestern wohneten ihr gegenüber;
ein Paar leichtsinnige und leichtfertige
Mädchen, die aber in der That besser waren
als ihr Ruf — ein Schiksal, das wenig
Große und Berühmte mit ihnen gemein haben. Die Mädchen errichteten mit Jettchen
zuerst etwas nähere Bekanntschaft, und
brachten sie in mehrere muntere Zirkel von
Damen und Herrn.

Jettchens Schönheit näherte sich sezt
dem vollen Aufblühen. Sie bemerkte, daß
sich ihre Freundinnen Etwas darauf zu gu-

re thaten, sie aufzuführen; und daß die
Männer sie vor den meisten auszeichneten.
Sie hatte noch nicht Eitelkeit genug, um
sich einzubilden, sie sey des würdig; wollte
es aber durchaus werden: und arbeitete
nun mit aller Anstrengung an der Ausbildung ihres Geistes und Geschmaks — wie
es Madame Pfeil nannte. Ihr Hauptstu-
dium wurde die allerdings große Kunst,
Reizen des Körpers die höchste Wirkung zu
verschaffen, ohne die Sittsamkeit zu beleidigen.

Jettchens Geist überflog selbst die Er-
wartungen ihrer Lehrmeisterin — selbst deren Wünsche: denn Jettchen übersahe die
Dame gar bald, sezte sie nach Würden herab, und folgte nur ihrem eigenen Köpf-
chen — von dem auch jede Fiber besser war,
als die ganze leere Masse der Gouvernante.
Dabey lernte Jettchen freylich auch — zuweilen eigensinnig seyn und übellaunisch,
ihr Mariechen dann plagen und nichts von
ihr recht finden, auf meißner Porcellain

I. Th.   Q

speisen, Friseur, Puzmacherin und Schnei=
der alle Hände voll zu thun geben, in ih=
rem Hause ohne Gesellschaft Langeweile
finden, in der Gesellschaft nicht selten auch —
aber dennoch nothwendig dort seyn müssen;
dem schmeicheln, und wär' es nur durch ein
seelenvolles Blickchen, von dem sie sich Ge=
fälligkeiten wünschte, diese vergessen, so=
bald sie geleistet waren u. s. w. Es fiel ihr
denn freylich zuweilen ein, daß dieß Schla=
raffenleben unmöglich ihre Bestimmung seyn
könnte; sie kam sich, sogar vor dem Spie=
gel, zuweilen etwas kleinlich, sich selbst er=
niedrigend, ihrer selbst unwürdig, vor; sie
war dann mit sich selbst unzufrieden: aber
— was thue ich denn Böses? sagte sie
zu sich selbst. Muß ich mir etwa Vorwür=
fe machen über Dinge, die die Tugend ver=
letzen? Nein; und ich schwöre es mir selbst
zu, ich will mein Herz und mein Gewissen
rein erhalten. Was thue ich denn also?
Was Jedermann thut! Ich benutze die Vor=
theile meiner Verhältnisse, so gut als mög=

lich; und diese Aengstlichkeit, die mich zuweilen überfällt, ist nichts, als Folge der
eingeschränkten Erziehung, der Ungewohn-
heit meiner jetzigen Lage — —

Zu solchen ernsthaften Ueberlegungen
kam es jedoch selten; denn selten hatte sie
Zeit dazu. Aus diesem Mangel an Zeit kam
es denn auch, daß sie ihres Hanchens Briefe erst nur kürzer, dann auch seltner, endlich fast gar nicht beantwortete, und nun keine mehr von ihr zu beantworten bekam. Den
beym Abschiede ihr von der Mutter zugestck-
ten Brief eröffnete sie in der ersten einsamen
Viertelstunde. Er enthielt nichts, als ein
Kouvert eines zweyten Briefs. Im Kouvert stand:

Fern sey es von mir, Dir mit den Be-
denklichkeiten meiner Jahre Deine schöne Jugend verbittern, oder Dir Verdacht und Argwohn, der vielleicht gleichfalls nur in der Aengstlichkeit des Alters
liegt, gegen irgend Jemand beybringen

zu wollen: Ich beschwöre Dich nur, Gott
und der Tugend treu zu bleiben, damit
wir uns einmal in jener Welt freudig um-
armen. Solltest Du aber in Verhält-
niße kommen, wo Deiner Tugend Gefahren droheten; wo Du fühltest, Du
könntest wanken; wo du einen Freund
nöthig hättest, und keinen fändest: dann
erbrich meinen inliegenden zweyten Brief.
Aber nicht eher, darum bitte ich Dich.

Jettchen hatte damals nicht ganz begriffen, was die Mutter meynte; hatte ihr im
Herzen das heilig angelobt, warum sie sie
beschwor; und hob den inliegenden Brief
versiegelt als ein Heiligthum auf — denn jezt
hatte sie ja keine Gefahren und eine Menge
Freunde.

Der Hofkammerrath hatte seine Qua-
rantaine noch um ein Vierteljahr ver-
längert. Als er im Spatherbst zur Re-

sidenz zurükkehrte, war Jettchen das,
was wir vorhin angegeben haben.

Sie kam des Abends eben aus einer
kleinen Gesellschaft, als sie dies Billet erhielt:

„Vor zwey Minuten kam ich an. Ich
„eile, mich nur so weit in Stand zu
„setzen, um schiflich vor Ihnen erschei-
„nen zu können. Dann fliege ich zu mei-
„ner süßen Freundin.

Felix, Hofkammerrath.

Jettchen freuete sich, Madame Pfeil
noch mehr. Die erste trat ein wenig vor
den Spiegel, um ihr Haar in Ordnung
zu bringen; die zweyte puzte um sie herum,
und lupfte ihr das Halstuch unbemerkt ein
wenig. Felix flog an, mit aller Eleganz
und Grace eines schönen Herrn von fast
funfzig Jahren. Er küßte Jettchen die
Hand und gratulierte sich zu ihrer Ver-

änderung — Veredlung nannte er's;
Jettchen wollte in Danksagungen für seine Güte ausbrechen: er hielt ihr schäkernd
mit der einen Hand den Mund zu, und
besprützte mit der andern ihr Halstuch mit
Eau de Luce.

Der ältliche Herr brachte den Winter
über meistens in Jettchens Gesellschaft zu;
führte sie, als seine Pflegetochter, die er
— wie er wenigstens ihr selbst und andern
Leuten zu verstehen gab — adoptieren würde, in glänzende Gesellschaften ein; las
ihr, wenn sie allein waren, vor; und
tändelte, liebelte und scherwenzte um sie
herum.

Jettchen konnte ihm nach — gut — in
den — weitern aber, auch auf der Welt
nichts. Aus herzlicher Dankbarkeit übersahe sie bey ihm auch manches, wovor
sie ein wenig erröthen mußte, und was sie
bey einem Andern durchaus nicht überse-
hen haben würde. Felix hielt sich lange

Zeit in den Schranken besser; was Er
wenigstens strengste Sittsamkeit und fast
übermenschliche Enthaltsamkeit nannte.
Als er aber nach und nach mehreres leise und fernher zu versuchen, als er zuweilen in einem einsamen Stübchen dringender zu werden anfing: da sezte ihm
Jettchen die ganze Macht der Unschuld,
die volle Kraft eines freyen Herzens entgegen, und der alte Liebhaber zog sich
eben so leise, als er angerükt war, zurück.

Er war nun eine Zeitlang wieder be-
scheidner, zurükhaltender: dadurch gewann
er bey Jettchen. Sie war nun strenger,
behutsamer: dadurch gewann sie bey ihm.
Er lernte die Würde der Unschuld fühlen
und verehren — wenigstens in so weit
ein Mensch, wie er, dazu fähig ist; sie
lernte die Gefahren und das Bedenkliche
ihrer Lage einsehen — wenigstens in so
weit sie sie jezt übersahe. Seine Flam-

men, die erst Strohfeuer waren, ergriffen jetzt solidere Theile; er ward nachdenkend, zuweilen traurig. Ihre Erkenntlichkeit, die bisher so innig gewesen war,
schöpfte Verdacht; sie ward besorgt, zuweilen ängstlich.

Den folgenden Frühling ging er mit
Jettchen und der Pfeil in ein Bad. Er
hoffte durch die Menge der Zerstreuungen,
durch den Anblick des leichtsinnigen, un-
gebundenen Lebens daselbst, ihre Sinne
aufzureizen, ihren Geist zu betäuben. Er
versuchte nun nochmals, aber behutsamer,
zu seinen entehrenden Zwecken zu gelangen; verschwendete Geschenke, Schmeicheleyen, Versprechungen, legte Schlingen, wie ein erfahrner Weltmann: Jettchen fühlte ihre Würde, überwand die Gefahren, und erklärte ihm, als er sich
einst ziemlich stark vergaß, mit aller der
Festigkeit, deren ein — nicht liebendes
Weib leicht fähig ist: sie würde eher auf

alle Vortheile ihrer jetzigen Verhältnisse Verzicht thun, würde eher in die Stille ihres Dörfchens zurükkehren und sich ihrer Hände Arbeit nähren, als sich weiter solcher Begegnung aussetzen.

Dem verblüfften Hofkammerrath war dieser Casus noch nie in Terminis vorgekommen. Er suchte sich dadurch aus der Affaire zu ziehen, daß er heimlich über sich lachte und eben so heimlich von der Zeit, die ja den Stein durch Wassertropfen aushöhle, Vortheile über Jettchen hoffte: aber es war — vielleicht zum erstenmale in seinem funfzigjährigen Leben, nicht seine Eitelkeit allein von einem Mädchen gerührt worden; sein Herz — oder was an dessen Stelle in ihm klopfte, war innig ergriffen; er war ein ganz anderer Mensch geworden.

Er erschien nun schüchtern, demüthig, reuig vor Jettchen; und diese suchte deswegen das Geschehene als nicht ge-

schehen zu betrachten, obgleich sie dies
nicht ganz vermochte, und noch behutsamer,
noch strenger gegen ihn ward.

Endlich wards ihm zu arg und in die
Länge unerträglich. Er entschloß sich, den
Leuten einige Wochen lang Stoff zum Lachen zu geben, und sprach zu Jettchen
ernsthaft — von Heyrath. Jettchen
horchte hoch auf. Sie bat sich einige Wochen Bedenkzeit aus. Sie liebte nicht.
Sie war ihr jetziges Leben im großen
Wohlstande gewohnt; fühlte, daß man
sich zwar leicht zur Rükkehr in ländliche
Einsamkeit und Armuth entschließen könnte, daß es aber schwer wäre, den Entschluß auszuführen, und noch schwerer,
bey dessen Ausführung zufrieden und glüklich zu seyn. Sie sahe kein ander Mittel, sich in ihren jetzigen Verhältnissen zu
erhalten. Felix war ihr nicht zuwider,
war noch Etwas mehr — Sie gab dem
bescheiden und unterwürfig in sie drin-

genden Anbeter, nach verlaufner Bedenkzeit, ihr Jawort.

Wer war nun glüflicher, als der ältliche Herr! Nach ihrer Zurükkunft in die
Residenz führte er Jettchen überall als
seine Braut auf; kam, als erfahrner
Mann, den Spöttereyen und Wißeleyen
seiner Gesellschafter dadurch zuvor, daß
er selbst zuerst über sich spöttelte und wiz-
zelte; Jettchen nahm die Glükwünschun-
gen ihrer Freundinnen freudig, ihrer Neiderinnen ein wenig stolz an; die Bitter-
keiten der leztern verachtete sie.

Der Vermählungstag war festgesezt,
der Brautschmuck ausgewählt, die Festlichkeit ausgesonnen — Jettchen würde
ein besseres, treueres Weib geworden
seyn, als Felix verdiente. — Da drängte sich ein eben so unerwartetes, als un-
erwünschtes Hinderniß plözlich ein.

Jettchen und ihre Gesellschafterin waren eben aufgestanden und saßen beym Kaffee, als ein Bedienter des Bräutigams bleich und zitternd hereinstürzte:

„Mademoiselle —

„Madame —

„Madame —

„Mademoiselle" — —

Das war alles, was der Mensch hervorbringen konnte. Man ließ ihn ein wenig zu Odem kommen, und stürmte dann mit Fragen in ihn ein. Er stotterte:

„Mademoiselle — Madame — Ach,
„unser Herr! unser guter Herr!" —

„Was ists denn? Was ist ihm denn
„wiederfahren?"

fragten beyde erschrocken.

„Ich — sehn Sie, ich will's Ihnen
„nicht auf einmal sagen, damit Sie
„nicht erschrecken — Er ist — zu Hau-

„sie — Er ist nicht wohl — krank ist
„er — er wird bald sterben" — —

„Friedrich — ist er toll?"

rief die Dame.

„Um Gottes Willen — so red' Er doch
„— erzähl' Er doch" — —

rief Jettchen und schikte nach dem Wagen —

„Ja, beste Mademoiselle, beste Ma-
„dame —

fuhr Friedrich fort;

„da Sie's nun einmal wissen, kann
„ichs Ihnen wohl sagen. Er war ge-
„stern Abends bey Cherubini — Nun,
„sie haben doch da das Kränzchen. —
„Also: er hatte den Wagen nach zwölf
„Uhr bestellt — Der wollt' auch kom-
„men — Aber was geschieht? Der
„Herr soll in einen Streit gekommen
„seyn mit einem Paar Andern — wird

in 1808. — Hut genommen — fort! Zu
„Fuß! im Frack! die kühlen Nächte!
„erhizt erst! — Er kömmt an, pocht
„am Haus — Ja, werden wir uns so
„Etwas einbilden? Wir waren im
„Diskur — hören's nicht. — Endlich
„schmeißt er die Thür fast entzwey;
„wir horchen, er lermt noch immer
„und flucht auf uns — Daran erkann-
„ten wir's denn, daß er's war." Hin
„— aufgemacht — Da steht er, klap-
„pert vor Kälte, und blaß wie der
„Tod — Schurken, sagt er, macht
„Thee: mir ist nicht wohl! — Wir
„wollen den Doktor rufen: Nichts! —
„Wir wollen wachen bey ihm: Nichts!
„— Heut früh schleicht der Christian
„an die Thür vom Schlafzimmer,
„horcht — Nichts gehört, und gar
„nichts! Endlich schläft er uns gar
„zu lange — Wir hinein — Liegt er
„da, mit offenen starren Augen —
„rührt sich nicht — wie ein todter

„Mann. Wir schreyen — läuft einer
„zum Doktor — ich hieher". — —

Die Damen hatten unterdessen die Män-
tel genommen und waren hinunter geeilt.
Friedrich erzählte Obiges die Treppe hinab, und das Lezte bekamen sie, als er sie
in den Wagen hob.

Sie kamen an, fanden Aerzte, die
alle Hoffnung aufgaben, und den Hofkammerrath einem Geistlichen überliefer-
ten, welcher in ihn hineinbetete, ob er
gleich vom Schlage starr, und so ver-
standlos war, daß er Niemand mehr
kennete, auch keine Sprache mehr hatte.

Jettchen warf sich außer sich über ihn
her, wollte ihn mit Gewalt in dieser
Welt zurükhalten: aber der Tod, der
ältere Ansprüche auf ihn hatte, entriß
ihr ihn, und förderte ihn in die andere
Welt. Was konnte Jettchen nun thun,
als weinen und wehklagen.

Als die beyden Frauenzimmer wieder allein waren, und die Justiz versiegelt hatte,
nahm Madame Pfeil das Wort:

„Nun, liebes Jettchen,

sagte sie;

„suchen Sie sich zu fassen! Der liebe Gott
„hat's gethan! Sie verderben sich mit
„dem Weinen die Augen, und alles! —
„Wir haben freylich alle viel verlohren —
„ach, er war ein guter Herr! Aber ihm
„ist wohl; und wahr bleibt's doch immer:
„Sie waren einander ein Bißchen un-
„gleich an Jahren. Sie sind doch nun
„einmal seine Braut, tragen den Verlo-
„bungsring schon auf acht Wochen, er
„hat sie selbst als seine künftige Gemahlin
„eingeführt: sehen Sie, die Justiz zählt
„unter gewissen Umständen — nun, Sie
„werden mich schon verstehen — die Ver-
„bindung vom Verlobungstage an —
„denk' ich; es bleibt alles Ihre, wie es
„stehet und liegt — Je nu, der liebe

„Gott macht alles gut: wer weiß, wie
„auch das zu Ihrem Besten gereichen
„muß. Aber mich, mich treue Dienerin,
„werden Sie doch nicht verlassen?"

Jettchen hörte nicht in der Betäubung ihres aufrichtigen Schmerzes.

Der Hoffammerrath war kaum unter
die Erde, als man sich von allen Seiten
ins Ohr raunte, von einer großen Schul-
denlast, die ihn gedrükt hätte. Das Gerede
nahm zu, wie die Anzahl der Gläubiger,
die sich nach und nach meldeten. Jettchen
wurde in zwey wichtige Prozesse verwickelt.
Zuerst mit den Gläubigern. Da sich diese
aber hinlänglich legitimieren konnten, und
Jettchen selbst die Sache so schnell nur möglich beendigt haben wollte: dauerte dieser
Streit nicht eben lange. Die Herren griffen
zu, die Kapitalien wurden aufgekündigt,
Gut und Haus verkauft: es blieb nichts,
als der schöne Garten, wo Jettchen wohnte,
und ihr selbst blieben nur die Pretiosen u.

R

d. gl., welche sie vom seelgen Bräutgam
zum Geschenk erhalten hatte.

Jezt traten aber die weitläuftigen An-
verwandten des Verstorbenen auf. Sie
traten derb auf und machten alle Ansprüche
Jettchens verdächtig. Sie trug zwar seinen
Ring, und er selbst hatte sie, als seine Braut,
überall vorgestellt: aber das half ihr nichts
bey der Justiz. Ihr Advokat stotterte eine
gewisse kritische Frage heraus, Jettchen
verstand ihn nicht. Er machte nun eine
sehr umständliche Einleitung, entschuldigte
sich mit der Nothwendigkeit der Sache, kam
dann zum Zweck durch die Erläuterung, daß
es ja, nach seinen Begriffen, die unschul-
digste Sache von der Welt sey, wenn der
Bräutgam so kurze Zeit vor der Vermählung
in gewisse Rechte des Ehegatten kleine Ein-
griffe thäte — — Jettchen fuhr beleidigt
auf. Der Advokat zukte da die Achseln;
sagte, er bedaure nichts mehr, als ihre
Sittsamkeit, welche ihr bey der Gerechtigkeit

hier schlecht zu statten käme. Denn eben
vermöge dieser ihrer Sittsamkeit sey schlechterdings nichts zu machen.

Die Verwandten des Hofkammerraths
hatten selbst Mitleiden mit Jettchens Schiksal; machten ihr das, was sie als Geschenk
vom Erblasser erhalten, nicht streitig; und
verstatteten ihr, noch ein halb Jahr den Garten zu bewohnen und zu benutzen.

Jettchen wollte sich nun sehr einschrän-
ken —

„Kindchen, Kindchen, liebes —

sagte Madame Pfeil;

„das wäre der nächste Weg ins Ver-
„derben. Den Muth nicht sinken las-
„sen! Kopf behalten! Contenance! Al-
„les wohl maskiert, als wenn wir noch
„in glänzenden Verhältnissen wären!
„Da findet sich gewiß — gewiß, sag'
„ich, und bald eine anständige Par-
„thie für Sie. Ich weiß, was ich rede!
„Der Herr von W., und der Herr von

„X., und der Kammerjunker D.; und
„der Major F. — Mein Gott, lauern
„die nicht auf jedes Blikchen von Ih-
„nen? Sie dürfen ja nur wählen, wie-
„der etwas öfter in Gesellschaft gehen,
„damit die armen seufzenden Anbeter
„sich Ihnen nähern können" — —
Jettchen ging wieder etwas öfter in Gesellschaft. Zweydeutige verschmähete sie,
gute war kalt und zurükgezogen gegen sie.
Als Braut des in der Gesellschaft wirklich
angenehmen und noch mehr des glänzenden Felix hatte man sie gern aufgenom-
men; jezt verbarg man es nicht einmal,
daß das vorbey wäre. Jettchens guter
Ruf hatte vom Anfange ihres Aufent-
halts durch ihre Gesellschaft nicht wenig
gelitten; als sie Felixens Braut hieß, sahe
man darüber hinweg: jezt litt sie aber
desto mehr wegen ihrer ehemaligen Unerfahrenheit.

Sie zog sich nun wieder mehr zurück:
aber mit welchem Schmerz! Von den an-

geführten jungen Herrn bemühten sich der
Major, ein gutherziger Poltron, und der
Kammerjunker, ein eitler Thor, wirklich
mit aller Sorgfalt um ihre nähere Bekanntschaft. Jettchen verachtete heimlich
den letzten, scheuete den ersten, wagte es
aber doch nicht, Einen von ihnen ganz zu
entfernen, weil sie wirklich ernshafte Absichten zu haben schienen, und Jettchen
kein Mittel sahe, sich anders, als durch
die Verbindung mit einem reichen und an-
gesehenen Manne, zu retten.

Die Herren erhielten, unter gehäuter
Vorsicht, Zutritt. Sie betrugen sich mit
Anstand, wurden aber Todfeinde, weil
jeder dem andern zutrauete, in höherer
Gunst bey Jettchen zu stehen, als wahr
war. Jettchen konnte bis jetzt noch keinem den Vorzug geben, weil sie keinen
liebte, und von keinem noch ein entschei-
dendes Wort hatte.

————

Der eitle Kammerjunker wurde endlich
zudringlicher und überfiel einmal Jettchen
in ihrer Einsamkeit. Sie suchte ihm Bescheidenheit beyzubringen: er nahm es für
Grimasse. Sie begegnete ihm verächtlich;
wollte ihrem Mädchen klingeln: er wurde
unverschämt. Sie stieß ihn von sich, verbot ihm ihr Haus: er ging drohend.

Der Major war ein zwar roher, aber
ehrlicher Mann. Er war des Abends in
Gesellschaft, wo der Kammerjunker auch
war. Dieser, glühend von Rache gegen
Jettchen, hatte, ehe der Major erschien,
das Gespräch auf sie gelenkt. Einige junge
Fentchens, Laffen wie er, witzelten über
Jettchens Züchtigkeit. Der Kammerjunker
lächelte.—

„Seht, wie der schmunzelt —

sagte Einer;

„der weiß die Sache am besten!“ —

„Kinder —

sagte der Kammerjunker;

„sie sind alle keusch und züchtig, bis —
„sie auf die Probe gestellt werden" —!

Ein ältlicher Herr nahm Jettchens Parthey.
Da trat der Major herein, ohne daß der
Kammerjunker in der Hitze des Gesprächs
es bemerkte.

„Mein Herr —

sagte der eitle, tückische Thor zu Jettchens
Vertheidiger —

„Sie wissen doch wohl — ich habe Zu-
„tritt im Hause! Ich bin der Mann nicht,
„der mit erhaltenen Gunstbezeugungen
„prahlt — Was ists denn nun? Wir
„sind alle Menschen, und junge Mädchen
„sind's nur allzusehr! Ich bitte das Ge-
„spräch abzubrechen, wiederhole aber:
„sie sind alle keusch und züchtig, bis sie
„auf die Probe gestellt werden —!" —

„So redet ein Narr oder ein Schurke von
„Henrietten!"

rief der Major. Alles wendete sich erschrocken nach ihm. Auch der Kammerjunker, bleich und wüthend. Er stammelte boshaft lächelnd:

„Aha, der Herr Major —! Ists Ihnen „nicht so wohl worden? Verdrießt „Sie's?" —

„Daß ich mich mit Ihnen einließ, ver- „drießt mich" —

fiel der Major im verächtlichsten Ton ein; barsch fuhr er fort:

„Aber noch einmal: ein Narr oder ein „Schurke spricht so von Henrietten—"

Noch wüthender fuhr der Kammerjunker auf:

„Herr — Sie sind toll oder betrunken; „sonst sollte Sie" —

Hier griff er nach dem Degen. Der Major legte die Hand an den seinigen — Er sagte:

„Ich bin nüchtern und weiß, was ich rede.
„Wenn Sie nicht widerrufen, so fällt mein
„Narr oder Schurke, oder beydes zusam-
„men, auf Sie... Für ihre Drohung wer-
„de ich Ihnen Rede stehen — heut' über
„acht Tage, hinter Kulmdorf, auf der
„Gränze, mit der Morgensonne." Ich
„lasse Ihnen so lange Zeit, damit Sie
„Fechtstunde nehmen und sich fein exer-
„zieren können" — — — — —

Man suchte die Rivals zu besänftigen, zu
vereinigen: umsonst. Der Major blieb bey
seinem Worte. Der Kammerjunker denun-
zierte den folgenden Tag gegen den Major,
um seiner fatalen Degenspitze aus dem Wege zu kommen; die Sache ward allgemeines
Stadtgespräch. Der Major bekam seine
Dimission vom Dienst, der Kammerjunker
wurde auf seine Güter beschieden: wer litt
aber mehr bey dem allen, als die arme un-
schuldige Henriette, die den ganzen Vorfall
zulezt erfuhr?

„Sie haben sich um sie schlagen wollen —!
„Und zwar ein Officier und ein Kammer-
„junker!"

sagten die Gemäßigten und zuckten die Achseln.

„Ganz ohne Grund konnte der Kammer-
„junker es doch nicht wagen, so zu spre-
„chen —!"

sagten die mehr Interessirten.

Jettchen konnte sich in keiner Gesellschaft sehen lassen. Selbst auf Spazier-
gängen, selbst auf der Straße stießen sich
die Vorübergehenden an und winkten, auf
sie deutend, einander zu. Sie glaubte ver-
gehen zu müssen und weinte Tag und Nacht.

Der Major liebte sie wirklich. Sein
Onkel aber, von dem er ganz abhing, hatte
schon vor diesem Vorfall ihn zu enterben
gedrohet, wenn er Jettchen heyrathete.
Jezt hatte der Alte Stoff genug, seinen Ei-
gensinn zu begründen. Er ließ den Neveu

auf seine Güter kommen, und Jettchen sähe
diesen nie wieder.

Die Fortsetzung der von der Madame
Pfeil angerathenen ziemlich splendiden Lebensart hatte schon einen Theil von Jettchens wenigem Eigenthum angegriffen. Sie
entschloß sich nun, sich, alles Einredens ohngeachtet, ganz einzuschränken; was sie von
Pretiosen, unnöthigen Galanterien, Klei-
dern u. s. w. besäße, zu verkaufen; sich ein
kleines Haus und Gärtchen an einem andern kleinen und wohlfeilern Orte zu kaufen. — ihre einige Jahre lang ungeübten
Geschiklichkeiten wieder hervorzusuchen —
und was dergleichen Entschlüsse mehr waren. —

„Bleiben Sie bey mir, liebe Pfeil —
sagte sie;

„Ich kann Ihnen freylich nicht mehr an-
„bieten, als was ich selbst habe — und

„das ist wenig genug. Aber wir wollen
„still, fleißig und vielleicht glüklicher le-
„ben, als da wir noch im Geräusch uns
„umhertrieben" —

Madame Pfeil fiel ihr um den Hals, sagte,
sie wäre ganz embarrassiert von der Schönheit ihrer Sentiments, und bis zu Thränen gerührt von der Großmuth ihrer Freundschaft für sie; bis an den lezten Hauch ihres
Lebens würde sie alles für ihr engelgutes
Jettchen lassen — alles, Gut und Blut!
wenn sie nur vom ersten Etwas besäße! —

Zwey Tage darauf kam die Dame früh
nicht zu Jettchen, wie sonst gewöhnlich geschahe. Diese wartete einige Stunden,
wurde besorgt, und ging dann nach ihrem
Zimmer. Es war verschlossen. Man pöch-
te — Niemand war da, Niemand hatte sie
ausgehn sehen. Jettchen wartete bis an den
Abend: da ließ sie das Zimmer öffnen. Es
war leer und auf dem Tische lag dieser
Zettel:

Meine theuerste, geliebteste
Freundin!

Indem ich an Ihrem Schikfal so innigen Antheil nehme, muß es mir desto drückender auf der Seele liegen, Ihnen beschwerlich zu seyn. Ich verlasse also Ihr werthes Haus, und thue es in der Stille, weil ich fühle, ich würde den Abschied nicht ertragen können. Im Schranke linker Hand finden Sie die Schlüssel zu allem, was ich unter mir hatte. Alles ist in Ordnung. Nur das wenige, was der selige Herr mir selbst zum Gebrauch übergab und ich also mit Recht als sein Vermächtnis betrachten kann, hab ich mitgenommen, um doch ein Andenken an ein so edelmüthiges Haus zu haben. Sie verlieren dabey auf keinen Fall: denn auf einige Kleinigkeiten, deren wir uns Beyde zu bedienen hatten, habe ich ältere Ansprüche. Der Himmel gebe Ihnen viel Freude und Ihren Affairen die beste Tournüre. Ich reise die Nacht, um nicht nach

und nach das liebe Oertchen aus den Augen schwinden zu sehen, was meinem Herzen zu viel kosten würde. Indem Sie dies
lesen, bin ich schon weit von Ihnen, und
nur meine besten Seegenswünsche um-
schweben Sie noch. Ewig Ihre u. s. w.

Die Dame hatte übrigens Zeit und Gelegenheit genug gehabt, sich in den Stand zu
setzen, nicht ganz trostlos in die Zukunft
blicken zu müssen: und man konnte ihr nicht
vorwerfen, daß sie diese Zeit und Gelegenheit unbenuzt gelassen hätte.

„So bin ich denn von allen verlassen, von
„allen hintergangen und betrogen —

rief Jettchen und rang die Hände;

„Ohne Schuz, ohne Freund, allein auf
„der weiten Welt —! Wie wird mir's nun
„ergehen? —“

Jettchen bekam Verantwortung dieses
Vorfalls wegen vor Gericht, und mußte Einiges von dem, was Madame sich zugeeig-

het, erſetzen. Das kleine Kapitälchen, das
ſie aus dem Verkauften geſammlet hatte,
war faſt zur Hälfte geſchmolzen, und nun
ging auch ihr Gnadenjahr ziemlich zu
Ende.

Da ließ ſich der junge, reiche, vornehme,
ſchöne Herr von X — bey ihr melden. Er
hatte längſt ein Auge auf Jettchen gehabt,
wie Madame Pfeil richtig bemerkt hatte.
Jettchen ließ ihn kommen. Er trat ein mit
aller Artigkeit, mit allem ſchmeichelhaften,
huldigenden Weſen eines Hofmannes. Nach
jedem Beſuch ſchien er Jettchen mehr zu gefallen, doch ließ er ſich nie in nähere Erörterung ſeiner Abſichten ein. Endlich drang
das Mädchen, ſo weit Schiklichkeit, Anſtand
und Delikateſſe es erlaubten — in ihn. Er
ſchien gar nichts von Jettchens jetzigen üblen
Verhältniſſen zu wiſſen, oder aus Delikateſſe
ſie zu ignorieren. Er ſprach von dem Uebel-
ſtand, daß er durch ſeine Familie genöthigt
werden ſollte, eine ſogenannte große Parthie
zu thun, da doch ſein Herz längſt gewählt

hätte. Er ergriff mit Zärtlichkeit Jettchens
Hand. Er schwor, daß er nie gegen den
Wunsch seines Herzens heyrathen würde.
Gleichwohl hänge er von seinem Vater ab,
sey also genöthiget dessen Tod zu erwarten.
Dies mache ihm aber seine Liebe für das
schönste beste Mädchen unmöglich u. s. w.

Das erschrockene, verlegene Jettchen
verstand ihn nicht ganz; er mußte sich be-
stimmter erklären. Er trug ihr also, unter
den feinsten Wendungen, an, seine Glüksgü-
ter mit ihm zu theilen, als seine Geliebte ihn
zu beherrschen — und ließ nur aus weiter un-
gewisser Ferne Etwas von der Hoffnung
schimmern, einst nach seines Vaters Tode
ihre vor der Natur geheiligte ewige Verbindung bekannt werden und bürgerlich
sanktionieren zu lassen.

„O Gott! Gott!

rief Jettchen nun;

„wozu muß ich mich erniedrigt sehen!“—

Der junge Herr zeigte seine Befremdung,
wollte sie durch Liebkosungen besänftigen,
übertäuben; sie stieß ihn von sich — Er gab
ihr zwey Wochen Bedenkzeit: sie verbot ihm
ihr Haus.

„Fort! fort!

rief sie, da sie wieder allein war;

„fort aus einem Orte, wo nichts als
„Elend und Schande mich erwartet.
„Morgen, ja morgen fort!" —

Sie riß ihren Schrank auf, um sogleich ein-
zupacken. Da fand sie in einem Kästchen
den Brief ihrer ehemaligen Pflegemutter,
der auf die Zeit, wo ihre Tugend in Gefahr
wäre und sie keinen Freund hätte, unerbro-
chen da lag, und seit Jahr und Tag vergessen
war — —

„Ein Strahl von Hoffnung!

rief sie entzükt aus und küßte den Brief;

„jezt weiß ich, wo ich hin soll! Zu dir,
„zu dir, Freundin und Leiterin meiner
„jungen glüklichen Jahre! —"

I. Th.   S

Sie riß den Brief auf. Er enthielt die rüh-
rendsten Beschwörungen, lieber alles, als
die Tugend zu verlassen; die mütterlichsten
Einladungen, wenn sie keine Freundin mehr
hätte und alles sie zu verlassen schien, an
ihr Mutterherz zurükzukehren u. s. w. Das
machte Jettchen noch fester in ihrem Entschluß. Sie ließ den Wagen auf morgen
früh bestellen, schlief die Nacht keine Minute, und fuhr früh, nur von ihrem Mädchen
begleitet, das auch allein um ihren Entschluß wußte — nach der Gegend ihres Ge-
burtsörtchens ab.

Gegen Mittag mußte der Kutscher die
Pferde füttern, und deshalb in einem Dörf-
chen einkehren, das an der Straße lag.
Jettchen war wie betäubt, und ließ, ohne
auf Etwas zu merken, sich alles gefallen.
Als sie in die Gaststube des ländlichen
Wirthshauses traten, fanden sie einen Hau-
fen junger geschmükter Bauermädchen von

acht bis etwa vierzehn Jahren, und unter
ihnen einen muntern alten Mann in ponti-
ficalibus, der der Schulmeister zu seyn
schien.

Jettchen achtete wenig darauf, aber ihr
Mädchen ließ sich mit einigen in ein Gespräch
ein. Die Mädchen waren alle voller Fröhlichkeit, einige hatten Blumen, andere bun-
te Bänder, die angesehensten ein großge-
drucktes Gedicht. Mariechen, Jettchens
Mädchen, trat jetzt zu dieser, und referier-
te, um ihre Herrschaft ein wenig aufzuhei-
tern, was sie so eben von den Mädchen gehört hatte.

„Wir kommen hier zufälliger Weise
sagte sie,

„zu einem allerliebsten Feste. Die Kin-
„der mit ihrem Lehrer holen ihren neuen
„Pfarrer ein, der eben mit seiner Frau
„ankommen soll. Sie sind alle voll von
„seinem und seiner Gattin Lobe — Das
„Gedicht soll abgesungen werden“ — —
Indem sprang der Schulmeister herein:

S 2

„Kinder, frisch! Jedes an seinem Posten!
„Heraus! und gebt mir Achtnug, daß
„mir keins einen Pudel macht — Das
„sag'ich euch!" —

Die Kinder polterten freudig hinaus, stelle-
ten sich in Reih'und Glied; die zwey Herol-
dinnen mit dem Gedicht vorn an, und an
ihrer Seite der Schulmeister mit einem gros-
sen Rosmarinstengel. Jettchen ließ sich
durch Mariechen bereden, hinaus zu gehen,
und die kleine wohlgemeynte Festlichkeit anzusehen —

Ueber die Anhöhe kam der langsame Lan-
dauer Wagen, von zwey mit Geräthschaf-
ten u. d. gl. schwer bepakten Bagagewagen
verfolgt. Acht junge Bauerbursche aus
dem Dorfe, mit grünumlaubten Hüten rit-
ten vorn auf. Man sahe es ihnen an, daß
sie gern gejubelt hätten: aber aus Bescheidenheit und Ehrerbietung ließen sie es
beym herzlichen freuen.

Nun sezte sich das Mädchenchor in Be-
wegung den Ankommenden entgegen. Der

junge Pfarrherr, aus deſſen Geſicht Verſtand, Redlichkeit und Wohlwollen ſchim-
merte, übrigens ein ſehr wohl gemachter
Mann von noch nicht vollen dreyſig Jahren — ſprang aus dem Wagen, empfing
Gedicht, Blumen u. ſ. w. und dankte in einer kleinen Anrede mit innigſter Rührung.
Jetzt kehrte er ſich nach dem Wagen um,
reichte mit blitzenden Augen Blumen hinein:
da traten zwey Damen heraus, von denen
jede, wie auch der Pfarrherr, einen der
empfangenen Blumenſträußer ſich an die
Bruſt ſtekte.

.Jettchen ſtuzte, ſahe ſchärfer hin —

„Mein Gott — Es iſt nicht möglich —
„Und doch — Ja ja, ich irre nicht!“ —

Sie ſtürzte hin und lag in den Armen ihrer
ehemaligen Pflegemutter und Hauchens.

„Meine gute Mutter!

„Mein Jettchen!

„Mein Hauchen!

Das war eine Zeitlang alles, was man von
ihnen hörte —

"Wie treff' ich dich wieder —?!"
fragte endlich Jettchen —

"Glüklich! glüklich!
antwortete Hanchen entzükt —

"Sieh, das ist seit drey Tagen mein liebes
"gutes Männchen — Alles, was Du da
"siehest, ist unser — Die Gemeinde trägt
"uns auf den Händen — Ach, Gott hat
"viel an uns gethan!" —

Der Pfarrer ersuchte mit vielem Anstand
Jettchen, mit zu ihm in seine nahe Hei-
math zu kommen, wo sich das alles besser
erzählen ließ —

"Freylich! freylich!
sagte die alte Mutter, die bisher still in
Jettchens Anblick verlohren gewesen war,
und den tiefen Kummer ihres Herzens hinter der Freude hervorblicken gesehen hatte —

"Wohin wolltest Du denn eigentlich, mein
"Jettchen?" —

„Zu Ihnen, liebe Mutter!" —
Alle klatſchten in die Hände.

„Mademoiſelle —
ſagte der Pfarrer lächelnd;

„dann iſt kein ander Mittel, als daß
„Sie ſichs bey uns gefallen laſſen. Wir
„und die gute Mutter, die mir mein Han-
„chen ſo trefflich erzog und bewahrete —
„wir machen von nun an nur Ein
„Haus" — —

Der frohe Zug wallete alſo vorwärts.
Vorn die Bauerburſche langſam ſtolzierend
zu Pferde, dann das Mädchenchor paar-
weis und der Schulmeiſter, der geſchäftig
beyher trabte und den Kindern freudig zu-
ſprach; nun der Pfarrer, der die alte
Mutter, dann Hanchen, die Jettchen führe-
te; und endlich die Wagen — —

So kamen ſie ins Dorf, ſo kamen ſie
an die Pfarrwohnung. Hier war die ganze Gemeine, jung und alt, verſammlet,
und rief Willkommen. Hanchen und ihr

Mann gaben allen, die sie erreichen konnten, die Hand. Die guten Leute drükten sie ihnen herzlich und nikten ihnen dabey freudig zu.

Nun gings in den Pfarrhof. Da erwarteten sie die Dorfrichter und die drey ältesten Väter der Gemeine. Diese führten sie in ein Wohnzimmer, und statteten in ihrem und der Gemeine Namen den Glükwunsch ab. Das Zimmer war nett und reinlich. Der Wein, der rund um das Haus stand, hatte die Fenster überzogen und machte den lieblichsten kühlenden Schatten, der nur einzelne wankende, flüchtige Sonnenblicke durchließ, wenn das Laub vom Winde bewegt ward. Kaum hatten sie diese Annehmlichkeiten bemerkt, so ertönte ein heller Chorgesang vor dem Hause. Sie eilten an die Fenster, welche freye Aussicht ins Dorf hatten. Da standen die Mädchen im Kreise ums Haus, und sangen das überreichte Gedicht ab.

Der Pfarrer behielt beym Essen so viel er zu setzen Platz hatte. Alles war Freude, alles Liebe.

„Wollen sich die Frau Pastorin nicht ein „bischen in der lieben Wirthschaft um= „sehen?"

sagte nach Tische einer der Altväter und schmunzelte.

„Ja freylich,

antwortete Hanchen;

„und ihr, ehrlicher Vater, sollt mich „herumführen!" —

Sie nahm ihn traulich bey der Hand. Die Andern folgten. Hanchen stand überrascht: denn sie fand alle Kisten und Schubladen voll.

„Kinder, wie verdanken wir euch das?"

sagte der Pfarrer gerührt.

„Behalten Sie uns so lieb, wie wir „Sie —

antwortete der Richter;

„dann ist das alles reichlich vergolten.

„Jezt wollen wir Sie allein lassen, damit

„Sie sichs bequem machen und ausruhen

„können. Und wenn Sie etwa noch das

„und jenes brauchen, so schicken Sie nur

„zu mir!" —

Jettchen war es, mitten unter lauter frohen Menschen, immer wie weinen. Das
hatte sie denn doch in all ihren glänzenden
Zirkeln nicht gesehen.

„O du glükliches, glükliches Weib!"
rief sie und umarmte Hanchen.

„Ja glüklich sind wir
sagte der Pfarrer;

„durch Liebe, Wohlwollen, Rechtschaf-
„fenheit und Eingezogenheit. Und das
„allerbeste ist, daß, so lange uns Gott
„in dem Sinn erhält, wir nicht. — we-
„nigstens nicht lange unglüklich werden
„können!"

Da der erste Taumel der Freude vorüber
war, verlangte jedes sehnlich des Andern

Geſchichte zu hören. Man beſchloß, den
Kaffee in der Jelängerjelieberlaube des Gar-
tens zu trinken, und dabey dem Herzen
Luft zu machen.

Sie gingen hin. Freylich fand man da
weder Statüen, noch gothiſche Portale,
noch Waſſerkünſte: aber dafür deſto mehr
herrliche Obſtbäume, die durch ihre ſich
ſchon färbenden Früchte; Küchengewächſe,
die durch ihren geſunden und kräftigen
Wuchs das Auge ergözten; und Blumen
vielerley Art, die mit lieblichen Gerüchen
die Luft würzten.

„Laßt mich mit meiner Erzählung an-
„fangen —
ſagte Hanchen;

„denn ich werde in zwey Minuten zu
„Ende ſeyn. Ich blieb nach Deiner Ab-
„reiſe, mein Jettchen, bey unſrer guten
„Pflegemutter nach wie vor. Vergieb
„mir's, ich dachte, Du hätteſt mich ver-
„geſſen, trauerte um Dich in meinem
„Herzen, behielt Dich aber immer ſo lieb,

„als vorher. Kurz darauf heyrathete un-
„ser ehemaliger Lehrer, der Pfarrer in
„Grünfeld. Ich errichtete mit seiner bra-
„ven Frau eine vertraute Freundschaft
„und war oft dort. Mein August war
„sein Freund und Erzieher der Kinder des
„benachbarten Edelmanns. Er war auch
„oft dort. Wir sahen uns, lernten uns
„näher kennen, und — wie's nun geht,
„gewannen uns herzlich lieb; quälten uns
„eine Weile in der Stille, und ehe wir's
„uns versahen, war in einem einsamen
„vertrauten Stündchen das liebe Ge-
„heimnis unsern Lippen entwischt. Wir
„versteckten unsre Liebe vor unsern Freun-
„den nicht — warum hätten wir's auch
„gesollt? Ein Jahr darauf starb der hie-
„sige Pfarrer. Der Gutsbesitzer kannte
„und schätzte meinen August, gab ihm dies
„Amt, und er führte mich zum Altar.
„Da hast Du die ganze Geschichte" —
Zum Beschluß gab sie ihrem Manne einen
herzlichen, seelenvollen Kuß.

Jettchen erzählte nun auch ihre Geschichte mit aller Aufrichtigkeit. Als sie zu Ende war, fiel die alte Mutter ein:

„Nun Kindchen, weine nicht mehr! Du „bleibst bey uns; vergißt alle das glän„zende Elend Deiner vorherigen Verhält„nisse; gewöhnst Dich wieder an Stille, „Ruhe, Häuslichkeit und Eingezogen„heit, und wirst gewiß dadurch so glük„lich, als Du noch nicht gewesen bist. „O, wenn Einem Gott im Gewühl der „vornehmen Welt noch ein tugendhaftes, „reines Herz erhält —"

„Und tugendhafte, treue Freunde" — fiel Jettchen ein —

„So endigt sich noch alles wohl!" beschloß die Alte —

„So endigt sich noch alles wohl!" wiederholte die ganze Gesellschaft.

Jettchen blieb wirklich im Hause des Pa-
stors, vergaß wirklich nach und nach ihre
ehemaligen Verhältnisse, gewöhnte sich
wirklich an Stille, Ruhe, Häuslichkeit und
Eingezogenheit; ward heiter, ward froh,
und blühete wieder auf in Gesundheit und
Liebreiz, wie eine Rose vom erquickenden
Thau nach heißem Tage.

Der Bruder des Pfarrers war Stadt-
richter eines benachbarten Städtchens und
Gerichtshalter im Dorfe; sahe Jettchen,
sahe sie öfter, gewann sie lieb, erwarb sich
Gegenliebe, und — wie's nun geht,
mit Hanchen zu reden — sie wurden in
Jahr und Tag ein glükliches Paar, und
beyde Familien machten, so viel die kleine
Entfernung es verstattete, nur Eine aus,
verbunden durch Verwandtschaft, aber inniger durch Freundschaft, Liebe, Redlichkeit und Zufriedenheit.

III.

Nachbar Millner.

Nachbar Millner.

Theodor an Ferdinand.
Erster Brief. August, 1790.

Du wirst noch die Freude haben, in mir
einen der eifrigsten Optimisten zu sehen. Ich
habe die zwey Monate her eine Menge Erfahrungen gemacht, zu denen ich in meinem
einsamen Studierzimmer nimmermehr gekommen wäre. Ihr wollt zwar haben,
man soll aus seinen Erfahrungen nichts für,
nichts wider schließen; man soll —
setzen, oder wenigstens aus dem Ganzen
sprechen. Da es aber mit dem Setzen bey
mir nicht recht fort will, und ich das Ganze

I. Th.   S

nicht kenne, nicht verstehe: so erlaubt mir immer jene Führerin, die Ihr zur Ruhe setzen möchtet, mitzunehmen, und also — wenn ihr sagt: es ist, denn es muß seyn — zu sagen: es ist, denn ich hab' erfahren, daß es ist; wenn ihr sprecht: ich fordre, daß es sey — zu sagen: ich freue mich, daß ich glauben muß, es ist. Vielleicht kommen wir endlich bey einem Ziele an.

Wohin ich eigentlich will und wovon ich spreche? Lieber Ferdinand, von den abscheulichen Wegen aus Karlsbad durchs churfächsische Erzgebirge. Nachdem wir zwanzig- und mehreremale ausgestiegen und durch Morast zu Fuße gegangen; nachdem wir am gauzen Leibe wund geschlagen waren von den einzelnen großen Steinen, die im Wege liegen, und die kein Mensch sich die Mühe nimmt, nur eine halbe Elle weg zu wälzen, ohngeachtet etwas Beträchtliches alljährlich zur Verbesserung der Straße angewiesen und ausgezahlt werden soll: so warfen wir, ich und August, dennoch am

Ende um, und stürzten in einen zusammen-
gelaufenen Wassergraben, aus dem wir uns
zwar unbeschädigt, aber triefend und in
traurigen Umständen, die Du Dir selbst weiter ausmahlen kannst — herausarbeiteten.

Der Wagen war so zerbrochen, daß es
unmöglich war, ihn nur bis ins kaum fünf-
hundert Schritte entfernte Dorf zu schaffen.
Wir blieben bey den Pferden, klappernd
von der Nässe. Der Kutscher kam zurück.
Im Dorfe war keine Hülfe. Der Patient
wurde auf einen Bauerwagen geladen, und
fast eine Stunde weit zurükgeführt.

Ich leugne Dir's nicht, ich bekam einen
starken Anfall von der grämlichen hypochon-
prischen Laune, die ich in Karlsbad mir
auf Lebenszeit vertrunken zu haben einbildete. August munterte mich auf; meynte,
es wäre nichts zu machen, als in das nahe
Dorf zu gehen, und so lange im Gasthofe
zu bleiben, bis der Wagen wieder hergestellt wäre. Das war nun zwar sehr be-

greiflich: aber ich begriff es doch nicht, sondern stand und sahe starr auf das zerbroch-
ne Rad.

„Komm, komm —

sagte August endlich, und schüttelte mich an
der Schulter;

„wer weiß, wozu es gut ist —!" —

Da kam ich zu mir; denn ich besann mich,
daß ich mich über diesen Euren Weidspruch
ärgern müßte. Indeß ich alles, was nur
mit Anstand versucht werden konnte, um einen Streit anzufangen, versuchte — nahm
August ruhig, wie Lucians Jupiter, wenn
Juno ihn auskeift, unser Paket mit den drin-
gendsten Nothwendigkeiten für die Nacht unter den Arm, wanderte pfeiffend voran, und
ich folgte brummend nach ins Dorf.

Man wieß uns in den Gasthof. Er war
in polnischem Geschmack angelegt, und überdies mit Fuhrleuten reichlich besezt. An
ein besonderes Stübchen war nicht zu den-

ken. Selbst August meynte, hier wäre nicht
zu bleiben.

„Wer weiß, wozu es gut ist —!
sagte er, als wir wieder heraustraten.

Einige Bauermädchen kamen aus der
Herbstheuerndte.

„Wohnt der Herr nicht hier, dem das
„Dorf gehört?"
fragte August eine Vorübergehende.

„Nå —" *)
sagte sie, und ging weiter, ohne sich aufhalten zu lassen.

„Wem gehört denn das Dorf?"
fragte er die Andere.

„Ins Ohmt" — **)
antwortete sie, und ging gleichfalls straks
fürbas.

„Habt ihr hier keinen Pfarrer?"
fragte er die Dritte.

---

*) Nein —

**) In's Amt —

„Nä — He is drübae!" — *)
und damit den Andern nach.

August lachte. Ich ärgerte mich — erst
über ihn, dann über mich; daß ich mich
über seine Gescheidheit ärgern und sie nicht
nachahmen könnte.

Endlich kam ein alter Mann. August
trat ihm gerade in den Weg, daß er nicht
weichen und wanken konnte, und faßte ihn
zum Ueberfluß beym Brustlatz. So mußte
er denn aushalten. August schilderte unser
Unglück, und daß wir für die herannahen-
de Nacht nicht unterzukommen wußten. Der
Alte war freundlich und gut, und wäre auch
geblieben, ohne daß ihn August beym Brustlatz fest gehalten hätte.

„Ja —
sagte er;

„ich wollt' Sie gern mit zu mir nehmen;
„aber da ist so wenig Platz, als im Gast-

---

*) Nein — er ist drüben — (auf dem andern
Dorfe, der Mater.)

„hofe. Gehen Sie doch zu Nachbar Mill-
„nern. Der nimmt Sie gern auf und
„bey dem ists hübsch." ―

„Wer ist der Nachbar Millner?"―

„Je, das wissen wir nicht.―

sagte er, und blinzelte politisch mit den Augen ―

„Ich will Sie hinweisen"―――
―
Wir gingen im Dorfe hin.

„Sehen Sie dort am Ende das weiße
„neue Haus auf der Anhöhe? Da wohnt
„er"―――

Wir gingen auf das sehr hübsche Landhaus
zu, das eher dem Sommersitz eines wohlha-
benden Städters glich. Die Thür war offen, wir traten hinein. Auf den Schall
einer Klingel sahe ein allerliebstes Mädchen
von sieben bis acht Jahren zur Stubenthür
heraus, und wunderte sich über die uner-
warteten Gäste.

„Wohnt nicht hier Herr Millner?"

sagte August: denn wir sahen sogleich, daß
wir bey einem feinen Manne waren.

"Ey freylich —
sagte die kleine Blondine freundlich;
„das ist ja mein Vater! Kommen Sie
„nur, er ist im Garten: ich will Sie hin-
„führen" —
Sie schloß schnell das Zimmer ab —
„Damit mir Niemand Unrechts hinein
„läuft" —
sagte sie.

Wir fanden da einen Mann von etwas
über vierzig Jahr, die Gesundheit, Zufriedenheit, Heiterkeit, Menschenfreundlichkeit
selbst. Sein durch feste Umrisse scharf ge-
zeichnetes Gesicht war anziehend, sein leb-
haftes Auge voll Geist. Er saß in einer
Laube, ihm gegen über seine Frau — ein
sanftes, freundliches Weibchen, mehr zart
als schön. Er schien ihr vorgelesen zu haben. Zwischen ihnen saßen zwey Töchter,
die eine von etwa vierzehn, die andere von
zehn Jahren, mit Nähderey. Ein kleiner

Knabe von noch nicht drey Jahren saß auf
dem grünen Rasen vor der Mutter, spielte
mit Steinen, las die schönsten aus, gab
diese seiner Mutter in den Schoos, und
lächelte allezeit wie ein kleiner Engel, wenn
er wieder eine Ladung von seinem kostbaren
Geschenk hinaufreichte.

Der Vater legte das Buch weg, und kam
uns freundlich entgegen. Kaum hatte er
unsern Unfall gehört, als er uns sein: Willkommen unter meinem ländlichen Dache —
freundlich zurief. Dann wendete er sich an
seine Frau:

„Liebes Karolinchen — geschwind einige
„Tassen Warmbier, oder so Etwas —
„Wegen der Erkältung" —

sezte er gegen uns hinzu. Karolinchen antwortete eben so freundlich:

„Gleich soll's fertig seyn" —

Sie stand schnell auf, bewahrte aber doch
sorgsam die Steinchen und legte sie mit
Wichtigkeit auf den Tisch. Sie gab dem
Kleinen einen derben Kuß; er rief ihr nach:

Komm bald wieder, Mutterchen; und sie
schlüpfte mit schnellem, freundlichem Gruß
vor uns vorbey.

Die älteste Tochter, eine lieblich auf-
blühende Blondine, hatte uns schon scharf
angesehen, und flog jezt, schüchtern wie ein
junges Reh, der Mutter nach; daß ihre
langen seidnen Locken in der Luft nachwehe-
ten. Wir gingen nach dem Hause zurück.

„Vater, willst du mir einmal Bast her-
„aufgeben, weil du einmal da bist?" —
kam eine Stimme von oben herab. Der
älteste Sohn stand auf einer hohen Leiter am
Hause, und band Weinreben an. Der Vater gab ihm das Bast.

Der menschenfreundliche Mann brachte
uns nun in ein artig Gaststübchen, fragte
uns, ob wir die Nothwendigkeiten zum Um-
kleiden bey uns hätten, und da wir dies be-
jaheten, wollte er uns verlassen. Indem
pochte Etwas. Er machte auf. Wir er-
kannten die älteste Tochter beym Aufgehen
der Thüre. Sie blieb bescheiden draußen:

Der Vater ging hinaus, kam sogleich zurück und sagte:

"Da schikt Ihnen meine Karoline Etwas
"zur Bequemlichkeit!" —

Er gab mir einen hübschen Schlafrock, Augusten einen Oberrock, und ging. August triumphierte —

"Was sagte ich, als wir uns aus dem
"Schmuz zusammenlasen?

fing er an;

"Den alten Spruch: Wer weiß, wozu es
"gut ist! Diese Bekanntschaft möchte
"wohl mehr werth seyn, als ein Paar
"Stunden Aufenthalt, einige Thaler,
"Wagnerlohn, und eine beschmuzte We=
"ste!" —

Solltest Du es glauben, Ferdinand? Ich hatte meine Laune noch immer nicht unter mich, bejahete es kurz, und grämelte darüber, daß er, gerade mir den Schlafrock gegeben hatte. Ich betrachtete mich im Schlafrock einmal übers andere von oben bis unten —

„Er hält mich für einen Träumer" —
sagte ich.

„Ja, und Du bist doch ein rascher Schrift-
„steller" —
antwortete August, und lachte mich aus.

„Bring' Dich in Ordnung —
sagte er dann;

„das Getränk wird gewiß bald kom-
„men — daß Du mit Ehren angesehen
„werden kannst. Die kleine Blondine
„hat Dich wacker ins Auge gefaßt!" —

Da kam das Getränk wirklich schon:
aber — der älteste Knabe brachte es. Bald
darauf kam der Vater zurück. Wir wollten
in Danksagungen ausbrechen für seine Für-
sorge: er wendete das Gespräch ab. Ich
hätte gern gesehen, der Mann hätte gefragt,
wer wir wären, wenigstens wie wir hies-
sen — Er wird doch gelehrte Zeitungen lesen —! dachte ich. Aber er fragte gar nicht,
und auf unsere Frage, bey wem zu hausen
wir das Vergnügen hätten, antwortete er

karz: beym Nachbar Millner und seiner Familie. So viel wußten wir vorher. Er erkundigte sich dagegen nach einigen politischen Neuigkeiten; nach dem, was wir auf unsrer Reise Bemerkenswerthes gefunden, und dann beschloß er:

„Wir wollen etwas zeitig speisen. Ein „Glas alten Weins, dann einige Tassen „Thee und ein warmes Bett — das wird „Sie schon wieder vollends in Ordnung „bringen" — —

Die Abendstunden verflogen angenehm. Unser Kutscher kam und sagte, der Wagen würde morgen gegen Mittag kaum im Stande seyn. Unser Wirth schien immer mehr Geschmack an uns zu finden. Ihm war die Bothschaft des Kutschers recht. Wir schliefen trefflich. Die Morgensonne, die herrlich in unser Zimmer blikte, wekte uns. Der Knabe kam, schon völlig angekleidet, und fragte, ob wir den Kaffee oben oder unten zu trinken wünschten. Ich hatte denn endlich auch meine Hypochondrie verschlafen; wir antworteten Beyde:

„Wenn wir Ihren Herrn Vater von „nichts abhalten: unten!" —

„Das meynte der Vater auch" — sagte der Kleine derb zu, und ging fort.

Die Familie war schon beysammen, den Vater ausgenommen. Die Mutter theilte eben allerley kleine Geschäfte aus. Die ältesten Töchter bekamen vorn, die jüngern Kinder im Garten zu thun. Dahin gingen wir. Fritz nahm Kirschen ab, und Jakobinchen pflükte Bohnen zur Mittagsmahlzeit, Der kleine Karl ritt auf dem Steckenpferde vorauf, um den Vater zu rufen.

Dieser kam uns entgegen mit dem Grabscheit auf der Schulter —

„Schon gearbeitet?" riefen wir ihm entgegen.

„Angewohnheit — nichts weiter!"

sagte er leichthin, und stach den Spaten kräftig in den Boden.

Wir sprachen nun von allerley gleichgültigen Dingen: unser Wirth wußte sie interessant zu machen. Wir kamen auf Politik im Allgemeinen: er war da zu Hause, und kannte die vorzüglichsten ältern und neuern politischen Schriftsteller der gebildetsten Nationen. Das Gespräch lenkte sich auf einzelne Regierungen: er kannte die meisten entscheidenden Personen des —schen, —schen — und —schen Hofes, und machte uns aufmerksam auf die Quellen ihres Obscurantismus. Wir kamen zu sprechen auf Revolutionen, namentlich auf die in Pohlen ausbrechende, und auf die kleinen Unruhen in einigen Provinzen des russischen Reichs —

„Sie müssen doch gestehen, daß die neue „polnische Konstitution so viel Vortreff„liches hat" — —

sagte ich.

„Das leugne ich nicht —
antwortete er;

„aber sie kann nicht bestehen!" —

„Warum nicht?" —

„Wegen innerer und äußerer unüber-
„windlicher Hindernisse. Innere —
„Der gemeine Mann ist zu tief gesunken,
„hat keinen Sinn für das Gute, das sie
„ihm anbietet; durch lange Erfahrung
„weiß er, daß jede Veränderung ihn nur
„unglüklicher machte: er sezt dieß also
„auch hier voraus und scheuet sich davor,
„u. s. w. Einen Mittelstand giebt es bey-
„nahe nicht, und der Adel ist wieder in
„fast so viel Partheyen gespalten, als er
„gute Köpfe hat. Verschiedne seiner be-
„sten Köpfe und thätigsten Häupter sind
„Katilina's, die nur ihren Finanzen im
„Gewirre aufhelfen wollen; Andere sind
„Antonius — sie wollen den Thron leer
„sehen, um vielleicht sich selbst hinauf zu
„schwingen. Der kleinste Theil bestehet

„aus Männern von zugleich hellem Kopf
„und edlem Charakter. Diese Helden
„werden Opfer —!‟

„Mein Herr —!‟ —

„Werden Opfer —! Denn die äußern
„Hindernisse — ! Die Nachbarn werden
„das nie dulden —!

„Wenn auch von der Einen Seite: aber
„von der andern‟ — —

„Auch da nicht‟ —

„Vielleicht ist Ihnen der Defensiv ⸱ Al-
„lianz ⸱ Traktat zwischen dem Könige von
„Preußen und der Republik Pohlen vom
„29 März dieses Jahres *) nicht genau
„bekannt worden. Hören Sie einige
„Stellen! „Wenn irgend eine fremde
„Macht, zu Folge alter Akten oder Sti-
„pulationen, oder irgend einer Ausle-
„gung derselben, sich das Recht anma-

---

*) 1790.

I. Th.   U

„ßen sollte, sich in die innern Angelegen-
„heiten der Republik Pohlen oder ihrer
„Unabhängigkeit zu irgend einer Zeit,
„oder auf irgend eine Art zu mischen: so
„werden Seine Majestät, der König von
„Preußen, zuerst Ihre kräftigsten Ver-
„mittelungen anwenden, um die aus ei-
„ner solchen Anmaßung entspringenden
„Feindseligkeiten zu verhindern; im Falle
„aber, daß Ihre guten Dienste keine
„Wirkung haben und die Feindseligkei-
„ten gegen Pohlen wirklich statt haben
„sollten, so werden Seine Majestät, der
„König von Preußen, dieses als einen
„auf das Bündnis abzweckenden Fall be-
„trachten, und der Republik, nach dem
„Inhalte des vierten Artikels des gegen-
„wärtigen Traktats, beystehen“ — Und
„nun dieser vierte Artikel“ — —

„Lassen Sie's gut seyn —
fiel er mir ein;

„Das ist mir sehr wohl bekannt: aber es
„bleibt nicht dabey! zuverlässig nicht! “—

Er ging nun in der Erörterung seiner Meynung weiter, schilderte das Interesse der
benachbarten Staaten, die verschiednen
Verhältnisse ihrer Ministerien, und kam
dann auf die nähere Beleuchtung der Häupter der polnischen Revolution selbst zurück,
entwickelte deren Charaktere, Privatver-
hältnisse, Privatinteresse — —

„Mein Herr —

sagte ich;

„Sie scheinen zwar sehr genau unterrich-
„tet: aber" — —

„Es ist nicht bloßes Gerücht —
fiel er leichthin ein;

„ich war vor geraumer Zeit selbst
„dort!" —

„So —!"

sagten wir Beyde und sahen uns befremdet
einen Augenblick an. Wir kamen dann auf
die innern Verhältnisse Rußlands.

„Die Sache kann wohl sehr bedeutend
„werden —

sagte August;

"die eiserne Ruthe, mit welcher die Na-
"tion beherrscht wird" — —

"Auch das ist von keinen Folgen — glau-
"ben Sie's. Vier - bis fünftausend re-
"gulierte Truppen, und etwa zehen - bis
"zwölftausend Kosaken —: und man
"kann noch härter drücken, noch tiefer
"erniedrigen — es bleibt Ruhe" — —

"Mein Herr — !"

"Wir können's erleben, wenn mich nicht
"alles trügt! Ich kenne Personen, die
"nicht mehr lange in ihrer Unbekanntheit
"und Unthätigkeit bleiben können —!
"Und dann — Doch, es bleibt Ruhe!
"Denn wer soll eine Staatsveränderung
"bewirken? Der gemeine Stand hat,
"wie in Pohlen, keinen Sinn für ein an-
"deres Schiksal, hat unvertilgbares
"Mistrauen bey allen Veränderungen,
"hat dumpfe Muthlosigkeit, weiß sich
"nicht zu helfen — Der mittlere Stand
"ist auch hier kaum in Betracht zu zie-

„hen, denn es giebt kaum einen. Der
„Adel" — —

„Nun — laſſen Sie den gekränkt, her-
„abgeſezt werden: ſo" — —

„So wird er murren — doch nur im
„Verborgenen, und ſtill bleiben. Denn
„er ſelbſt in corpore kann keine Staats-
„veränderung im Großen bewirken; er
„müßte alſo den niedern Stand bewaff-
„nen, müßte dieſen mit ſeinen Kräften
„bekannt machen: und dazu iſt er zu fein.
„Er weiß zu gut, daß die erkannte Kraft
„dann noch eher gegen ihn, als gegen
„eine höhere Macht gewendet werden
„würde. Er duldet lieber Bedrückungen,
„um dann deſto ſicherer ſelbſt bedrücken
„zu können" — —

„Aber es giebt doch unter ihm ſo viele
„große, edle Männer" — —

„Allerdings: aber die größte Zahl giebt
„den Ausſchlag" — —

Er ging nun auch hier ins Einzelne. Seine
Schilderung wurde herzzerschneidend —

„Mein Herr —

fiel ich ein;

„ich kann es nicht glauben; das ist —
„im Einzelnen vielleicht, aber im Gan-
„zen nicht möglich" —

„Ich sage nur, was ich selbst sahe. Ich
„war vor geraumer Zeit dort!" —

Ich sahe Augusten und er mich von neuem an.

„Aber warum wollen wir uns durch
„dergleichen Betrachtungen niederschla-
„gen —?"

sagte unser seltsamer Wirth, und wendete
das Gespräch auf andere Gegenstände. Wir
kamen auf Literatur. Wir klagten über den
drückenden Despotismus, mit dem mehrere
kantische Philosophen anerkannt große Männer, die aber nicht zu ihrer Schule gehörten, besonders in Zeitschriften, behandelten — *)

———————————————————

*) 1790.

„Laſſen Sie's gut ſeyn —

ſagte er;

„laſſen Sie nur etwa zehen Jahre noch
„hingehen. Der Stifter dieſer Schule
„wird nach tauſend Jahren noch geehrt
„und groß bleiben; die durch ihn zuerſt
„in ſolches Licht geſtellten Wahrheiten
„werden, ſo weit wir den menſchlichen
„Geiſt kennen, in alle Ewigkeit ſtehen:
„aber das Uebrige — das verraucht. Es
„iſt ja ſchon oft da geweſen. Es gab z.
„B. eine Zeit, wo man eben ſo Predig-
„ten und Kriminalrechte, politiſche Sy-
„ſteme und Katechismen, ſogar Demon-
„ſtrationen der unmittelbaren Inſpira-
„tion, der Einwirkung des Teufels, der
„Dreyeinigkeitslehre, der auguſtiniſchen
„Erbſünde, nach Wolfiſchen Principien
„und in Wolfiſcher Methode hatte" — —

Er erzählte uns nun allerley intereſſante
Anekdoten von Männern, welche durch das
Sturmlaufen mit jener Philoſophie berühmt

worden waren, stellete mit ihnen verschie-
bene aus unsern Tagen zusammen, welche
durch Sturmlaufen mit der kantischen Philosophie es wurden oder durchaus werden
wollten — Es war nicht anders möglich,
er mußte auch diese sehr nahe kennen.

Wir konnten endlich unsre Verwunderung darüber nicht mehr bergen, und meyn-
ten, das Schiksal müßte ihn auf sehr son-
derbare Weise weit umhergetrieben haben —

„Ziemlich — !"
sagte er, bedachte sich eine halbe Minute,
wendete sich dann herzlich und traulich an
uns und faßte unsre Hände fest —

„Meine Herrn —
sagte er;

„ich bin nun gewiß, Sie sind Männer
„von Kopf und Herz: wir müssen näher
„bekannt werden. Jezt frage ich Sie
„nach Ihren Namen" —
Wir sagten sie. Er freuete sich bey dem
meinigen —

„Ey ey —

ſagte er;

„ſchafft mir der Zufall Ihre perſönliche
„Bekanntſchaft —! Hüten Sie ſich vor
„dem Nachahmen des jezt auf einmal
„von Räuchwerk faſt erſtikten — —,
„und Sie werden dauerhaftes Glück ma-
„chen. Wer Original ſeyn kann, muß
„nie nachahmen“ — —

Ich glühete: denn wahrhaftig, ich hatte
mich in meinem neueſten Buche heimlich an
— — gehangen; glaubte aber meine Sache
ſo fein gemacht zu haben, daß kein Menſch
es bemerken könnte. Er fuhr fort:

„Eine Aufrichtigkeit heiſcht die andere.
„Ich will Ihnen meine Schikſale erzäh-
„len. Halten Sie es nicht für Schwaz-
„haftigkeit, oder wohl gar für Etwas
„ſchlimmeres. Nach meinem Glauben
„ſind wir auf Erden, uns ſelbſt zu vervoll-
„kommnen, dadurch zugleich das Wohl
„unſrer Brüder zu befördern, und durch
„beydes ſelbſt glüklicher — oder viel-
„mehr der Glükſeligkeit fähig und würdig

„zu werden. Zum zweyten glaube ich
„bey Männern, wie sie sind, wirklich
„Etwas beyzutragen, wenn ich ihnen
„meine Geschichte erzähle. Deshalb er-
„fahren Sie sie; und darum — aufrich-
„tig gesagt — darum legte ichs schon
„vorhin darauf an, Sie neugierig zu
„machen" — —

Wir wurden immer verwirrter. Er begann
mit Heiterkeit und Ruhe — —

Siehe, Ferdinand, hier will ichs machen,
wie gewisse Schriftsteller, die da abbrechen,
wo es eigentlich erst angehen sollte. Sie
thun es, um den Käufern das Geld für den
folgenden Theil abzupressen; ich thue es,
um von Dir, fauler Briefsteller, einen
Brief herauszuwinden. Denn eher bekömmst
Du kein Wort von Nachbar Millners Geschichte, bis ich gelesen habe, wie es Dir
und den Deinigen ergehet.

Theodor an Ferdinand.

Zweyter Brief.

Ich freue mich, lieber Ferdinand, daß
Dir's wohl gehet; ich freue mich, daß ichs
endlich von Dir selbst zu lesen bekommen
habe; ich freue mich, daß mir ein Mittel
bekannt worden ist, Dich öfter zum Schreiben zu bringen. Nachbar Millner fängt
also an Dich zu interessieren? Aber du irrest,
wenn Du in ihm eines der tausend achtungs-
würdigen politischen Opfer unsrer Tage
kennen zu lernen glaubst. Sie haben ihn
nun wohl hier und da ein wenig getreten —
die großen Herrn: aber — —: Doch ich
will nichts anticipieren; will, um kürzer
seyn zu können, ihn selbst sprechen lassen,
und unsre Zwischenreden — außer wo sie,
um ihn selbst darzustellen, nothwendig sind

— weglaſſen. Er begann alſo ſehr heiter
und unbefangen.

Ich bin der Sohn wohlhabender, aber
durch Unglüksfälle heruntergekommener
Aeltern. Wir wohnten in einer beträchtlichen Mittelſtadt des Oberſächſiſchen Kreiſes
von Deutſchland. Die Geſchichte meiner
frühen Kindheit ſtehet auf der Tafel meines
Gedächtniſſes, wie die Biographie eines
längſtverſtorbenen auf der Tafel ſeines Grab-
ſteins. Das Ganze, der Zuſammenhang,
iſt verwittert: aber einzelne Parthien ſtehen
noch ſtark hervorſtechend da. Hierunter gehört vornehmlich das, daß, von nur etwas reifenden Knabenjahren an, meine
Phantaſie das Uebergewicht über alle andere
Seelenkräfte hatte, und daß dieſe früher
erwachte, als gewöhnlich. Der Grund davon lag allerdings in meiner Natur: aber
meine eingezogene, faſt ganz einſame Erziehung, und der nicht glükliche Einfall meiner Mutter, mich, zur Uebung im Leſen,
ihr Romane vorleſen zu laſſen — verſtärk-

ten das, was in mir lag und wekten es früher. Wie weit das bey mir ging — davon will ich Ihnen nur ein klein Geschichtchen erzählen, das so eben mit brennenden Farben vor meiner Seele gezeichnet dasteht.

Als ein etwa siebenjähriger Knabe sahe ich zum erstenmale eine große Wassermühle. Ich stand schaudernd, blikte hinab in die brausenden Wogen, in das gewaltige und sich immer gleiche Wälzen der Räder — Wenn du hier hinunterstürztest, dacht' ich, obschon nicht die allergeringste Gefahr war — wie würde es dir ergehen? Deine Mutter — wie würde sie dich suchen, wenn du nicht nach Hause kämest! Dort am Wasser würde sie weinend hingehen — Endlich würfe ihr der Strom einzelne Gebeine von dir vor die Füße und Stücken von deinem Rock — Sie sähe hin, sie sähe starr hin: da erkennete sie dich — Oh! Oh! schrie ich laut vor Schrecken und Jammer, stürzte halbohnmächtig auf meine dabeystehende Wärterin los, umfaßte sie wimmernd und verbarg mein Gesicht an ihr — —

Aehnliche Streiche spielte mir meine Phantasie oft. Zu Hause verstand man mich nicht, lachte mich aus und nannte mich furchtsam. Das leztere schmerzte mich um so mehr, da ich wirklich einen abentheuerlichen und romantischen Muth hatte. Ich zog mich, um den Spöttereyen zu entgehen, immer mehr in mich selbst zurück, und ließ meine Phantasie nur im Verborgenen wirken.

Doch noch Ein solches Geschichtchen muß ich Ihnen erzählen, da es über meine Bestimmung entscheiden half. Als ich etwas über zwölf Jahr alt war, nahm mich mein Vater mit nach Leipzig, wohin er Geschäfte halben mußte. Es war zu Ostern. Wir kamen zwey Tage vor dem Feste an, und mein Vater ging mit mir am ersten Ostertage in die reformirte Kirche, an welcher der berühmte Zollikofer Prediger war. Meine

Mutter, die diesen Mann vorher in Leipzig
oft gehört hatte, verehrte ihn ungemein, besaß seine gedruften Predigten, hatte oft mit
viel Rührung daraus gelesen, mit Begeisterung von dem Manne gesprochen —:
kein Wunder, daß ich mit einer Art Vergöt-
terung in den Betsaal trat. Das einfache
schöne Gebäude, die trefflichen Gesänge, das
Anständige des ganzen Gottesdienstes span-
neten meine Empfindungen immer höher.
Ich zitterte, ich vergaß mich selbst. Da
trat denn endlich Zollifofer auf mit der sanften Miene eines Johannes. In mein Auge
traten Thränen, mein Blut preßte mich am
Herzen, als er begann. Den Triumph
des Todes und den Triumph des
Lebens handelte er ab. Mit feyerlichem,
aber düstern Tone sprach er vom Triumph
des Todes — wie schreflich seine Boten,
fürchterlich seine Drohungen, schauerlich
seine Zurüstungen zur Zerstörung des Lebens
und der Glüfseligkeit; wie allgemein seine
Herrschaft, wie unerwartet meistens seine

Ankunft, wie unwiderstehlich seine Gewalt, wie fürchterlich sein Geschäft — Trennung, Verwesung, Zerstörung — u. s. w. Ich vermochte es kaum, noch auszuhalten, konnte kaum noch athmen. Da klärte sich sein Gesicht auf, sein sanftes Auge funkelte, seine Stimme hob sich mehr und immer mehr: denn nun schilderte er den Triumph des Lebens, als viel größer, herrlicher, fester, gegründeter, als jener scheinbare, kurzdauernde Triumph des Todes. Denn, sagte er, die Herrschaft des Lebens erstrekt sich noch weiter: über alles, was gewesen, was noch ist, was seyn wird; jener zertrümmerte die Hülle, wir selbst schwangen uns freyer zu Gott empor; die Kraft des Lebens ist noch weit unwiderstehlicher — sie entreißt selbst dem Tode seine Beute; seine Herrschaft ist von ewiger Dauer; sein Geschäft weit edler — Wiederherstellung des Zerstörten u. s. w. Und nun mit einer feyerlichen Apostrophe an den wiederlebenden Heiland, und an Gott, der ihn erwekte, beschlossen — —

Ich war ganz außer mir. Mein Halstuch war naß von Thränen, die ich bewußtlos geweint hatte. Der Drang der Herausgehenden entfernte mich von meinem Vater.
Ich dachte nicht an ihn.

„Wo wohnt Herr Zollikofer?"
fragte ich einen Herausgehenden. Man wieß
mich hin. Es war nicht weit von der Kirche. Ich stellete mich an die Treppe, ohne
zu wissen, was ich wollte. Da kam der
würdige Mann langsam. In seinem Gesicht schien mir noch eine höhere Verklärung
zu schimmern. Ich stand da, zitternd, den
Hut unterm Arm. Jezt kam er mir nahe.
Ich verbeugte mich, er dankte mir sehr
freundlich. Da stürzte ich hinzu, faßte seine
Hand, küßte sie weinend wohl zehnmal, und
lief dann davon, als hätte ich den Seegen
eines Heiligen erschlichen.

Mein Vater hatte mich gesucht: ich traf
ihn bald. Er fragte mich, wo ich gewesen
sey. Aber ich war schon zu sehr verschüchtert, auch war die ganze Sache mir viel zu

heilig, als daß ich davon hätte sprechen können. Ich sagte es nicht, schwebte den ganzen Tag in seligem Entzücken, und konnte
weder essen noch trinken.

Ich hatte bisher nicht gewußt, was aus
mir werden sollte: jezt stand es auf einmal
fest und glänzend vor meiner Seele — Du
willst Prediger werden. —

„Glüklich —

rief August;

„glüklich, wem die Natur eine solche
„Phantasie zur Mitgift gab! Was er be-
„ginnet, ergreift er mit Gluth — wie
„könnt es ihm da fehlen? Wie es ihm er-
„geht —; seine Phantasie verschönt ihm
„jede Lage; siehet in jedem nicht ganz ge-
„meinen Menschen einen Wohlthäter des
„Menschengeschlechts; in jedem, der ihn
„nicht offenbar haßt, einen Freund; auf
„jedem Pfade Rosen“ — —

„Oder auch am wirklichen Rosenstrauch
„nur die Dornen —

fiel ich ein, an traurige Rükerinnerung —

„in nicht ausgezeichnet guten Menschen,
„Böswichter; in wohlwollenden, aber
„nicht exaltierten Menschen; kalte ausge-
„drükte Schwämme —; und die Gluth,
„womit er sein Vorhaben ergriff, zehrt
„sich selbst auf, und nun ist alles daran
„ihm nichtig, öde, leer, lebhaft"...

„Nun ja —

sagte Nachbar Millner;

„sie ist wohl gut, diese Gabe des Him-
„mels — zur Beflügelung des Geistes
„beym Unternehmen schwieriger Dinge,
„zur Verschönerung der Wirklichkeit —
„Läßt die Materie sich nicht verschönern,
„so hält sie sich an Kolorit, Draperie u.
„dgl. Ach ja sie ist wohl gut; aber doch
„nicht ganz gut — wie alles in der
„Welt. Sie werden's gleich sehen"—

Er erzählte weiter.

— Wir mußten einige Wochen in Leipzig
bleiben, und ich ließ meinen Vater nicht

X 2

Ruhe, bis er Anstalt machte, mich meinem
erwählten Beruf etwas näher zu bringen.
Er machte mir Vorstellungen dagegen; ich
beantwortete sie mit Feuer. Meines Vaters
stärkster Einwand war: Studieren kostet
Geld, ich kann dir sehr wenig geben. Geld?
nichts weiter als Geld —? rief ich lachend,
und wußte zehn Mittel, wodurch ich mir
forthelfen wollte.　　　　　— — —

Lassen Sie mich nur erst in Ordnung seyn,
da will ich gar nichts von Ihnen haben — — — — —
sagte ich. Mein Vater lachte. — —
— — — — — — — —
　Warum nicht gar betteln —!
sagte er. — — — — — — —
— nein, so schlimm ist's noch nicht. Wenn
du darauf bestehst, so muß ich dich auf
ein Gymnasium thun, wo du Unterhalt,
Wohnung und Unterricht frey hast. Für
das Uebrige werde ich schon sorgen. —
Giebt's solche Schulen?

　　　z 3

rief ich, und brach in Loberhebungen ihrer Stifter aus, und segnete ihre Asche.

Mein Vater nahm mich wieder zurück
nach Hause, um zu sehen, ob in einem halben Jahre mein Eifer nicht erkaltet seyn
würde. Er erkaltete nicht. Der Vater
schrieb also nach X — *). Er erhielt Antwort, in einigen Wochen mit mir zu kommen. Wir reiseten hin. Meine Freude,
mein Entzücken, läßt sich nicht beschreiben.

Mein Vater ging mit mir zum Rektor.
Bebend vor Ehrfurcht stand ich vor seiner
Thür, als wir klopften; bebend vor Schrek-
ken trat ich ein, als ich den Mann erblikte.
Eine sehr lange, hagere, aber von Knochen
starke Figur, deren furchtbar hervorstehen-
den Stirnbeine, deren tiefliegende, finstet
Augen, deren dicke, schwärze, stets zusamt
mengezogene Augenbraunen Schrecken ein-
jagen mußten, und so kten.

Er ließ meinen Vater ſetzen; mich an der
Thür ſtehen. Ich wollte, zitternd, ſeine Hand
küſſen: er zog ſie heftig und mit unwilligem
Blick zurück. Er ſagte meinem Vater, es ſey
zwar jetzt keine Freyſtelle leer, ich werde erſt
in einem halben Jahre eine bekommen: er
habe mich aber jetzt kommen laſſen, weil es
gut ſey, daß ich erſt mit der Einrichtung etwas bekannt würde, und etwas mehr lerne-
te, als ich, nach ſeinem Briefe, verſtünde.
Er beſtellte mich auf den Mittag wieder zu
ſich, um mich zu prüfen, weil jetzt ſeine Un-
terrichtsſtunden augingen. Wir empfahlen
uns. Betäubt und ſchweigend folgte ich
meinem Vater.

Im Gaſthof erfuhr dieſer, daß ein Fremder in unſre Gegend reiſete, und er frey und
bequem mit fortkommen könnte, wenn er
den Nachmittag mitfahren wollte. Er
brachte mich alſo eilig bey einem ehrlichen
Handwerksmann unter, wo ich, bis ich die
Freyſtelle erhalten würde, wohnen und ſpei-
ſen ſollte; kaufte mir die nothwendigſten

Bücher, empfahl mich dem Schuß Gottes, und reisete ab. Meine Betäubung ließ mich den Schmerz des Abschieds nicht fühlen.

Tausend Grüße an meine gute Mutter und Geschwister; und sie sollen ja nicht vergessen mich, in ihr Abendgebet einzuschließen —

Das war alles, was ich ihm zu sagen vermochte.

Um die bestimmte Stunde ging ich zum Rektor. Es war einer der größten Philologen: aber ein Mann ohne alle Erziehung und Humanität, und gegen seine Untergebenen, in welchen er aus Hypochondrie lauter Bösewichter sahe, ein schreklicher Tyrann. Er ließ mich wieder an der Thür stehen, ohne ein Wort mit mir zu sprechen. So reichte er mir Cicero's Briefe, und befahl mir, den aufgeschlagenen zu übersetzen. Ich verstand ziemlich Latein: aber meine Angst machte, daß es jezt nur langsam und stockend ging. Unwillig riß er mir das Buch nach einer Weile aus der Hand; wieder ohne ein

Wort zu sprechen reichte er mir Xenophons
Memorabilien. Im Griechischen hatte ich
noch gar keine Anweisung erhalten. Mit
Thränen in den Augen gestand ichs. Mein
Vater hatte dies auch schon geschrieben:
aber unglüklicher Weise war den Vormittag
gleich vor mir ein andrer junger Mensch bey
ihm gewesen, der weiter in den Wissenschaften zu seyn vorgegeben hatte. Mit diesem
verwechselte mich der harte Mann. Er
fuhr auf:

Jung' — du kannst ja nichts, und hast
mich belogen —

Das war das erste offenbare Unrecht, das ich
zu erdulden bekam — ein kleines Vorspiel
so manches andern. Der Eindruck, den es
auf mich machte, ist wirklich unbeschreiblich.
Zerschmettert, vernichtet, stand ich da; und
noch jezt überläuft michs kalt, indem ich
nur daran denke. Ich wußte den Zusammenhang nicht, wagte nicht zu widersprechen: aber meine Thränen stürzten hervor.
Herr Rektor,

sagte ich und ergriff seine Hand — seyn Sie nicht böse auf mich: ich will ja gern alles lernen —

Geh deiner Wege —

sagte er und riß die Hand weg — Ich zerfloß in Thränen. — Etwas gemäßigter sezte er hinzu:

Sey morgen früh um acht Uhr wieder hier: ich will dich einführen. —

Nachher sahe er seinen Irrthum ein, konnte mich aber von der Zeit an nie recht leiden.

„Ich kann mir denken, mit welchen Em„pfindungen Sie nach Hause gingen — sagte ich —

„Ach Gott, auch ich weiß von solchen ty„rannischen Ungerechtigkeiten gegen schuld„lose Jugend zu sprechen! Ich kenne die „Gefahr, worein sie dadurch gestürzt „wird!“ —

„Ja, es war schlimm —

sagte Nachbar Millner;

„es war sehr schlimm: aber doch nicht
„g a n z schlimm — wie alles in der Welt.
„Sie werden's gleich hören" —

Er fuhr in seiner Erzählung lächelnd fort:

Ich war nehmlich unter meines Gleichen
in unserm Oertchen vielleicht einer der Fähigsten und Geschiktesten. Das hatten mich
die Leute merken lassen. So hatte ich z. B.
Verse gemacht — zu meiner Aeltern Geburts-
tage, beym Tode meiner Schwester, u. d.
gl.; war vom Steckenpferde auf den Pega-
sus gestiegen. Sie waren freylich jämmerlich, meine Verse: aber — Sie wissen ja,
wie es bey den Leutchen ist: es reimte sich
doch! Das war nun eine Herrlichkeit! —
Ich bildete mir in meiner Albernheit also
wirklich ein, für meine Jahre ein Licht der
Welt zu seyn: und das wurde durch jenen
und noch andere dergleichen Vorfälle mit
meinem Rektor, zwar schmerzlich, aber recht
heilsam darniedergeschlagen. —

Doch ich vergeſſe, daß Jugendgeſchich-
ten ein hohes Intereſſe haben — aber nur
für den, der ſie erlebt hat, nicht für den,
dem ſie erzählt werden. Alſo kürzer. Zur
verſprochenen Zeit erhielt ich meine Freyſtelle. Das war ein großer Schritt zu meiner erſehnten Beſtimmung. Es machte mich
alſo wieder froh.

Aber auch hier folgte gar bald das Uebel
dem Glück, und hing ſich lähmend an ſeine
Schritte. Nur Einiges als Beyſpiel. Wir
wurden ſämmtlich, wie eine Heerde Schaa-
fe, Sommer und Winter Abends ſechs Uhr
eingeſchloſſen. Das that mir ſehr wehe,
da ich gewohnt war, mit meinen Aeltern und
Geſchwiſtern die ſchönen Sommerabende im
Freyen zuzubringen; da ich gerade hier die
höchſten meiner Jugendfreuden, aus Blü-
then der Phantaſie und einem Extrakt von
dem Schönſten, was die Erde hat, ſelbſtge-
ſchaffen — genoſſen hatte, und nun ganz entbehren mußte.

Noch tiefer warf mich aus meiner idea=
len Frühlingswelt die Sitte herab, welche
damals noch auf meiner Schule mit aller
Härte herrschte: daß die Untern den Obern
ganz auf Willkühr hingegeben waren und
ihnen aufwarten mußten. Unsre Obern
sezten etwas darein, den Rektor im kleinen
zu kopieren. Da sie nun aber noch oben=
drein großentheils Narren waren, so wur=
de auch ihre Tyranney desto schreklicher, de=
sto drückender. Schon die niedrigen Dien=
ste, wozu ich mich bequemen mußte — Ein=
heizen, Wasserholen auf öffentlicher Straße
u. d. gl., und zu denen ich von den Obern
geschlagen wurde, wenn ich es nicht nach ih=
rer Grille machte — schon das zerknirschte
meinen Geist, und versenkte mich eine Zeit
lang in eine Art dumpfen Hinbrütens, wor=
rin ich that, was mir befohlen ward, und
über mich ergehen ließ, was man mit mir
vornahm. Aber — ach, wie so manches=
mal, wenn man mir's so recht arg ge=
macht hatte, stand ich in der Nacht beim

sich auf das meinem von Thränen nassen
Lager, schlich mich in meine elende Zelle,
weinte bitterlich, fiel auf meine Kniee,
und betete zu Gott in der Einfalt meines
Herzens, er möchte meinen harten Oheim
das Herz erweichen, oder mich zu sich nehmen. Hierzu kam, daß ich nirgends Trost
fand, auch nichts einmal im Lesen: denn es
war strenges Gesetz, daß kein deutsch geschrie-
benes Buch — wenigstens unter den Untern nicht — erblickt werden durfte; Lateinisch verstand ich aber noch zu wenig, als
daß ich wirklich mit Glauben und des In-
halts wegen hätte lesen sollen. ——

„O es ist Unsinn, platter niedriger Un-
„sinn, alles was Sie da anführen —
fuhr August auf,
„Ich wäre zehnmal davon gelaufen!"
sie, Ey nun ——
sagte Nachbar Millner, es
„es ist freylich wahr, es war gewaltig
„viel Unsinn und Klosterey darinn; es

„hatte auch manches für mich ziemlich
„üble Folgen: aber doch nicht lauter
„üble — wie alles in der Welt. Sie
„sollen's gleich hören!" —

Er fuhr lächelnd in der Erzählung fort:

Durch dergleichen ungewohnte Beschäf-
tigungen, die ich verrichten mußte, wurde mein Körper gewandt; ich lernte Dinge
mir selbst und Andern machen, die außer-
her um keinen Preis möglich gewesen wären; ich lernte Dinge entbehren, ohne die
ich vorher nicht geglaubt hätte leben zu können. Das Restchen von alberner Eitelkeit
das mir von meiner Erziehung im väter-
lichen Hause noch übrig geblieben war, wurde dadurch vollends ausgerottet; ich wurde
aus Langweile gezwungen, Fleiß auf Sprach-
wissenschaften zu legen, zu denen ich eigentlich keine Lust hatte, und die — wie nun die
Sachen in der Welt stehen — dem Gelehrten
einmal nothwendig sind, und gerade in den
Jahren, worin ich war, erlernet werden

müssen, wenn wirklich etwas Naschhaftes
daraus werden soll....

Ueberdies erleichterte die Gewohnheit mir
vieles; und die Hoffnung, wenn ich in höhe-
here Klassen käme, würde ich von den drük-
kendsten dieser Lasten frey —: diese trieb
mich immer mehr zu den Wissenschaften und
zu guter Aufführung. Ich denke also, ich
that doch besser zu bleiben, als davon zu
laufen.

Und wie ich denn endlich von den Lasten
der untern Klassen frey ward; wie ich mit
der Zeit gar zu der größern, anständigern
Freyheit des Studentenlebens kam —; nun,
die Wonne, die Seligkeit kann sich der nur
denken, der gleichfalls sechs der schönsten
Lebensjahre vorher so eingekerkert gewesen
ist! —

Daß übrigens in der langen Einsamkeit
und Abgezogenheit von allem, was nicht
von unsern Mauern umschlossen war — meine Phantasie Spielraum genug hatte und
arge Sprünge machte; daß ich, aus gänzli-

hen Malkget aller Welt: und Menschenkenntnis, mir ein ganz artig Ding von Welt-
ein: äußerst hohes Geschlecht von Menschen
selbst: zimmerte: das denken Sie sich ohne
mein Erinnern. — — — — — — — — — — —
— — — — — — — — — — — — — — — — —

Hier wurde die Gattin Millners von ihrer ältesten Tochter abgerufen, und wir
drey waren nun allein.

Laffen Sie mich Ihnen, fuhr der Erzäh-
ler fort, gleich jezt ein Kapitelchen mittheilen, das über mein folgendes Leben größtentheils entschied, und das ich Ihnen lieber
auch erzähle — nicht als verheimlichte ich's
für meiner lieben Karoline, oder als wäre es
ihr nicht längst bekannt; aber man muß doch
so Etwas den lieben Weiberchen n i c h t o f t
vorhalten und ins Gedächtnis bringen.

Ich studierte fleißig — aber freylich wenig Philologie; und das war gut; denn ich
war in allen übrigen Wissenschaften, die
auf der Schule nicht gelehrt wurden, aufs

ferst zurück, und hatte einen ziemlichen
Schatz Sprachkenntniſſe, von dem ich allen=
falls auf einige Zeit zuſetzen konnte. Ich
predigte zuweilen, und zwar — da der
große Haufen auch an gebildeten Orten,
immer mehr auf eine gute Sprache, angeneh=
me Deklamation, auf ſchiklichen Anſtand,
auf Faßlichkeit und Annehmlichkeit der Dik=
tion, und auf gute Auswahl der Materie,
als auf gute Ausarbeitung derſelben ſie=
het — gar nicht ohne Beyfall. Ich lebte
ſehr glüklich, ſo arm ich war.

Im Anfang meines zweyten Jahres auf
der Univerſität konnte ich dem Triebe, ein=
mal ein gutes Schauſpiel zu ſehen, und des=
halb acht Groſchen — für mich eine Sache
von Bedeutung — meinem Vergnügen hin=
zuopfern, nicht länger widerſtehen. Ich
wählte lange, und entſchloß mich endlich
zu dem damals erſchienenen d e u t ſ c h e n
H a u s v a t e r des Freyherrn von Gemmin=
gen. Die Geſellſchaft ſpielte brav, vor=

I. Th.   Y

nehmlich der Hausvater und seines Sohns arme unglükliche Geliebte.

Ich stand — gelehnt an die Wand des Parterre unter einer Loge, die flache Hand auf meinen Stock gelegt — und war so ganz in das Stück versenkt, überließ mich dem schönen Eindruck desselben so ganz, daß ich um sonst gar nichts mich bekümmerte, nicht einmal zwischen den Akten mich umsahe.

In der vortrefflichen Scene, wo das arme Mädchen zum alten Grafen kömmt, ohne zu wissen, daß er der Vater ihres Geliebten ist, war mein Herz allzuvoll von zärtlicher Rührung. Ich sehnte mich — o so innig, nach Jemand, dem ich nur durch einen Blick meine Empfindungen mittheilen könnte; aus dessen Gesicht ich lesen könnte, er fühle wie ich; ich sahe die Umstehenden an: keiner achtete auf mich. Sie standen entweder kalt da, oder waren auf das Theater gerichtet.

Da fiel eine große Thräne auf meine flache Hand, die auf dem Stocke ruhete.

Wie ein elektrischer Schlag durchfuhr dies mein ganzes Innere. Ich küßte, von den Umstehenden unbemerkt, die Thräne auf, ohne zu wissen, was ich that. Dann wagte ichs, blikte schüchtern auf, und sahe, daß sich ein junges Frauenzimmer, das vorher aus der Loge sich hervorgebeugt hatte, beschämt zurükzog und sich sezte. Ich konnte sie selbst nicht mehr sehen, nur zuweilen das Schwanken ihrer Federn. Aber meine jezt so besonders aufgereizte Phantasie hatte genug gesehen.

Meine sonst so gewöhnliche Schüchternheit war auf einmal vorüber, meine Aufmerksamkeit auf das Stück gleichfalls. Ich konnte kaum das Ende erwarten, drängte mich dann schnell hindurch, und lauerte in einer Ecke beym Ausgange, der bewußten Logenthür gegenüber, um meine Angebetete beym Herausgehen zu sehen.

Sie kam mit ihrer Mutter. Das Gedränge der Menschen nöthigte sie, sehr langsam zu gehen. Ich folgte im Gedränge ihr

ziemlich nahe. Sie war wirklich ein liebes
Kind, von etwa sechzehn Jahren; ein sanftes Geschöpfchen, aus dessen Gesicht Unschuld, Wohlwollen und stille Heiterkeit
leuchtete. Daß sie mir als ein leibhaftiger
Engel erschien, werden Sie sich von selbst
denken.

Zufällig sahe sie einmal seitwärts, er-
blickte und erkannte mich. Ich bemerkte
das Lezte daran, daß sie ein wenig erschrak
und sich enger an ihre Mutter anschloß,
weil sie wahrscheinlich mich für unbescheid-
ner hielt, als ich war. Ich schwebte in einem Himmel von Entzückungen. Behutsam und in ziemlicher Entfernung folgte ich.

Sie gingen einige Straßen, und lenkten
dann nach einem großen Hause ein. Ich
verdoppelte meine Schritte, und — siehe
da, die liebe Kleine hatte wirklich mein be-
scheidnes Nachfolgen bemerkt, sahe sich um,
und ich bildete mir ein, ihr Blick hätte

freundlich — gute Nacht, gesagt. Ich zitterte vor Freude.

Nun wanderte ich die Straße auf und ab, um zu sehen, in welche Zimmer Licht kommen würde. Es kam ins zweyte Stock. Ich war albern genug, noch eine gute halbe Stunde hin und her zu wandeln, weil ich mir einbildete, sie müßte durchaus noch ans Fenster kommen, um mir — ihren Schatten zu zeigen. Aber sie kam nicht.

„Ey ey, Nachbar Millner, das Ding „wird übel werden!“

sagte August.

„Freylich wurde es übel — recht übel —

antwortete er;

„aber,

sezte er lächelnd hinzu;

„so ganz übel doch auch nicht — wie al„les in der Welt. Ich will's Ihnen gleich „deutlich machen“ —

Er erzählte mit erhöheter Lebhaftigkeit weiter.

Ich war ein junger, und, seiner langen Einsperrung wegen, ganz unerfahrner Mensch, der eine erträgliche Figur machte. Es konnte mir also an einem Orte, wie U—, nicht an Reizungen zu Abwegen fehlen. Aber wissen Sie, was mich sittsam, was mich rein und keusch erhielt?

„Sie hatten denn doch Grundsätze — sagte August schnell.

Wo hätte ich die herhaben sollen? Hatte man sich doch auf unsrer Schule um die Ausbildung unsrer Moralität gar im mindesten nicht bekümmert. Wenn wir nur wacker Griechisch und Lateinisch verstanden, und äußerlich in der vorgeschriebenen Ordnung lebten: so war alles gut! —

„Aber selbst Ihre Unerfahrenheit und „jugendliche Schüchternheit" — sagte ich. Er fiel ein:

Allerdings ist diese ein starker Schutz der Unschuld und Tugend. Aber, ach mein

Herr, wie leicht ist dieser Schutz von erfahrner Verführungskunst in einem übereilten
Stündchen bey einem lebhaften jungen
Mann von zwanzig Jahren überwunden,
und — das ist hier das traurigste — nach
einem unglüklichen Fehltritt für immer
dahin! — Nein, nein! Meine ätherische,
in Idealen herumschwärmende Phantasie
erhielt mich der Tugend treu! Alles, was
nur einen Anstrich von — wie sag' ich? —
von Fleischlichem hatte, war dieser so
widerlich, so niedrig, so ekelhaft, daß ich
grober Verführung gerade hin Trotz bieten konnte. Und — sehen Sie, deswegen
bin ich auch mit vielen unsrer neuesten Mo-
ralisten so unzufrieden, wenn sie gegen die
Erziehung, welche zugleich für die Veredlung des Geschmaks, für die Ausbildung
der Phantasie sorgt und ihr Nahrung, z.
B. durch die Künste, verschafft — dekla-
mieren; das alles, ohne Unterscheidung,
ohne Rüksicht auf Zeit, Umstände und Verhältnisse, in das Fach des Geistesluxus,

der Ueberverfeinerung u. d. gl. werfen, und
das Hauptelend unfrer Zeiten davon herlei-
ten. In Zeiten, wie die unfrigen, bey einem Grade der Kultur, wie der unfrige,
und in den einmal verfeinerten, vornehmen
und reichen Ständen, sollte man gerade
hierauf, meines Erachtens, vielen Fleiß,
viele Sorgsamkeit verwenden. Denn unfre
Jugend beyderley Geschlechts, in jenen
Ständen nehmlich, ist nun einmal mit so
vielen Gefahren umringt, kann nun einmal
von der Bahn, wo solche Gefahren sie erwarten, nicht ganz zurükgehalten werden,
hat nun einmal noch so wenig, oder gar
keine festen Grundsätze; und — laffen Sie
uns billig seyn — kann sie in ihren Verhältnissen, wie sie gemeiniglich sind, und
in den Jahren ihrer frühen Reife noch
nicht haben; ihre Sinnlichkeit wird nun
einmal so früh gewekt und von allen Seiten
gereizt; dieser zu folgen, ihre Wünsche befriedigt zu sehen, ist sie nun einmal fast immer
gewohnt —: was soll sie also schützen? In

behutſam erwekter, wohlgeleiteter und wohl genährter Phantaſie finde ich, bey dieſen jungen Leuten nehmlich — bey andern iſts nicht nöthig, ſondern gefährlich — einen mächtigen Gegenhalt —

Wir wendeten hier mancherley ein, und ich meynte, es könnte wohl gar leicht hier das Gegenmittel gefährlicher werden, als — die Gefahr.

Unter gewiſſen Umſtänden, allerdings, ſagte er; drum habe ichs auch nicht als allgemeine Regel, ſondern nur als Regel für dieſe Menſchenklaſſe, unter dieſen Umſtänden, und mit dieſer Weisheit anzuwenden empfohlen! Ich will Ihnen in der Kürze nur einige Hauptgründe für meine Behauptung anführen. In jenen Ständen und bey fähigen jungen Köpfen iſt eins der gefährlichſten Dinge, dem äußerſt ſchwer, oft gar nicht abgeholfen werden kann — das öftere Nichtsthun der jungen Leute. Beſchäftigungen der Phantaſie und

des Geschmaks — wie sie nehmlich hier anzuwenden wären — sind aber so ein liebliches Mittelding zwischen Arbeit, welche die
jungen Herrschaften fürchten, und Spiel,
welches sie verachten: daß es wohl nicht
einmal einer Mahnung bedarf, und sie werden sich gern ihnen ergeben. Und folglich
ist hier dem umherschleichenden Feinde Zeit
und Raum, sich festzusetzen, benommen —
schon Ein großer Vortheil! Sodann wird,
vermöge des von unsern Sitten in höhern
Ständen veränderten Laufes der Natur —
durch wechselseitige geistige und körperliche
Einflüsse, die Herrschaft der Sinnlichkeit,
der Leidenschaften und der Phantasie zu
Einer Zeit, und plözlich — folglich
mit einer Gluth, mit einer Uebermacht zu
Stande kommen, welcher, bey lebhaften
Temperamenten, nichts Widerstand leisten
kann — Durch jene frühere behutsame Er-
weckung, durch jene weise Leitung, durch
jene vorsichtige Nahrung, durch jene Rein-
erhaltung der Phantasie und des Geschmaks,

wird aber jener Weg gleichsam geebnet;
der Jüngling, das Mädchen gelangt an
ein Ziel, ohne es zu bemerken, wenigstens
ohne es auffallend zu bemerken — — Und
endlich, was ich Ihnen oben aus meiner
Geschichte anführete —: dieses Reine, dieses Idealische, dieses Aetherische in den Dich-
tungen und Wünschen solcher Jugend, giebt
Ekel und Abscheu vor gemeiner Verführung — — Doch ich vergesse, daß ich erzählen soll. Nehmen Sie die Sache ein wenig in Ueberlegung, weiter verlange ich
nichts damit. Es ist blos m e i n e Ueberzeugung, die Ueberzeugung eines sehr unbeträchtlichen Mannes, daß die Erziehung
s o l c h e r jungen Leute, unter s o l c h e n
Verhältnissen, blos und für den katheg ori-
schen Imperativ, eben so wenig zum Zweck
führt, als die g r o b e Abhärtung ihrer
Körper nach der allerneuesten — von der
großen Welt englisch, von der gelehrten
spartanisch genannten Methode.

Und nun weiter in meiner Geschichte.

Meine damalige Hauswirthin, ein junges, feuriges, intriguenvolles, wollüstiges Weib, machte längst Spekulation auf mich; und der Himmel mag wissen, wohin ich endlich gekommen seyn würde, wenn nicht meine mit Allmacht erwachende Liebe einen so würdigen Gegenstand gefunden hätte: denn meine Phantasie war n i c h t weise geleitet, behutsam genährt, sondern sich selbst überlassen gewesen. Seit jenem Abend war mir aber dies Weib abscheulich, und es war mein Stolz, sie meine Verachtung recht tief fühlen zu lassen.

Sehen Sie, mein Herr —

sagte er zu August freundlich,

daß jenes Ereignis doch nicht so g a n z übel war — wie alles in der Welt!

Hierzu kam noch das —

fuhr er fort —

Ich war zwar gewohnt, in meinem Aeußern, in Kleidung, in gesellschaftlichem

Betragen, in den herkommlichen Sitten
des Umgangs u. s. w., nicht niedrig zu
seyn; aber ich verwendete auch nicht viel
Achtsamkeit darauf. Von diesen Abend an
ward das alles anders. Ich wurde nett in
der Kleidung; gefällig, so viel ich vermochte, im Betragen; ich lauerte sorgsam auf
das Benehmen feiner Leute in der Gesellschaft, suchte es diesen nachzuthun: und
legte dadurch einen Grund zu meiner Bildung für die Gesellschaft, und folglich zu
meinem Fortkommen in der gebildeten Welt.

Endlich, so hatte ich auch seit meiner
Freyheit — eine natürliche Folge meiner
erzwungenen Studierart auf der Schule —
mich fast ausschließend mit sogenannten ele-
ganten Wissenschaften beschäftiget und die
Amts- und Brodstudien verabsäumt. Seit
ich liebte, dachte ich an ein Amt, um
dann vielleicht zum Besitz meiner Geliebten zu gelangen; und zwar an ein ansehnliches, denn ich wußte nun, daß sie

ziemlich reich und von angesehener Familie war. Ich fiel also mit wahrer Begierde über die Wissenschaften her, durch
welche ich am sichersten und baldigsten ein
festes Amt zu erlangen hoffte —

„Sehen Sie mich nur nicht an,

sagte August;

„ich weiß schon, was Sie mir sagen wol-
„len!" —

Millner drükte ihm freundlich die Hand
und fuhr fort:

Ich will Sie aber weder mit den nicht
seltnen Phantasereyen meiner Liebschaft,
noch mit den unschuldigen und unbeschreib-
lichen Freuden, die sie mir gewährte, aufhalten. Das Romänchen wurde so äthe-
risch fortgeführt, daß, ohngeachtet meine
kleine Königin in der Folge meine Empfindungen kannte, ohngeachtet ich wußte, daß
sie sie innig eewiederte — ich sie doch in
mehr als einem ganzen Jahre nicht öfter

als dreymal allein sprach, und zweymal an
sie schrieb — so nehmlich, daß ihr meine
Episteln zu Gesicht kamen: denn in meinem
Pulte lagen wohl funfzig wohlversiegelte
Briefe an sie, in welchen ich ihr, ohne daß
sie sie je zu lesen bekam, von allen kleinen
Ereignissen meines Lebens Nachricht gab
und Rechenschaft ablegte.

Sie schrieb mir ein einzigesmal, als ein
reicher junger Mann um sie warb. und sie
bemerkte, daß ich Notiz davon haben müßte
und mich halbtod ängstigte. Da tröstete sie
mich und versprach mir heilig, so lange ich
tugendhaft und treu blieb, mich nicht zu
verlassen, und, möchte man auch mit ihr
machen was man wollte — keines Andern
Eigenthum zu werden.

Kein Mensch ahndete unsere Verbindung,
selbst ihre scharfsichtige, aber stolze Mutter
nicht. Wir, in der Zartheit unsrer Empfindungen und in dem Fluge unsrer Phantasie,
hätten auch um alles in der Welt nicht ha-

ben mögen, daß irgend Jemand in unsre
Heimlichkeit gedrungen wäre und um unsre
stille Seligkeit gewußt hätte. —

Hier wurde auf einmal des ehrlichen
Nachbars Stimme schwach; er hielt eine
lange Pause, und sagte dann:
Meine Geliebte bekam bald darauf die Blat-
tern, und — starb — —

Hier hielt er wieder inne. Unsre Augen
waren naß. Ich sahe seufzend gen Himmel — Du, Ferdinand, weißt warum.
Es war ein wehmüthiges Schweigen.
Der wackere Millner sammlete sich zuerst
wieder, suchte sich wieder zu erheben,
und fuhr fort:
Es ist wahr: d a s habe ich auf der weiten
Welt — oder vielmehr, das habe ich i n
m i r nie, nie wiedergefunden, was ich da
besaß und genoß. Der Mensch liebt doch
nur Einmal — so! Einmal, oder nie. Nun
— ich danke Gott, daß ich doch würdig er-
funden ward, Einmal so zu lieben! Ich
danke Gott, denn

Ich besaß es doch einmal,
Was so köstlich ist — —

Meine Thränen flossen. Ich drükte Millnern an mein Herz. Eine neue Pause.
Da sahe er mir etwas schärfer ins Auge.
Der Menschenkenner errieth mein Schiksal, und eine sanfte, wohlwollende und
wohlthuende Heiterkeit ergoß sich über
sein Gesicht, und gab ihm Fassung. Mit
stärkerm Ausdruck und tiefer eindringen-
der Stimme fuhr er fort:

Der Himmel weiß, was ich bey ihrem Tode
litt. Und ihr Begräbnistag — Ich stand
von fern im Nebel des rauhen Herbstmor-
gens, gehüllt in meinen Mantel, den Hut
in die Augen gedrükt — Ich hörte schaudernd das Schurren der Seile, als man
den Sarg mit dem Liebsten, was die Welt
für mich hatte, hinabließ; ich hörte das
dumpfe Poltern der ersten Erdschollen auf
ihr enges Haus; ich hörte den Trauergesang
des Chors — — Weg damit! Ich bleibe

dennoch dabey — es war traurig, es machte mich sehr unglüflich — aber ganz traurig war es, ganz unglüflich machte es mich nicht — es war höchst wahrschein- lich gut, daß es so kam.

Wir waren beyde unerfahren und ver- liebt genug, um die Hindernisse, welche uns- rer Verbindung im Wege stunden, zu über- sehen. Aber zugegeben auch, — diese wä- ren weggeräumt worden, ohne daß wir bey- de darüber halb zu Grunde gegangen, und endlich, am Ziele, des Genusses selbst halb unfähig geworden wären — das heißt v i e l zugegeben: würden wir ein glüfliches Paar gewesen seyn?

Es ist möglich: aber wahrscheinlich ist es nicht. Denn wir kannten uns in Wahr- heit so wenig, oder vielmehr so ganz und gar nicht; wir hatten uns von einander so äthe- rische Bilder entworfen, unsre Hoffnungen waren so — transcendental, daß sie nim- mermehr befriedigt werden, daß wir bey naher Bekanntschaft uns selbst jenen Bildern nimmermehr ähnlich finden konnten.

Und was wäre daraus entstanden? Was in so vielen Ehen dieser Art entstehet — Man hat sich selbst getäuscht, und glaubt vom andern Theil getäuscht worden zu seyn; oder wohl gar — man glaubt, der andere Theil könne das seyn, was man sich erst von ihm dichtete, könne das erfüllen, was man erst von ihm erwartete, aber er wolle nicht — ! — Noch einmal: Es war traurig: aber ganz traurig war es doch nicht — wie alles in der Welt! —

Ich drükte schweigend seine Hand. Mehr nach Augusten als nach mir gewandt, sezte er hinzu:

Uebrigens bin ich gewiß, zu Männern zu sprechen, welche Menschenkenntnis, Gefühl und Delikatesse genug haben, um aus allem diesen nicht etwa auf das geringste, auch verborgenste Misverhältnis zwischen mir und meiner jetzigen Gattin zu schließen — —

Hier laß mich dießmal abbrechen, Ferdinand. Ueber Kürze des Briefs wirst Du Dich hoffentlich nicht beschweren. Gefällt Dir mein wackerer Nachbar nicht mehr: so gieb den Brief Deiner Emilie. Dieser wird er gewiß nicht mißfallen. Nächstens mehr, wenn Du artig bist gegen mich, gegen Deine brave Frau, und gegen meinen kleinen Pathen.

Theodor an Ferdinand.

Dritter Brief.

Du bist ungerecht gegen meinen lieben Nachbar, wenn Du sprichst, er habe der Hauptsache nach uns nichts mitgetheilt, als die ziemlich gewöhnliche Geschichte eines großen Theils der jungen Leute seiner Art; ja, er habe diese nicht einmal so pragmatisch und fruchtbringend (was doch eigentlich seine Absicht gewesen wäre) ausgeführt und benuzt, als es hätte geschehen können. Du bist ungerecht gegen ihn: Dein Vorwurf trifft mich. Allerdings wurde nicht so im Strich weg erzählt. Allerdings wurden viele — wie Du es nennest — frucht-bringende Incisionen gemacht: und ich wollte schon, auch Du hättest manche solche Incision, zu Deinem Nutz und Frommen, mit angehört! Aber ich habe Dir ja schon neulich geschrieben, daß ich alles weglasse, was nicht nothwendig ist, um den lieben Mann zu charakterisieren. Denn was für alphabetlange Briefe müß-ten das sonst werden? Und — höre Fer-dinand — welcher Briefsteller oder Schrift-steller schreibt denn alles hin, was er beym Schreiben im Kopfe und Herzen hat? Welcher Briefsteller oder Schriftstel-ler hält denn seinen oder seine Leser für so beschränkt an Geist und Herz, und — mit Deiner Erlaubnis — für so kleinlich, arm und hinfällig, daß er für nothwen-

dig. erachtete, ihm oder ihnen alles das
nieder zu schreiben, was beym Lesen etwa
gedacht, überlegt, oder wobey die eigenen Gefühle untersucht und zur Rechenschaft gefordert werden sollen?

Soll ich Dir sagen, was ich von Deiner
Beschuldigung denke? Sie gehet Dir nicht
vom Herzen; sondern ist ein feiner Kunst-
griff, mich bey meiner Autorehre zu ergrei-
fen; mir einen handfesten Vorwurf, den
lange unbeantwortet zu lassen mir nicht so
leicht möglich seyn würde, hinzuwerfen, und
sonach recht bald Antwort und Fortsetzung
meiner Geschichte zu erhalten. Und wenn
mich nicht alles trügt, so entdecke ich in diesem Plänchen Deine schelmische Emilie, vielleicht meiner neuerlichen Schlußanmerkung
wegen. Nun soll ich mich wohl recht erzür-
nen, damit sie noch mehr zu lachen hat?
Nein; Madam! Sie sollen vielmehr heute
wieder ein großes Stück aus Nachbar Millners Biographie erhalten: denn ich will
feurige Kohlen auf Ihr niedlich geloktes

Haupt sammlen, überzeugt, Ihnen damit
den größten Possen zu thun; denn — die
Kohlen werden sengen. —

Millner suchte also zu seiner vorigen
Ruhe sich wieder hinaufzuarbeiten. Er war
aufgestanden, wir gingen im Garten umher —

.. Denn

meynte er;

nirgends gelingt es besser, das Herz zu stillen und zu erheben; nirgends gelingt es
besser, die gute Seite des Uebels in der
Welt — nicht blos h e r a u s zu such e n — was nichts ist; sondern wirklich sie zu e m p f i n d e n und sich d a r a n
zu h a l t e n: als unter Gottes freyem
Himmel.

Dann erzählte er weiter.

Ich versank in den schreklichen Zustand
der Betäubung und Gleichgültigkeit gegen
alles, was die Welt hätte. Ich versäumte
meine Stunden, verachtete alle Geschäfte,
träumte den ganzen Tag, wie halbtrun-

ken, umher; brütete über Scenen des Uebels in der Welt und der Leiden der Menschheit, welche mir meine Phantasie unaufhörlich vorhielt und schreklich ausmahlte; bekümmerte mich nicht um meine Freunde, zog einher in nachläßiger Kleidung, u. s. w.

Der würdige Professor Z—, der mit mir in Einem Hause wohnte, und mich ziemlich genau kannte, bemerkte die schnelle Veränderung meines ganzen Wesens. Er kam zu mir. Er sprach mit Wärme und Freundschaft von dieser Veränderung, er fragte nach der Ursache. Ich ehrte, ich liebte den Mann; ich hätte sogar jezt nicht ungern gesehen, wenn er diese Ursache gewußt hätte: aber entdecken. — entdecken konnte ich sie ihm unmöglich. Er selbst besaß Menschenkenntnis und Delikatesse genug, bey der ersten etwas verstekten Antwort von mir sogleich abzubrechen, und zwar ganz unbeleidigt. Er drang nicht mehr in mich, sondern sprach nur von meinem jetzigen Zustande selbst und von den nothwendigen Folgen desselben.

Sie müssen an einen andern Ort,

sagte er;

unter andere Menschen, in andere Ver=
hältnisse, in andere Geschäfte —

Mir war alles gleichgültig.   Den dritten
Tag kam er wieder:

Ich habe eine Gelegenheit für Sie gefun=
den,

sagte er;

die ganz erwünscht ist.   Der Kommerzien=
rath X. in Y. sucht einen würdigen Leh=
rer und Erzieher seiner jüngsten Kinder.
Er ist ein allgemein geachteter Mann.
Seine Familie ist zahlreich.   Er macht ein
großes Haus.   Sie bekommen da Jahr
aus Jahr ein Fremde zu sehen.   Die Be=
zahlung ist anständig, u. s. w.   Gehen
Sie zu ihm, er ist eben hier —

Ich konnte mich nicht entschließen.   Er wen=
dete sich nun an mein Ehrgefühl und sprach
streng.   Da gab ich nach.   Auf die Empfeh=
lung des Professors erhielt ich die Stelle so=

gleich, und reiſte in fünf Tagen mit dem
Kommerzienrath nach Y.

Der würdige Z. hatte richtig kalkulirt.
Der mir unbekannte Ort, die ganz eigene
und mir neue Lebensart in ganz kleinen
Städten; das Geräuſchvolle und mir gleichfalls ganz Neue dieſes großen Handlungs-
hauſes, die Menge der von allen Seiten zu-
und abreiſenden Fremden; die für mich un-
gewohnten Geſchäfte des Unterrichts und
der Erziehung ſchon ziemlich erwachſener
junger Leute; der Umgang mit dem Vater
und den älteſten Söhnen, welche viel Bildung hatten und viel gereiſet waren; die
ſchöne Natur um das Städtchen herum; die
gar nicht unbeträchtlichen Kenntniſſe meiner
Eleven in einigen Fächern der Wiſſenſchaften, die mir ſelbſt ziemlich fremd waren, und
mich alſo zum angeſtrengteſten Arbeiten
zwangen, um meine Schwäche darin nicht
zu verrathen —; alles das riß meinen
Geiſt auf, und verwiſchte nach und nach

immer mehr von der schmerzlichen Vergangenheit.

„Wahrhaftig, Ihre Lage war die beste,
„in die Sie nur immer gerathen kun-
„ten‘‘.—

sagte August.

„Ach ja,

antwortete Millner;

„sie hatte ihr Gutes: aber so ganz gut
„war sie doch nicht — wie alles in der
„Welt! Sie sollen’s gleich hören!‘‘ —
August machte ein etwas verdrießliches Gesicht. Millner fuhr fort:

Der Verlust, den ich erlitten, und mein
Grämen darüber hatten meiner Gesundheit
beträchtlich geschadet; jetzt kam noch hinzu
das übermäßige Arbeiten — denn oft studierte ich die Nacht über erst ein, was ich
den folgenden Vormittag meinen Zöglingen
vortragen wollte —: ich ward schwächlich.
Sodann herrschte in diesem Hause mit un-
beschränkter Macht der Kaufmannsgeist —
zwar nicht der lächerliche holländische,

aber der splendide, luxuriöse, hochherfahrende e n g l i s c h e, welcher bekanntlich oft-
mals noch weit drückender ist. Ich war eigentlich der erste Bediente im Hause, und
wurde nur kaum an den lezten Handlungs-
diener angereihet.

Die überhäuften Zerstreuungen machten
den größten Theil meines Unterrichts bey
meinen Zöglingen unnüz; sie kosteten mich
meine ganze freye Zeit und endlich sogar einen guten Theil meines Gehalts. Denn
um nicht ganz herabgesezt zu werden, mußte
ich in Kleidung u. d. gl. einen Aufwand machen, der über meine Kräfte ging; und
dann — die steten Spielgesellschaften machten immer Jemand nöthig, der bald hier
bald da die Parthie ausfüllete. Ich wollte
dem leztern Uebel dadurch entgehen, daß ich
sagte, ich verstünde kein Spiel. Nun hieß
es, es sey mit mir auch gar nichts zu machen.
Ich wollte meine Ehre (wie ichs albern nannte) retten, leistete Gesellschaft, und versank
in Schulden, ohne daß Eins von denen, vor

deren Augen und um derentwillen ich mein Geld verlohr, davon Notiz genommen hätte.

Hierzu kam noch dies — bey weitem das schlimmste. Meine drey Untergebenen waren, wie ich schon gesagt habe, ziemlich geschikte junge Leutchen: aber ihr sittlicher Zustand war traurig, und für mich, der ich die vornehme Welt noch nicht kannte, und der ich, vermöge der immer noch nicht abgekühlten Flamme meiner Phantasie, von jedem solchen Uebel nicht nur das Uebel, sondern zugleich die möglichen Folgen, und zwar nicht als möglich, sondern als unvermeidlich sahe — abscheulich, schreklich, unerhört.

Die kleinen Herren hatten z. B., besonders an Festen (und wenigstens der dritte Theil der Tage waren Feste) ihre Spielgesellschaften, wie die großen. Sie saßen in einem andern Zimmer bey ihrem Pharo — comme il faut. Die äußerst schwache Mutter gab ihnen Geld: aber das reichte bey

weitem nicht. Sie verschafften sich also mehr,
auf — alle nur mögliche Weise. — Sie speißten an solchen Tagen mit ihren Gesellschaf-
tern vor sich und tranken — gleichfalls comme il faut.

Ich hatte mir's ausgebeten, wenn sie allein speißten, an ihrer Gesellschaft Theil zu
nehmen. Ich entsetzte mich; ich wollte sie
nicht vor ihren Freunden beschämen, er-
mahnete sie aber, als wir allein waren, und
stellete ihnen die Folgen solcher frühen Ge-
wöhnung vor. Sie machten große Augen,
fanden das unerhört — es half nichts.
Ich ward strenge dagegen: sie wurden unverschämt und trozten mir.

Ich entdekte, daß der älteste, ein Mensch
von funfzehn Jahren, dem Kammermädchen
seiner Schwestern auf eine unverschämte Art
zusezte. Das Mädchen war sehr hübsch;
ein armes natürlichgutes Geschöpfchen, das
man vor mehrern Jahren als eine Waise zu
sich genommen, um ein glänzendes Werk der
Wohlthätigkeit auszuführen; dessen Glück

man zu machen versprochen hatte; daß man
für das zu hoffende Glück im Dienst so wie
quälte; und mit dem sich also jezt der junge
Herr die Mühe nehmen wollte, es zu verführen.

Ich wollte in diesem delikaten Punkte behutsam gehen, traute eine Zeit lang meinen
Augen nicht, bekam mehr Beweise, und fezte
nun einmal das Mädchen selbst zur Rede.
Das arme Geschöpf erschrak, zitterte, und
klagte mir nun mit vielen Thränen, daß ich
recht gesehen hätte. Sie beschwor mich, alles,
was ich könnte, zu thun, um sie sicher zu
stellen.

Mir war Verführung der Unschuld an
sich schon so abscheulich, von einem funfzehnjährigen Knaben so empörend und ekelhaft, ich glaubte überdies hier durchaus
durch meinen Beruf zum Entgegenhandeln
verbunden zu seyn — : ich entschloß mich also, alle diese Angelegenheiten der Mutter zu
entdecken. Der Mutter — nicht dem Vater,
theils weil ich diesen nicht auf einmal so tief

kränken wollte, theils weil es auch zu einer
Grundbedingung gemacht war, diesem, der
wichtigere Dinge im Kopfe habe, nie mit
den Angelegenheiten seiner Kinder zu belä-
stigen.

Unwille über mich und mitleidiges Be-
dauern meiner gutmüthigen aber schwachen
Besorgnisse — sprachen aus dem Gesicht der
Dame, als sie die ersten Punkte von mir an-
hörte. Bey dem letzten fuhr sie heftig auf:

Wie? was? Das unverschämte Ding!
Wart', ich will dich lehren junge Leute zu
verführen!

Frau Kommerzienräthin,
sagte ich äußerst befremdet;

bedenken Sie — —

Ich bedenke sehr wohl,
rief sie heftig;

daß ein junger Mensch sich keine Freyhei-
ten herausnimmt, wenn das Mädchen
ihm keine Gelegenheit giebt.—

Das mag ſehr oft der Fall ſeyn: aber erwägen Sie hier die Umſtände —

Ich danke ihnen für die Attention — ſagte ſie abbrechend;

ich werde meine Maasregeln nehmen! —

Frau Kommerzienräthin, Sie werden doch ein unſchuldiges Geſchöpf, dem Sie eigentlich Dank ſchuldig ſind, nicht hart behandeln wollen? Wäre ſie ſchlecht, ſo würde ſie ja einwilligen! Und bedenken Sie, wohin — —

Ich laſſe mir recht gern Vorſtellungen machen,

fiel ſie ein;

aber zu handeln pflege ich nach meinem Kopfe —

Sie klingelte dem Bedienten:

Vorfahren —! Ich bedaure, Herr Millner: der Wagen wartet ſchon lange! Ein andermal mehr! — —

I. Th.   A a

Damit ging sie fort. Den nächsten Morgen
mußte das Mädchen aus dem Hause, ohne
alle Versorgung, ohne daß die Arme wußte, wohin sie sollte, ohne daß man ihr einen
Groschen mehr gab, als dies Vierteljahr
Lohn. Sie drängte sich ins Zimmer der
Kommerzienräthin, sie fiel ihr zu Füßen:
die Dame ließ sie liegen, ging ins Nebenzimmer und schob den Riegel vor.

Gott, du weißt's, daß ich aus Rechtschaffenheit so unglüflich werde — rief sie
händeringend und ging zum Hause hinaus.
Keiner der andern Dienstboten wagte sie zu
begleiten, um nicht auch in Ungnade zu
fallen.

Wie mir dabey zu Muthe war, wie ich
mich anklagte; wie ich mir das mögliche
Schiffal der Verstoßenen ausgrübelte, aus-
mahlte, mich als Urheber desselben durch
meine Unklugheit darstellete —: das können
Sie sich selbst denken. Der Liebhaber des
Mädchens, dem die zärtliche Mutter die
Quelle, woraus sie geschöpft, nicht ver-

schwiegen, hatte — fing schon in der heutgen
Unterrichtsstunde an, mich planmäßig zu
quälen.

Des Mittags hatten wir Gesellschaft.
Die jungen Herrn speißten wieder vor sich,
und mir — war an der großen Gesellschafts-
tafel gedekt.   Ich saß der Frau Kommerzienräthin gegenüber; neben ihr saßen ihre
beyden ältesten Töchter. — Das Gespräch
wurde parthienweis geführt, und keine Parthie hörte auf die Reden der andern.   Ich
saß still.

Wie es zum Abschiede kam —
sagte eine der Demoisellen zur Mutter;
     so that mir's wirklich wehe.   Und Ihnen,
     Herr Millner —
sezte sie sehr spitz hinzu —
     scheint es eben so gegangen zu seyn: Sie
     sind ja so still! —
Ich achtete nicht auf ihren Ton —
     Wahrhaftig, es ist mir eben so gegan-
     gen —
sagte ich;

und ich würde mich selbst hassen, wenn es mir nicht so gegangen wäre.

Der Kommerzienräthin fuhr eine starke Röthe ins Gesicht. Ich bemerkte es, und sezte schnell verbessernd hinzu:

Da. i ch von der Unschuld des Mädchens überzeugt bin! —

Wie gefiel sie Ihnen — so — im Ge‑ sprtäch —?

fragte mich die zweite Tochter zur Linken der Mutter, ein Mädchen — verwachsen und todenbleich, aber noch weit mehr entstellt durch häßlichen Neid, stete Bitterkeit und Grämlichkeit in ihrem Gesicht. Ich fühlte das Gehäßige in dieser Frage ganz.

Mademoiselle,
sagte ich;

wenn es Ihnen Vergnügen macht, über mich zu scherzen: so kann ich mir's allenfalls gefallen lassen, da Ihre jüngern Brüder nicht gegenwärtig sind. Aber

wählen Sie dann einen Gegenstand, bey
welchem das Gewissen nicht allen
Scherz untersagt — —

Nu nu —! lieber Gott —!
sagte die Mutter halblaut, sahe unverwandt auf ihren Teller, lächelte auf eine gewisse Weise, ließ den Kopf ein klein wenig
hin und her wanken, und stocherte mit der
Gabel auf dem Teller herum — —

„Herr,
rief August heftig;

„nehmen Sie mir mein voriges Wort
„nicht übel: Ihre Lage war verdammt!
„war vom Henker! Sie mußten fort!" —

„Sie war schlimm, meine Lage — aller-
„dings!" —
antwortete Millner lächelnd;

„aber ganz schlimm denn doch nicht" —

„Wie alles in der Welt" —
fiel August immer noch in Lebhaftigkeit und
ihn parodierend ein —

„Ganz recht: wie alles in der Welt!

sagte Millner noch freundlicher und nahm
ihn bey der Hand.

„Sie werden's gleich hören!"

August war beynahe unwillig; der Nachbar
ließ sich nicht stören —

Denn außer dem Guten,

sagte er;

das ich schon vorhin anführte, und das Ihnen, mein lebhafter junger Herr, Ihr Lob
auspreßte — lernte ich doch hier das Gemisch von konventionellen Kleinigkeiten, un-
bedeutenden Gefälligkeiten, nichtssagenden
Artigkeiten, gedankenlosen Schwätzereyen,
was man Umgang der vornehmen Welt,
feine Lebensart — welche ich von guter
unterscheide — und gesellschaftliche Politur
nennete. — Ich lernte es, und brachte es
so ziemlich in meine Gewalt. Und das war
wirklich von einiger Bedeutung, da ich vorher von alle dem wenig wußte und gar
nichts anzuwenden verstand, man aber doch
einmal ohne diese Bagatellen unter den Welt-
leuten nicht fortkömmt. Meine allgemeine

Meynung über solche Dinge ist: man muß
sie kennen und anzuwenden, im Stande seyn: aber deshalb sie nicht anwenden,
außer im Nothfall, noch, viel weniger
ein Verdienst drein setzen —! Ich denke es
ist damit, wie mit dem Tanzen, Fechten u.
d. gl. für einen Mann.

Sodann — und das war wichtiger —
bekam ich hier zum erstenmale genauere
Kenntnis und Erfahrung vom sogenannten
Weltleben, und wurde eben dadurch überzeugt, daß hierin mein Glück nie blühen
würde. Dies gründete in mir den Sinn der
besondern Achtung und Anhänglichkeit an
die mittlern Stände, als an die, worin mehr
Güte und mehr Glückseligkeit herrscht. Es
gehörte zwar noch manche selbstgemachte Erfahrung dazu, diesen Sinn stark, fest und
entscheidend in mir zu machen: aber es war
doch nun Anfang, Grundlage da. Ich sahe
denn doch hier handgreiflich, daß alles Geld
und Gut, alles rauschende Vergnügen, alle
hochherfahrende Pracht u. s. w. den Men-

schen nicht um ein Haar glüklicher macht,
dem Weisheit und Güte fehlt: denn alle
Mitglieder der Familie führten im Grunde
ein verdrüßliches, langweiliges Leben. Jener Grundsatz war mir zwar von Kindheit an vorgesprochen worden: aber welch
eine ungeheure Kluft ist befestiget zwischen
Wissen, nichts dagegen Einwenden, und
wirklich Ueberzeugtseyn und die Wahrheit in
sich selbst, in sein ganzes Wesen, verwebt zu
haben! Wie viel gehört dazu, daß, die da
wollen von dort hieher fahren, es auch
können und wirklich thun! Wahrhaftig,
dies geräusch- und zerstreuungsvolle Leben
war die schönste Vorbereitung zu meiner Liebe der Eingezogenheit, Stille, Häuslichkeit,
vorsäzlichen Beschränkung in Außendingen,
und folglich zu meiner Zufriedenheit und
Glükseligkeit in spätern Jahren.

Endlich so lernte ich auch hier — gleichfalls aus eigner schmerzlicher Erfahrung
und also auf Lebenszeit — daß um Gutes
zu wirken wahrlich mehr dazu gehöre, als

es gut meynen, und das Gute wollen; daß
man die Menschen nehmen müsse, wie sie
sind, nicht wie sie seyn könnten und sollten;
daß man sie behandeln müsse, einen jeden
nach seiner Weise. — so weit nehmlich Tugend und Rechtschaffenheit dies Nachgeben
und sich Fügen zulassen. Denn ohngeachtet
meines wirklich guten Willens, ohngeachtet
alles meines angestrengtesten Bemühens,
hier Gutes zu wirken, stiftete ich weit mehr
Uebels und Schaden: denn ich handelte un-
klug, glaubte von Grund aus, gänzlich,
und doch auch schnell verbessern zu können
und zu müssen; glaubte mit Kopf und Herz —
weil der erste nicht unüberlegt, das zweyte
rein handelte — überall gerade durch zu können: und stiftete Erbitterung statt der beabsichtigten Verbesserung, Schaden statt des
beabsichtigten Nutzens — —

Doch ich werde trocken. Lassen Sie mich
in meiner Erzählung fortfahren.

Hier kam auch die Gattin Millners zurück.

Mit der Zeit —

erzählte der wackere Nachbar weiter —

wurde mir's in diesem Hause doch allzuarg.
Meine durch steten Verdruß vermehrte
Kränklichkeit, im Bunde mit jener schon oft
erwähnten hervorstechenden Eigenschaft mei=
nes Geistes, machte mich zum förmlichen Hy=
pochondristen. Unser Arzt, der es sehr gut
mit mir meynte und die Verhältnisse des
Hauses kannte, machte mich auf meinen Ge=
sundheitszustand aufmerksam. Ich gestand
es nicht ein, wie alle wahre Hypochondri=
sten. Nun sahe ich alles, was Grau in
Grau war, kohlschwarz. Ich wollte fort;
ich fühlte, ich müßte fort: aber die bey sol=
chen Kranken gewöhnliche Unentschlossenheit
hielt mich immer noch zurück —

„Daran hör' ich, daß Sie auch hier aus
„Erfahrung sprechen" —

rief ich ängstlich und bang. Er sahe mich
einen Augenblick scharf an —

„Ja wohl —
sagte er,

„spreche ich auch hier aus Erfahrung; und
„schaudre noch jezt bey der Erzählung" —
Mir wurde immer ängstlicher und bänglicher
Ich rükte hin und her auf meinem Siz;
Er schien es nicht zu bemerken, verstärk=
te aber seine Stimme und nahm seinen Ton
schärfer. So fuhr er fort, ohne mich anzu=
sehen:

Ich schlief wenig, und wenn ich schlief,
wurde ich durch schrekliche Träume gequält.
Ich wollte also, in der Thorheit meines Sin=
nes, fast gar nicht schlafen; wachte deshalb
gewöhnlich eine Nacht um die andere, und
verstärkte natürlicher Weise mein Uebel da=
durch aufs schreklichste.

Es war z. B. eben damals eine Menge
kleiner Streitschriften über das Lebendigbe=
grabenwerden, bey Gelegenheit einer erneue=
ten Untersuchung über das frühe Begraben
der Juden — herausgekommen. Ich hatte
Allerley darüber gelesen, und nun quälte
mich unaufhörlich, troz alles Gegenstrebens,
die Furcht, lebendig begraben zu werden.

Ich hatte einsmals gleichfalls bis gegen
Morgen gewacht, wollte mich aber doch
noch einige Stunden niederlegen, und klei=
dete mich eben aus. Da hörte ich mehrere
Männer mit starken, festen, in der Stille der
Nacht schallenden Schritten über den Markt
auf unser Haus losgehen. Ich fuhr auf.
Wer kann noch kommen? sagte ich, und
sprang zum Fenster, das auf den Markt
ging. Mit Entsetzen sahe ich den Todten=
gräber mit seinem Knecht hergeschritten kom=
men. Nachläßig und kalt hatten sie die Spa=
ten auf der Schulter, und sahen herauf nach
mir. Ihnen folgten zwey Männer mit ei=
nem neuen Sarge auf einer Bahre —

(Ich faßte heftig seine Hand, ich starrete
ihm ins Gesicht: er bemerkte es nicht, son=
dern erzählte immer fort:)

Barmherziger Gott — rief ich — die wol=
len dich abholen! Alle meine Glieder zitter=
ten, kalter Todesschweiß rann die Stirn
herab. Indem hörte ich die Klingel der
Hausthür. Erbarmen! Erbarmen! rief ich,

und hörte die furchtbaren Tritte der Männer die Treppe herauf. Ich sprang in die
Kammer, verstekte mich in einen Winkel und
bließ das Licht aus, damit sie mich nicht finden sollten. Umsonst; sie öffneten die Thür;
derb sezten sie den Sarg nieder, hoben
die Decke weg, und traten nun in die Kammer. Ich riß mich auf, schlug mich durch
sie hin, um zu entfliehen, verfehlte in der
Finsternis die Thür; stieß mich heftig an
einen Schrank, und sank betäubt und halbtod auf das Sopha ——

(Ich war hier, ohne es zu wissen, aufgestanden; meine Zähne klapperten, ich rang
die Hände: er achtete nicht darauf, sondern sprach fort:)

Ich kam zur Besinnung durch das gewaltsa-
me Erzittern meiner Glieder vom Fröst: denn
ich war fast ganz ausgekleidet und es war
im strengsten Winter. Ich suchte die noch
immer in mir wogende Angst zu unterdrüf-
ken. Endlich gelang mir's so weit, daß ich
meine Erscheinung zu untersuchen vermochte.

sagte er gezogen, kalt und vornehm;

Es thut mir leid, daß es Ihnen bey uns nicht gefällt. Ich habe nichts dagegen —

In herzlichguter Meynung fuhr ich fort: Um Sie nicht im mindesten in Verlegenheit zu setzen, will ich so lange in meinen Geschäften bleiben, bis Sie ein anderes taugliches Subjekt gefunden haben — —

Erlauben Sie — fiel er ein; da Sie einmal hierzu entschlossen sind, so möchte das doch nicht gut thun. Und überdies könnte es — Ihre Kränklichkeit vermehren! —

Das schnitt mir durch die Seele, das kränkte mich tief. Ich sagte ihm nun was diese Kränklichkeit mir in seinem Hause zugezogen hatte; schilderte ihm, ohne Hitze, ohne Empfindlichkeit, aber mit aufrichtigem, wohlgemeynten Interesse, den Zustand seiner Kinder, das Betrhmen der Mutter, das meinige dabey, u. s. w. Er hörte mich ge-

laſſen, faſt gleichgültig, und ein wenig
lächelnd an.

Lieber Herr Millner,
ſagte er dann eiskalt und immer vornehm;

ich ſchätze Sie als einen rechtſchaffnen
Mann; ich weiß auch, daß Sie ſich um
meine Kinder verdient gemacht haben:
aber Sie ſind hypochondriſch, Sie ſehen
alles im traurigen, falſchen Lichte — —
Reiſen Sie ab, wenn es Ihnen gefällt.
Ich wünſche Ihnen von Herzen die bal⸗
digſte Wiederherſtellung Ihrer Geſund⸗
heit, und will Ihnen ſehr gern Ihren Ge⸗
halt für das jetzige, noch nicht lange an⸗
gefangene Halbjahr auszahlen — —

Er legte das Geld hin. Ich nahm davon, ſo
viel auf den verfloßnen Theil des Halbjahrs
kam, und ſagte:

So viel hab' ich verdient: nur das erlau⸗
ben Sie mir anzunehmen — — —

Auch das,
erwiderte er und zog an der Klingel —

nach Ihrem Gefallen —!

Der Bediente kam, der Kommerzienrath
strich den Rest des Geldes ein, gab es dem
Bedienten —

In's Almosen —!

sagte er. —

(August stampfte mit dem Fuße, ich drükte
dem armen Millner die Hand, seine Gattin sahe ihn wehmüthig und liebevoll an:
er ließ sich nicht stören, und fuhr ruhig
und heiter fort:)

Ich verkaufte heimlich einige unnöthige
Kleidungsstücke, Wäsche u. d. gl., um meine Schulden zu bezahlen. In acht Tagen
reisete ich ab, zurück auf die Universität, meinen vorherigen Aufenthaltsort. Nach Ab-
zug der Reisekosten hatte ich noch neun Thaler in meinem ganzen Vermögen: aber meine Phantasie — die zwar immer kühler zu
werden anfing, von der ich aber, Gott sey
Dank, noch immer so viel hätte, als zur
Verschönerung der Wirklichkeit gehört, —
mahlte mir den ärmlichsten Zustand in Frey-

heit, gegen den glänzenden in Sklaverey, von dem ich jezt erlößt war, so herrlich, so erhebend, so belebend, daß ich mit wahrem Triumph zu den Stadtthoren einzog. —

Hier, lieber Ferdinand, will ich noch einmal abbrechen; verspreche Dir aber den ganzen Rest der Geschichte Nachbar Millners in meinem folgenden Briefe: und sollte er im Ernst so lang werden, wie ein Bändchen von Jüngers neuesten Romanen vom Herrn Unger gedrukt —

Theodor an Ferdinand.
Vierter Brief.

Ich danke Dir, lieber Ferdinand, für Deine Ermahnungen in Ansehung meiner ehemaligen Lebensweise. Du führst mir Millners Beyspiel fürchterlich zu Gemüthe. Ich danke Dir dafür, obschon Deine Vorstellungen zu spät kommen: denn ich habe

Bb 2

meine Einrichtung schon ganz abgeändert.
Ich gehe viel, speise wenig, fliehe die Ar-
zeneyen, bin sehr früh auf, um mir für
den Abend Schlaf zu schaffen u. s. w. Vornehmlich hüte ich mich vor der Arbeit, die
ich sonst, wie Du weißt, über alles liebte — vor Arbeit, welche die Phantasie düster
aufwühlt, vermittelst derselben alle Kräfte
des Geistes und die feinsten des Körpers
aufs höchste schraubt, und so die Lebens-
kraft verzehrt. O wahrlich, unter hundert
Lesern, welche man auf solche Weise unterhält, denkt wohl kaum Einer daran, daß
das, was ihm jezt Vergnügen schafft, des
Verfassers Herzblut aufsekte; daß die Rose,
die ihm in den Schoos geworfen wird, die
Hand zerriß, welche sie brach und ihm zu-
warf. Wären dergleichen Dinge nothwendig und entscheidend für die Vervollkomm-
nung und das Wohl meiner Brüder, so
würde ich auf mich keine Rüksicht nehmen,
sondern mich freuen und stolz seyn, ein Opfer für sie werden zu können, und eben

darum werden zu müſſen. Aber daß jenes
ſo ſey, begreif' ich nicht; folglich, daß dieſes ſo ſeyn ſolle, noch weniger — —

Doch ich habe Dir den Reſt der Geſchichte Millners verſprochen. Ich muß
kürzer ſeyn, als bisher, wenn ich ſoll Wort
halten können. Er mag wieder ſelbſt ſprechen. Unſere kleinen Zwiſchenreden kann
ich aber nun faſt ganz weglaſſen, da Du ſeine Manier kennen. Er fuhr alſo in ſeiner
Erzählung ſo fort:

Mein erſter Gang war zu dem wackern
Profeſſor Z—, der mich in die jetzt verlaſſe-
ne Stelle gebracht hatte. Er machte ſich
Vorwürfe, daß er ſich damals um die nähern Verhältniſſe nicht bekümmert, ſondern
dem allgemeinen Rufe, dem allgemeinen
Lobpreiſen getrauet hätte —

Es iſt doch wahr,

ſagte er;

das Hauptmittel, um, vornehmlich durch
ſogenannte Weltleute, gerühmt, geprie-
ſen, verherrlicht, vergöttert zu wer-

den, ist: gieb viel und gut zu essen und
zu trinken! —

Und das ist sehr wahr, und wahrlich eben so
traurig. Wer nicht Erfahrung, auch in
dieser Sache hat, der muß unglaublich finden, was man doch alle Tage sehen kann.
Ich gestehe, daß ich mir diese ungeheure
Macht, die das Vergnügen des Essens und
Trinkens über die Menschen ausübt, kaum
zu erklären weiß.

„Lieber Nachbar — Ich habe dabey im-
„mer überlegt —

sagte ich;

„wie jedes Vergnügen uns an sich ziehet,
„und, je öfter es genossen wird, eine
„desto größere Macht über uns gewinnet,
„so daß es dem Sinnlichen zu seiner Glük-
„seligkeit, ja zu seiner Existenz unent-
„behrlich scheint; ich habe daran gedacht,
„daß dies bey den Vergnügungen, die
„uns gar keine Anstrengung kosten, noch
„ganz besonders der Fall ist; ich habe
„mich erinnert der großen Mannichfal-

„tigkeit der Nahrungsmittel, mithin der
„Leichtigkeit, ungemeine Abwechselung und
„Neuheit bey diesem Vergnügen sich zu
„verschaffen — um von geistigen Geträn-
„ken und deren eigenen Wirkungen und
„Reizen noch gar nicht zu sprechen" und
„da ist mir jene Macht nicht unerklärlich,
„obgleich immer sehr traurig vorge-
„kommen" —

Wir schwazten noch allerley hierüber. Dann
erzählte er weiter:

Mein lieber Professor machte sichs zur
Pflicht, das Uebel, an welchem er, wie er
sagte, Schuld sey, nach Möglichkeit zu verbessern. Mit meiner Gesundheit machte er
den Anfang. Er war einer von den Aerz-
ten, welche, Gott sey Dank, jezt nicht
mehr so selten sind, als vormals — die nicht
nur frey sind von der ehemals so allgemeinen Arzeneywuth, sondern sich mehr einer
Arzeneyscheu nähern. Sein Hauptmittel
war strenge Diät — körperliche und geisti-

ge. *) Um ruhig und ohne drückende Sorgen leben zu können, brachte er mich vor der
Hand in die Uebersetzungsfabrik, welche
unter der Aufsicht des Hofrath M — damals blühete.

Nach Verlauf eines Halbjahrs wurde
ich von meinem Uebel ziemlich, und bald
darauf ganz frey. Bey meiner Arbeit ums
Tagelohn betrieb ich meine theologischen

---

*) Wann wird die Zeit kommen, wo wir von
einem Manne, welcher zugleich denkender Arzt,
praktischer Philosoph, erfahrner Menschenkenner,
Mann von Welt und guter Schriftsteller ist — eine
„geistige Diät" erhalten? Bey den jezt sich immer weiter ausdehnenden Wissenschaften; bey der
jezt so reizenden Tiefe, in welcher sie begründet, so
reizenden Höhe, zu welcher sie aufgeführt werden
— wird ein solches Werk immer dringenderes Bedürfnis, immer größere Wohlthat. Denn wahrlich, der denkende und selbstständige Mann gewöhnt
wohl seinen Magen leicht an Mäßigkeit: aber schwer,
sehr schwer seinen Geist. Was würde selbst eines
Hufelands Kunst das menschliche Leben — nur zu
verlängern, gegen eine solche Anweisung seyn? —

Wiſſenſchaften eifrig, und glaubte durch ſie
mir ein feſtes Brod zu verſchaffen. Aber das
gelang mir nicht. Ich war bey den Herren in einen Geruch der Ketzerey gekommen — vielleicht durch meinen farbigen Rock
und runden Hut: ich fand alle Wege zu dieſem Ziel in meinem den Obſcurantismus begünſtigenden Vaterlande verſperret.

Endlich erfuhr ich, daß die Stelle eines
Profeſſors der Philoſophie und Moral an
dem — ter Gymnaſium offen ſey; hielt an,
und bekam ſie durch die Bemühungen meines thätigen Freundes. Meine Freude
war groß. Meine Phantaſie hatte Raum
genug, ſich hier ein hohes Glück, dem ich
entgegenginge, zu träumen. Der Aufenthalt an einem der ſchönſten Orte Deutſchlands, an einem Orte, wo die Kunſt mit
der Natur wetteiferte, dem Menſchen von
Geſchmack und Gefühl ſein Leben zu verſüßen;
der Umgang mit lauter gebildeten jungen
Leuten; die Kollegenſchaft mit ſo manchem
anerkannt gelehrten und wackern Manne;

der ansehnliche Gehalt und der nicht unbe-
trächtliche Rang, welche mit dieser Stelle
verbunden waren; die Aussicht, so viel Gutes für meine Brüder zu schaffen, weil
meine Schüler sämmtlich aus den feinen,
viele aus sehr vornehmen Ständen waren —: das alles war mehr, als ich mir
zu wünschen gewagt hatte.

Mein Fürst, dessen Liebhaberey bekanntlich die Erhaltung dieser hohen Schule in
Glanz und Ruhm war, und der große Summen darauf verwendete, nahm mich sehr
gnädig, die meisten meiner Kollegen sehr
freundschaftlich auf. Ich arbeitete in meinen Lieblingsfächern; ich arbeitete mit Lust,
mit Feuer: alles ging trefflich —.

„Endlich einmal —

rief August;

„endlich einmal kamen Sie in eine wür-
„dige und glückliche Lage!“ —

„Ach ja —

antwortete Millner lächelnd;

„meine Lage war wohl gut: aber‟ — —

„Doch nicht ganz gut — wie alles in
„der Welt!‟ —

fiel August böse ein —

„Hören Sie nur weiter!‟

sagte Millner noch freundlicher.

Ich hatte Empfehlung an ein angesehe-
nes Kaufmannshaus in meinem jetzigen
Wohnorte. Ich ward sehr gütig aufge-
nommen, nach näherer Bekanntschaft äuf-
serst freundschaftlich behandelt. Die Familie bestand aus dem sehr verständigen würdigen Vater und einer einzigen erwachsenen
Tochter. Diese war eins der schönsten Mädchen, die ich je gesehen, und in jedem Betracht ein vortreffliches Frauenzimmer.
Ich war sehr oft in diesem Hause, und
brachte meine schönsten Freystunden dazu.

Nach dem ersten Halbjahre meines Auf-
enthalts in — t, besuchte mich einmal der

Direktor unſers Inſtituts — ein Hofmann,
der aber Gelehrſamkeit, Rechtſchaffenheit,
und viel Freundſchaft für mich hatte. Er
war von Adel — das muß ich noch erwähnen. Wir ſprachen anfänglich von gleichgültigen Dingen, von Vorfällen in der
Stadt, am Hofe u. d. gl. Endlich fing er
behutſam an:

Sie ſind ſehr oft bey U — 's Ich kenne
ſie als vortreffliche Leütchen —

Dann kennen Sie ſie recht —

Aber ich riethe Ihnen doch nicht, ſo oft
da zu ſeyn —

Warum nicht, Herr Direktor? Sollte
ihr Ruf — ? —

Er iſt der beſte — Aber — es giebt gewiſſe Dinge, über welche ich nie ſpre-
che — — Ich wiederhole nur meinen
Rath — —

Ich zweifle nicht an Ihrer Freundſchaft
für mich —

sagte ich befremdet;

aber so ganz ohne Gründe —! Vielleicht glauben Sie, die Leute in der Stadt möchten eine Liebeley vermuthen, und das könnte dem Mädchen schaden? —

Die Leute in der Stadt —? Ach nein — wenigstens denke ich daran nicht — —

Es wird mir schwer werden, so Ihren Rath zu befolgen — Ich würde überdies diese würdige Familie, die sich wirklich um mich Fremdling verdient gemacht hat, beleidigen — —

Man kann sich ja nach und nach zurük-ziehen, ohne zu beleidigen —

Und so ohne Ursache — ? —

Verdoppeln Sie Ihre Aufmerksamkeit auf alles, was vorgehet — ich sage, auf alles: vielleicht werden Sie Ur-sache finden — —

Ich ward immer mehr befremdet. Ich theilte ihm noch mehr Vermuthungen mit:

er wieß sie alle als unstatthaft von sich.
Ich drang mehr in ihn: da brach er ab,
und ging bald weg. Beym Fortgehen
drükte er mir die Hand und sagte noch ganz
leise:

Vergessen Sie nie, daß wir von einem
Hofe abhängen! —

Ich ging wieder zu U — 's, gab wirklich
auf alles scharf Achtung, und bemerkte in
der That, daß seit einiger Zeit ein geheimer
Kummer Vater und Tochter beunruhigte,
und daß besonders die leztere, weit öfter
als sonst, einsam und traurig war. Ich
gerieth auf allerley Vermuthungen: fänd
aber bey genauerer Untersuchung und Ab-
wägung der Umstände nicht eine einzige bestätigt, oder nur wahrscheinlich.

Jezt fiel der Geburtstag des Fürsten ein.
Es war Sitte, daß an diesem Tage der
Fürst öffentliche und förmliche Gratulatio-
nen annahm, und auch der Direktor des
Gymnasiums in dieser Abßicht erschien.

Der Direktor war krank, und trug mir auf, seine Stelle zu vertreten, da die übrigen obersten Lehrer sich entschuldigt hatten und ich ja überdies auch Professor der Beredsamkeit war. Er versicherte mich auch noch, daß er darum angefragt, und daß man es gut gefunden habe.

Ich erschien unter der Menge der Gratulanten. Der Fürst kam aus den hintern Zimmern mit seinem Günstling, dem geheimen Rath von R—: einer fürchterlichen Physiognomie, vor welcher ich mich, ohne zu wissen warum, vom ersten Anblick an gefürchtet hatte. Der Fürst sprach mit jedem der Anwesenden einige freundliche Worte. Jetzt kam er an mich, der ganz am Ende der Reihe stand.

Sobald er mich erblikte, strekte er seine lange furchtbare Figur militairisch; seine dicken Augenbraunen zogen sich zusammen, er suchte mich mit einem starren funkelnden Blick zu zermalmen, oder wenigstens ganz

auſſer Faſſung zu bringen. Das erſte gelang ihm nicht, das zweyte nicht ganz.
Ich fing an zu ſprechen. Da kehrte er ſich
um, und wendete mir, ohne ein Wort zu ſagen oder mich nur anzuhören, mit der här-
teſten Verachtung den Rücken zu. Nun
ſtand ich wie vernichtet. Alle Augen waren
erſchrocken nach mir gekehrt. Es herrſchte
eine Todenſtille in der Verſammlung. Der
Fürſt ging ſchweigend, mit feſtem militairi-
ſchen Schritt den Saal hinauf, dann wieder herab; ſprach nun etwas gemäßigter
mit den meiſten aus der Verſammlung, und
ging dann in ſeine Zimmer zurück.

Ich ſtand noch immer in ſchreklicher Be-
täubung. Da trat der geheime Rath von
R — zu mir. Mit dem zurükſtoßendſten
Uebermuth in der Gebehrde und mit dem
Ton der niedrigſten Verachtung gegen mich
ſagte er ziemlich laut:

Wie kommen Sie hieher?
Ich wollte antworten; aber ohne dies zuzu-
laſſen ſagte er nun ſehr laut:

Wiſſen Sie nicht, daß hieher nur Perſonen
von Rang gehören? —

Wie ein Dolch fuhr mir dies durchs Herz.
Er kehrte mir ſchnell den Rücken zu und
folgte dem Fürſten in deſſen Zimmer.

„Und Sie hielten den Menſchen nicht
„beym Ermel feſt? und ließen ihn ohne
„die gehörige Antwort ziehen?“
rief ich.

Wie hätte ich zu der Faſſung kommen ſollen in ſolcher Ueberraſchung?
ſagte Nachbar Millner —

Der Menſch hatte auf meine Schwäche
gerechnet, und ſeine Rechnung betrog ihn
nicht. Und — hören Sie: es war gut,
daß ſie ihn nicht betrog. Denn Beſſerung
— daran iſt bey ſolchen Leuten wohl nicht
zu denken; und für mich —— Doch laſſen Sie mich nur weiter erzählen: Sie
werden mir recht geben.

Ich zitterte, wie im Fieberfroſt. Meine
Augen waren voll Thränen der Erbitterung.
Die Verſammleten gingen ſtill und ſchüch-

tern weg. Ich kannte mehrere davon, wollte mich an sie wenden: alle wichen mir aus und zogen sich mit Höflichkeit zurück.

Ich eilte zum Direktor. Der Mann war aber so krank, daß ich mir ein Gewissen daraus machte, ihn mit meiner Neuigkeit zu ängstigen. Doch bestätigte er mir noch einmal, daß der geheime Rath und folglich der Fürst — seine Krankheit gewußt, und wegen meiner Erscheinung an seiner Stelle er beym Hofmarschalamte angefragt habe.

Also sollte Dichs zermalmen — dachte ich. Aber warum? was hast Du denn verbrochen? Das war mir noch ganz unbegreiflich.

Ich mußte Licht haben und ging zum Gardehauptmann von S——der, gewisser Verbindungen wegen, in großem Ansehen stand, von Einfluß war, und mit dessen Sohne, einem meiner fähigsten Schüler, ich mir, außer meinen gewöhnlichen Stunden, unentgeldlich alle ersinnliche Mühe gegeben hatte. Der Herr Hauptmann ließ sich verleugnen. Ich ging zu dessen Schwager, dem Referendar von P— Dieser ließ sich gern für eine Art Hofpoeten ansehen. Ich hatte ihm vor kurzem den Text zu einer Kantate für eine Hoffeyerlichkeit gemacht; er hatte die Arbeit für die seinige ausgegeben, und dafür jährlich zweyhundert Thaler Gehaltszulage bekommen — Auch dieser war für mich nicht zu Hause.

Nun wußte ich Niemand mehr, als meinen redlichen Freund U— Ich ging zu ihm und traf ihn allein. Ich erzählte ihm den ganzen Vorfall. Er hörte mir zu — erst nur aufmerksam, dann immer mehr ergriffen; und als ich beschloß, sahe er gen Himmel, seufzte wüthend auf, stampfte mit dem Fuß, ballete die Hände —

Erzeigen Sie mir die Freundschaft, und helfen Sie mir die Ursachen aufsuchen — sagte ich. Er ging heftig und düster schweigend die Stube auf und ab. Endlich blieb

er auf einmal fest vor mir stehen und be-
dekte das Gesicht mit den Händen —

Ja, es ist so! es ist so! so ist alles klar!
Unglüklicher Freund — wir, wir sind
die Ursache! —

Ich stand erstarret. Er öffnete die Thür
nach dem andern Zimmer, wo seine Tochter
an Stikrahmen saß —

Mein Kind,

sagte er etwas gemäßigter zu ihr;

war's nicht der Professor Mißner, von
dem der geheime Rath neulich so sonderbar zu Dir sprach? —

Das arme Mädchen fuhr schreklich zusammen; glühende Röthe und dann wieder
Todenblässe verbreitete sich über ihr Gesicht; schweigend sank sie dem Vater an
die Brust.

Nun so ist's gewiß —! Sie sollen alles, alles wissen, Freund! —

Die Tochter umklammerte ihn ängstlicher —

Sey ruhig, mein Kind —

sagte er;

Dir kann das nicht schaden. Was
kann die Lilie dafür, wenn Geschmeiß
— — O Gott, ich kann nicht ausreden! Nun ja — Dir schadet's nicht,
und diesem redlichen Mann da, der um
Deinetwillen leidet, kann's nützen. Sey
also ruhig — —

Er sezte sie sanft aufs Sopha, und nahm
mich wieder in das andere Zimmer, wo
wir allein waren.

Hören Sie mich, und mit aller Aufmerksamkeit —

sagte er.

Seine Durchlaucht, unser gnädigster
Herr, haben vor etwa zwölf Wochen
in einem langweiligen Stündchen während des Gottesdienstes — den Diesel-

ben bekanntlich sehr oft besuchen —
meiner Tochter die Gnade erzeigt, sie
anzusehen und — begehrenswerth zu
finden. Wir ahnden natürlicher Weise
nichts davon. Kurze Zeit darauf giebt
der geheime Rath von R—, zum hohen Namensfeste Seiner Durchlaucht,
Illumination und großen Ball in seinem Garten. Meine Tochter wird, wie
schon oft bey ähnlichen Gelegenheiten
geschehen war, eingeladen. Sie erscheint mit mehrern ihrer Freundinnen,
ohne die geringste Vermuthung von etwas Besonderm. Um dem Wirth seine
Dankbarkeit zu zeigen, erscheint unser
gnädigster Herr selbst ein Stündchen,
als Zuschauer; um seine Erkenntlichkeit
für diese Dankbarkeit an den Tag zu
legen, sorgt der geheime Rath dafür,
daß Dieselben meiner Tochter unbemerkt
einige, in solchem Munde sehr bedeu-
tende Artigkeiten sagen können. Schüchternheit und jungfräuliche Beschämung

halten mein Kind ab, sich mir sogleich
zu vertrauen — das ist das Einzige,
was ich ihm vorwerfen könnte. Den
folgenden Sonntag war ich zu einem
Freunde aufs Land gefahren; meine
Tochter war, wie gewöhnlich, in der
Kirche, und beym Ende des Gottesdienstes war plötzlich ein solches Regen-
wetter eingefallen, daß sie zu Füße
nicht nach Hause konnte. Da ich unsern Wagen hatte, wollte sie eben eine
Bekannte um einen Platz in dem ihrigen ersuchen, als der geheime Rath von
R — an ihrer Seite war, und nicht nach-
ließ, bis sie ihm, um nicht öffentlich Aufsehen zu machen, verstattete, sie in seinem Wagen nach Hause zu bringen. Unter Weges war er die Artigkeit und Gefälligkeit selbst, und erwähnte kein Wort
von dem, was neulich vorgefallen war.
Da er aber sehr gut wußte, daß ich nicht
zu Hause war, drang er sich ihr auf und
begleitete sie in ihr Zimmer. Hier kam

er denn auf unſern gnädigſten Herrn zu
ſprechen, erhob erſt dieſe und jene her-
vorſtechende Vollkommenheit an ihm, ſez-
te dann dieſe Einzelnheiten zu einem Ganzen zuſammen und erhob dies gen Himmel; beklagte nun ſein Loos, mit einer
Dame verbunden zu ſeyn (Sie kennen
unſre würdige Fürſtin —!) deren Gefühle mit den ſeinigen durchaus nicht
ſympathiſieren könnten; und lenkte nun
ein auf die Vermehrung ſeines Unglüks,
indem endlich ſein Herz ſich in Zärtlichkeit fixiert hätte, in unausſprechlicher
Zärtlichkeit gegen eine gewiſſe — eine
gewiſſe —, welche aber eben ſo wohl
das Abſtrakt der Schönheit und des Lieb-
reizes, als der Kälte und Härte ſey —
— Meine Tochter hörte mit Angſt und
Beſchämung, verbat ſich die Fortſezung
dieſes Geſprächs; aber Leute mit ſolcher
ledernen Stirn ſind nicht ſo leicht geſtört.
Er fuhr deſto lebhafter, dringender fort;
hat, beſchwor in den feinſten Wendun-

gen', schilderte die glänzendste Zukunft,
machte die Vorurtheile des Pöbels (wie
er's nannte) lächerlich — Mein Kind
stieß ihn sammt seinen schändlichen An-
trägen mit Entsetzen und Abscheu von
sich, und erklärte mit aller Festigkeit der
gekränkten Unschuld: sie werde ihrem
Mädchen klingeln. Der Mensch ließ
noch nicht ab: und nun riß sie mit Gewalt in die Klingel. Da empfahl er sich
denn zu Gnaden. Den vornehmen Liebhaber mochte die Neuheit oder wenigstens
Seltenheit dieses Betragens lüsterner
machen, der geheime Rath mußte auf
zehnerley andern Wegen Versuche anstel-
len. Meine Tochter hatte aber jetzt sich
mir anvertrauet: wir verlachten seine
Unternehmungen und vereitelten sie. Jetzt
konnte dieser elende Mensch, der die
Menschheit für Geschmeiß hält, daß der
Stärkere nach seinem Belieben um sich
her kriechen, flattern und summen lassen, oder zertreten kann; in dem allen

Sinn für, und aller Glaube an Tugend, besonders an weibliche, längst verdorret ist —
jezt konnte er sich ihr Widerstreben nicht
mehr anders, als aus einer frühern Liebe,
erklären.' Er durchlief die kleine Reihe uns-
ter nähern Bekannten, und fand, daß
Niemand sich zu einem solchen Liebhaber
qualificiere, als Sie — Sie, mein unglüklicher Freund. Reden Sie mir nicht
ein; es ist das nicht bloße Muthmaßung:
sondern vor vierzehn Tagen wußte er
meiner Tochter ein Billet so geschikt in
die Hände zu spielen, daß sie es lesen
mußte. Darin war seine Vermuthung
einer frühern Liebe gerade zu erklärt,
und dann auch Ihrer, obschon leicht hin-
geworfen, gedacht — —

Herr, was werden Sie thun?

rief ich und faßte erschüttert und ergrimmt
seine Hand.

Das will ich Ihnen sagen —
antwortete er;

Anfänglich dachte ich den Wünſchen meiner Tochter nachzugeben, und ſie zu einer Verwandten nach D — in —iſchen zu thun: aber nein, jezt will ichs nicht! Sie ſollen ſie ſehen in ihrer Schönheit und Blüthe, ſollen immer mehr gegen ſie entbrennen, und nie, nie ſie beſitzen —! Doch was Sie thun müſſen: darum thut's jezt noch mehr Noth zu fragen — Vorerſt: vermeiden Sie mein Haus — —

Wie? ich ſollte — —

Wollen Sie noch das Unglück über uns häufen, daß wir Sie Unſchuldigen um unſertwillen zertreten ſehen? Ich beſchwöre Sie: vermeiden Sie mein Haus. Und dann — geben Sie Ihre Stelle auf — —

Meine Stelle?

rief ich heftig —

ich, meine Stelle aufgeben, weil — ? Nimmermehr! Nimmermehr! —

Herr, es muß ſo ſeyn! O ich kenne dieſe

Menschen: sie sind unversöhnlich. Und
wenn sie auch in der Folge ihr Unrecht gegen Sie einsehen lernen: ach, armer
Mann, dann desto schlimmer für Sie!
Man wird Ihnen Ihre Stelle nehmen —, —

Wie? kann man mich abdanken, wie allenfalls einen Stallknecht? ohne Grund?
ohne Ursache? —

Ja, man kann's, und man wird's! Und
wenn man sich ja die Mühe nimmt Ursachen aufzusuchen —: kann es am Finden fehlen, wenn man so sucht? —

Ich bin treu in allen meinen Berufspflich-
ten; ich diene dem Staat, keinem einzelnen Menschen; dem Staat, durch Ver-
mittelung eines Einzelnen. Der Staat
kann mich verabschieden — — Ha, was
deklamier' ich denn hier herum? Ich bin
ja gefragt worden, wie ich diesen Vormittag dorthin gekommen bin, und habe
noch nicht geantwortet! Jetzt bin ich fä-

hig zu antworten — fähig und aufge-
legt! Lassen Sie mich, ich will hin — —

Um Gottes willen —

rief U — und hielt mich mit Gewalt zurück;

sind Sie von Sinnen? Denken Sie
denn gar nicht an Ihren Vorfahren vor
nicht gar langen Jahren, an unsern würdigen S—, der nun schon ins siebente
Jahr auf seiner Veste H— schmachtet?
dessen Schiksal Jedermann weiß, Jedermann bejammert, ohne helfen zu können? —

Das erschütterte mich, wie ein elektrischer
Schlag. Ich warf mich aufs Sopha. Endlich gelang es mir, zu einiger Fassung und
zu einem festen Entschluß zu kommen.

Ich will Ihr Haus verlassen, —

sagte ich;

dies soll mein Abschiedsbesuch seyn. Unsre Freundschaft wird dadurch nicht ge-

kränkt, nicht gestört werden. Aber meine
Stelle — so wahr Gott lebt, die gebe
ich nicht freywillig auf! Man soll mich
öffentlich abdanken, man soll mich her-
auswerfen: dann will ich gehen und öffentlich klagen, öffentlich die Menschheit
aufrufen! Leben Sie wohl! —

Ich ließ mich nicht halten und ging. Der
Entschluß stand unerschütterlich in meiner
Seele. Ich kam nicht mehr ins U—ische
Haus, und erfüllete alle Pflichten meines
Amtes mit der kleinlichsten Behutsamkeit,
Sorgfalt und Pünktlichkeit und mit erhö-
hetem Feuer, mit verdoppelter Lust! In
einigen Wochen fiel nichts vor, außer daß
ich eine gewisse Schüchternheit und Zurük-
gezogenheit bey allen meinen Bekannten,
welche die Hofluft zu beurtheilen verstanden
— bemerkte. Ich ließ mich das nicht an-
fechten.

Da der Direktor nun fast wieder hergestellt war, entdekte ich ihm meine Verhält-

nisse. Er wußte schon alles und erinnerte
mich an seine Warnung, wodurch ich das
Wetter hätte verhüten können. Ich verbarg
ihm den Rath U—'s nicht, aber auch nicht
meinen Entschluß.

Lieber Herr Professor —

sagte er;

als Ihr wahrer Freund rathe ich Ihnen
das nehmliche, was U — Ihnen gerathen
hat. Legen Sie Ihre Stelle unter irgend
einem schiklichen Vorwande nieder, entfernen Sie sich bald aus unſrer Gegend:
und ich getraue mich dann durchzusetzen,
daß Sie sogar eine kleine Pension ausge-
worfen bekommen sollen.

Nein,

sagte ich;

ich bin es nicht nur meiner Ehre, sondern
auch der Menschheit und der Würde der
Rechtschaffenheit schuldig, auf meinem
Posten zu bleiben, wo ich Gutes stiften
kann —

Er zuckte mit den Achseln, empfahl mir
wenigstens die größte Behutsamkeit, und
sprach dann von etwas Anderm.

Es war bey unsrer Anstalt die löbliche
Gewohnheit, daß zuweilen die höchste
Schulkommission unangemeldet die Lehrer
in ihren Unterrichtsstunden besuchte und zu-
hörte. Die weisen Stifter glaubten, daß
man dadurch Lehrer und Schüler genauer
kennen lernen; beyder Fleiß, der erstern
Methoden besser beobachten; beyde mehr
anfeuern; dem Lehrer mehr Würde geben
könnte — und was dergleichen gute Absichten mehr waren.

Diese Kommission erschien einige Zeit
darauf auch bey mir. Sie bestand aus dem
Beichtvater des Fürsten, zwey alten Konsi-
storialräthen, einigen sehr jugendlichen As-
sessoren, dem als Fanatiker bekannten Su-
perintendenten W — und dem Direktor.
An der Spitze hatte sie den geheimen Rath
von R —. Unter den vielen Aemtern, welche er in seiner Person vereinigte, war

nehmlich auch das eines Präsidenten des
Kollegiums des Schul- und Erziehungswe-
sens und aller milden Stiftungen im Lande
— Es waren zum Theil gute ehrliche Männer: aber ihre Systeme hatten sie, seitdem
sie ins Amt gekommen waren, abgeschlossen,
und ruheten nun auf ihren Heften aus,
überzeugt, daß, was nicht darin stand,
gefährliche Neuerung sey. Vom Erzie-
hungswesen verstand übrigens keiner, den
Direktor ausgenommen, ein Jota.

Es war gewöhnlich, daß der Lehrer in
seinem Vortrage fortfuhr, als wären sie
nicht da, und auch diese Einrichtung war
sehr brav. Ich befolgte sie. Ich hatte vom
Anfang meines Amtes an mir nur die
Hauptsätze und den Ideengang meiner Vorträge bey der Vorbereitung niedergeschrie-
ben, und dann darüber frey gesprochen: jezt
aber arbeitete ich alles wörtlich aus, und
mein Gedächtnis sezte mich ohne viele Mühe
in den Stand, die Vorträge auch ziemlich
wörtlich so zu halten.

I. Th.   D d

Ich sprach in dieser moralischen Stunde eben von der **Vaterlandsliebe.** Es gehört zur Sache, daß ich Ihnen einen Begriff von dem mache, was ich sagte; zuvor aber muß ich noch erwähnen, daß ich besonders angewiesen war, nicht etwa — wie man sagte — naturalistische, sondern christliche Moral zu lesen. Daß ich lauter erwachsene und gebildete junge Leute zu Zuhörern hatte, wissen Sie. Ich ging also überall den Weg, daß ich erst die Gesetze der praktischen Vernunft entwickelte, erläuterte; dann die Sätze des Christenthums darüber anführte, ihre Uebereinstimmung zeigte, und endlich die nun ganz erläuterten Materien auf die jetzigen und wahrscheinlichen künftigen Verhältnisse meiner Schüler anwendete, sie ihnen noch näher ans Herz legte, auch wohl einige hervorstechende Beyspiele aus der Geschichte beyfügte, um auch ihren Sinn zu fassen und dem Vortrage selbst mehr Leben zu geben.

Heute sezte ich folgende Punkte aus ein=
ander:

„Man muß einen genauen Unterschied
„machen zwischen zwey Dingen, welche
„beyde gemeiniglich Vaterlandsliebe ge=
„nannt werden. Das eine ist bloße blinde
„Anhänglichkeit an Grund und Boden,
„ein bloß sinnlicher Trieb, der meistens
„aus Unwissenheit und Trägheit entstehet,
„für den Staat zwar allerdings manches
„Wichtige und Nüzliche haben kann, aber
„als vorher blinder Trieb an sich nichts
„Moralisches hat. Von diesem ist hier
„also nicht die Rede. Aber es giebt auch
„eine andere edlere Vaterlandsliebe"— —

Ich schilderte sie, und fuhr dann fort:

„Diese ist, meines Erachtens, eine be=
„sondere Richtung der allgemeinen Men=
„schenliebe und des edlen G e m e i n g e i=
„s t e s, das heißt: der Fertigkeit und
„Gewohnheit, sich selbst immer als einen
„Theil eines großen innig verbundenen

„Ganzen zu betrachten, sich deshalb für
„das Beste dieses Ganzen lebhaft zu in-
„teressieren, die gemeinschaftlichen An-
„gelegenheiten heilig zu halten, seine
„Handlungen aus dem Gesichtspunkte
„des gemeinen Besten zu betrachten und
„abzuwägen, und sie auf diesen Zweck zu
„richten. Diese Art zu denken und zu
„handeln — dieser Gemeingeist wird nun
„aber, wegen der Beschränkung unsrer
„Natur, wegen unsers Unvermögens,
„uns über das ganze menschliche Ge-
„schlecht auszubreiten, auf diejenige b e -
„s o n d e r e G e s e l l s c h a f t, auf diejenige
„bürgerliche Verbindung, deren Mitglie-
„der wir sind und die wir das Vaterland
„nennen, angewendet, und diese ist eben
„die Vaterlandsliebe im edlern Sinn.
„Hier ist Freyheit: hier ist folglich Mo-
„ralität und Tugend“ — —

Ich führte das weiter aus. Dann sezte ich
hinzu:

„Aber es fällt in die Augen, daß, wenn

„Vaterlandsliebe das ist, ihr Gegen-
„stand — das Vaterland — auch wirk-
„lich ein liebenswürdiger Gegenstand,
„nach seiner Beschaffenheit, Kultur, Re-
„gierungsart u. s. w. seyn muß" — —.
Nun kam ich auf die Meynung des Christenthums über diese Pflicht. Ich sagte, es
scheine allerdings, als ob das Christenthum
der Vaterlandsliebe nicht günstig sey, weil
der Urheber desselben und dessen Freunde
sie niemals ausdrüflich anbeföhlen, sondern
nur immer auf allgemeine Menschenliebe und den vorhin erklärten Gemeingeist.
drängen. Es könnte dies befremden, sagte
ich; aber nur auf den ersten Anblick. Ich
erläuterte nun aus der Geschichte, wie weise
der Stifter dieser Religion hier gehandelt,
indem er es mit einem Volke zu thun gehabt
hätte, das gerade an National-Stolz und
Uebermuth, an fanatischer Wuth für sein
Vaterland und dessen eingebildete Vorrechte
— krank gewesen wäre u. s. w.
„Allerdings, sagte ich, kann der fana-

„tische, ausschließende Eifer für's Vater-
„land auf traurige Abwege leiten; oder
„vielmehr, er ist selbst ein trauriger Ab-
„weg" —

Ich bewieß das durch die Beyspiele der Juden und Römer aus alten, der Engländer,
aus unsern Zeiten, und meynte, Jesus habe
also auch der Sache nach, da seine
Moral die reinste seyn sollte, immer das
Reinste und Höchste beabsichtigen müssen;
und es sey allerdings die Erweiterung der
Liebe auf alle Brüder mehr, als die Einen-
gung derselben auf die Mitbürger u. s. w.
Endlich beschloß ich mit der Empfehlung
der „brüderlichen Liebe in der allgemeinen" — wie das Christenthum ge-
biete, und machte meine jungen Leutchen
vornehmlich auf die Verbindlichkeiten aufmerksam, welche sie gegen ihr Vaterland
hätten, und welche sie nicht genöthigt wären
ärmselig von dem Grunde herzunehmen, daß
sie da gebohren — sondern däher, daß sie da
erzögen, und so erzogen wären u. s. w.

Die Glocke hätte geschlagen: ich beschlöß. Es war gewöhnlich, daß, während sich die jungen Leute entferneten, die Kommiſſion zu dem Lehrer trat, und mit ihm das in den Geſetzen anbefohlne Geſpräch über das Vorgetragene anfing. Die Herren traten aber vor sich zuſammen und ließen mich allein in der Entfernung ſtehen. Der Direktor war in Verlegenheit; er ſchwankte, wollte zu mir: da er aber alle vor sich zuſammentreten ſahe, trat auch er hinzu. Das lezte that mir wehe — ſehr wehe. Indeß wartete ich die Sache ab und blätterte in einem Buche.

Jezt waren die jungen Leute alle fort: da öffnete sich der Kreis, der geheime Rath von R — trat aus der Mitte deſſelben heraus und ging ſtolz auf mich zu. Die Andern folgten langſam.

Haben Sie dieſen Vortrag aufgeſchrieben?

redete mich der geheime Rath an —

Allerdings, Ew. Exzellenz —

Wörtlich — ?

Ja — !

Reichen Sie ihn heute noch schriftlich beym geistlichen Departement ein —

Sehr gern —

Und geben Sie mir vor dieser würdigen Versammlung, vor Gott und vor Ihrem Gewissen Wort und Handschlag, daß sie ihn unverändert einreichen wollen —

Ich gab beydes, und drükte beym Handschlag dem Menschen die von Wollust abgezehrte, falbe, knöcherne Todenhand so, daß ich ein leichtes Zucken des Schmerzes auf seinem Gesicht entdekte.

Jezt sahe ich, was hereinbrechen würde, und war in der Stimmung, es festen Fußes zu erwarten. Ich war nicht lange nach Hause, so empfing ich ein Billet vom Direktor, worin er mich bat, sogleich zu ihm

zu kommen. Ich fand ihn in großer Verlegenheit —

Sie werden unwillig auf mich seyn,
sagte er;

Sie werden an der Redlichkeit meines
Charakters zweifeln — —

Ich leugne es nicht: Sie thaten mir
wehe!

antwortete ich. Er faßte meine Hand fest,
zog mich an die Seitenthür, und öffnete
diese.

Hier ist meine Entschuldigung —
sagte er mit Thränen im Auge. Seine lie-
benswürdige Gattin saß da bey der Arbeit,
und fünf Kinder waren um sie her. Ich
war erschüttert, fiel schweigend um seinen
Hals, und des Vorfalls ward nicht weiter
gedacht. Er sagte:

Jezt aber legen Sie Ihre Stelle nieder —
ich bitte, ich beschwöre Sie! —

Ich blieb fest und standhaft, nicht von meinem Posten zu weichen, bis man mich mit
Gewalt davon entfernete. Alle Bemühun-

gen des Direktors, mich auf andere Gedan=
ken zu bringen, waren vergebens; und ich
freue mich noch jezt, daß sie es waren.

Ich reichte meinen Vortrag ein. Drey
Tage darauf wurde ich vor das höchste geist=
liche Gericht gefordert. Die Herren von
der Schulkömmission waren sämmtlich Mit=
glieder. Um sich die Sache zu erleichtern
und bequemer zu machen, hatte man aus
meinem Aufsatz dreyzehn Sätze gezogen —
freylich ganz außer dem Zusammenhange.
Diese Sätze legte man mir vor, und fragte
mich, ob das mein Glaube und meine Lehre
wäre. Ich drang auf Untersuchung und
genaue Bestimmung derselben aus dem Zu=
sammenhange: darauf ließ man sich aber
durchaus nicht ein, sondern wiederholte im=
mer und immer wieder jene Frage. End=
lich antwortete ich:

Ja: aber in dem Sinn, welchen der Zu=
sammenhang erklärt —

Man schrieb mein Ja nieder, aber wahr=

ſcheinlich ohne den Zuſatz. Und nun las man
mir das ſchon fertige Urtheil vor:

Es ſey aus dieſem Vortrage nicht nur
ſichtbar, ſondern unleugbar, daß ich gerade zu (re ipſa) Naturaliſt, Deiſt, So-
zinianer; wie nicht weniger Vaterlands-
feind, Friedensſtörer, Demagog, Anarchiſt,
folglich gleichgefährlich für Staat und
Kirche, am allergefährlichſten und verfüh-
reriſch für die Jugend; daß ich mittelbar
(per conſequentias) Humiſt, Voltairia-
ner, Spinoziſt, Atheiſt; daß ich deshalb
ſogleich meines Amtes zu entſetzen und in-
nerhalb drey Tagen zur Meidung des Lan-
des anzuhalten; daß endlich nur die ganz
beſondere Gnade des Fürſten in dieſer
Entſcheidung die geringſte Aenderung zu
bewirken im Stande ſey. Und das von
Rechtswegen.

Ich appellierte und proteſtierte, drang auf
Beweiſe — die Herren ſtanden auf und das
Gericht war beſchloſſen.

Es war fast Abend. Ich ging nach Hause,
fest entschlossen, morgen Vormittag Seiner
Durchlaucht die Aufwartung zu machen, und
die erwähnte Gnade zu suchen! — Um
mein Haus herum schlichen Spürhunde der
Polizey. Kein einziger meiner Bekannten
und Freunde ließ sich bey mir sehen. In einigen Stunden erhielt ich schon das Urtheil
vom Fürsten unterzeichnet. Ein alter Mann,
mit eisgrauem Kopfe und ehrwürdigem Gesicht brachte es mir. Mit Bedeutung sagte er:

Sie werden die drey Tage nicht abwarten! —

Wahrscheinlich nicht —
antwortete ich;

aber morgen werde ich mich erst von Seiner Durchlaucht beurlauben —

Man wird Sie nicht vorlassen —

Man wird müssen —

Man wird Sie dann für einen Verräther,
Aufrührer ansehen —

Wir schwiegen eine Weile; dann sahe er mir
mit Festigkeit und Würde in die Augen —

Herr Professor — Sie wissen es, daß Sie
für die gute Sache nichts ausrich-
ten werden — Sie wissen es —! Für
sich, nur für sich wollen Sie also handeln; für einen elenden Ruhm! um vier
Wochen von sich sprechen zu lassen —!
So eigennützig, so kleinlich, so um einen
Schatten, um ein Nichts wollen Sie diese
schönen Kräfte, die Ihnen Gott gab,
wegwerfen, hinopfern —! Denn hinge-
opfert werden Sie — denken Sie an unsern S— auf seiner Veste H ——!

Er ging. Ich schauderte. Er hatte das
Geheimste in meiner Seele getroffen. Ih
überlegte nun, ob er recht hätte, ob ich vielleicht Nutzen schaffen könnte, wenn ich Opfer
würde, und fand, daß todte kalte Mauern
nicht schreyen —

Alter,

rief ich;

ich danke Dir! Ich will sobald als möglich abreisen! — —

Nun ehrlicher Nachbar —
rief hier August aus;
  „war auch das nicht ganz schlimm, wie
  „alles in der Welt?"

Ja, mein Herr —
rief Millner mit Begeisterung;
  auch das war nicht ganz schlimm. Ich
  brauche Ihnen nicht erst anzuführen, wie
  wichtig es ist, auch solche Individuen unter jenen Ständen, auch solche Verhältnisse der bürgerlichen Welt aus Erfahrung
  kennen zu lernen; wie viel solche Erfahrungen beytragen, um sich dann unter einer
  weisen, aufgeklärten und milden Regierung recht herzlich wohl zu befinden u.d.gl.

Aber das muß ich Ihnen sagen, daß, seitdem ich Beyfall erhielt, hervorgezogen war,
und unter Großen lebte, sich in mir eine
heimliche Begierde höher und immer höher
zu wollen entwickelt hatte; eine Begierde,

welche mich nicht nur verderben und unglük=
lich machen konnte, sondern mich schon
bis zu Verkleinerung einiger meiner Kollegen
in höherm Posten mit beschränktern Köpfen,
bis zum Planemachen durch reiche oder vor=
nehme Heyrath u. d. gl. verderbt hatte.
Das alles war von nun an nicht unterdrükt,
nicht darniedergeschlagen, sondern wegge=
tilgt für immer aus meiner Seele: Ich
sehnte mich seitdem nach nichts als nach sol=
cher Stille, Einschränkung und unbemerk=
ter Thätigkeit für das Wohl meiner Brüder,
als mir jezt zu Theil worden ist. So wirkte
dieser Schlag des Schiksals zu meiner Ver=
vollkommnung.

„Aber, armer Mann,

sagte ich;

„was für schrekliche Wirkungen muß
„diese Behandlung auf Ihren Geist und
„Körper gehabt haben, da Ihr Schiksal
„im Hause des Kommerzienraths, das
„doch kaum mit diesem zu vergleichen ist —
„von so traurigen Folgen für Sie war" —

„Ich hätte allerdings mehr als ein Mensch,
„oder weniger seyn müssen, wenn mich dieser
„Vorfall nicht hart angegriffen hätte —
antwortete Millner —

„Aber die Wirkung war mit jener doch
„kaum zu vergleichen. Und das konnte
„nicht anders seyn — schon vermöge der
„preiswürdigen Einrichtung unsrer Na-
„tur, nach welcher kein Mensch, bey ir-
„gend einem körperlichen oder geistigen
„Schmerz, der Aehnlichkeit hat mit einem
„schon erduldeten — das zweytemal daffel-
„be, in dem Grabe, empfinden kann,
„als das erstemal" —

„Weil jedes Leiden, jeder Schmerz, das
„Gefühlsvermögen zugleich abstumpft, es
„weniger reizbar und unfähiger macht —
„meynen Sie — ?"
sagte ich. Er antwortete:

„Allerdings. Aber das nicht allein. Neh-
„men Sie noch dazu, daß das Em-
„pfindlichste und Heftigste bey allen unsern
„Leiden — den körperlichen wie den gei-

„stigen — nicht in der Sache selbst, sondern
„in dem liegt, was unsre Phantasie hin-
„zuthut; daß aber diese durch jede Wirk-
„lichkeit für alle gleiche Fälle gleichsam
„gesättigt — wenigstens großen Theils ge-
„sättigt ist; ja daß diese Dichterin, wenn
„wir über die Jünglings- und allenfalls er-
„sten männlichen Jahre hinweg sind,
„schon altert, schnell altert, und, wie die
„Alten pflegen, schwerfälliger, weniger
„regsam, langsamer wird — Auch dürfen
„wir das nicht vergessen, daß je länger
„wir leben, desto mehr unsre Welt- und
„Menschenkenntnis wächset; wir also von
„den Menschen nicht mehr so viel erwar-
„ten; aus Erfahrungen, wenn auch nicht
„immer an uns selbst, doch an Andern
„gemacht, gleichsam schon auf Leiden al-
„ler Art wenigstens soweit vorbereitet sind,
„daß sie uns nicht etwa überraschen, wie
„in Knabenjahren —; und daß hier, wenn
„man einmal zum eignen Denken erwacht
„und in die männlichen Jahre getreten

I. Th.   E e

„ist, Ein Jahr schon so viel thut — —
„Das alles war nun jetzt mein Fall in sehr
„namhaften Grade: es konnte also
„dies Leiden mich nicht so zusammenwer-
„fen, wie jenes. Und nun noch eine
„Hauptsache: dort litt ich nicht ganz un-
„verschuldet — Ich hatte zwar das nicht
„verdient, was über mich erging, mußte
„mir aber doch wegen Unüberlegtheit,
„Unbehutsamkeit, Uebereilung Vorwürfe
„machen; mußte mir, nachdem ich mir
„jene Uebel zugezogen hatte, denken, wie
„ich sie hätte vermeiden können und
„sollen, ohne daß etwas Gutes unter-
„blieben, vielmehr daß dann mehr Gutes
„gestiftet worden wäre — Das, das wirft
„eigentlich am meisten danieder. Aber
„hier war das anders.) Hier hatte ich mei-
„ne Pflicht, nicht nur mit gutem Willen,
„sondern auch mit Ueberlegung, mit Fe-
„stigkeit, aus Ueberzeugung, daß es recht
„sey, vollbracht; hier konnte ich mir nach-
„her, der Hauptsache nach, nicht denken,

„wie ichs beſſer hätte machen können.
„Und das, das hält empor! Das giebt
„Muth, giebt Kraft! Das giebt einen
„Stolz, der ſiegen hilft und den Schmerz
„der Wunden ſtillet"—

Wir ſprachen noch Einiges hierüber, beſonders über die erſten hier angeführten Sätze,
und er brach in eine herzerhebende Lobprei-
ſung unſrer geiſtigen und körperlichen Natur,
und deſſen, der ſie uns gab, aus; dann erzählte er weiter.

Und nun hören Sie auch noch eine andere wohlthätige Wirkung dieſes meines Schik-
ſals für mein äußeres Glück. Der nachher
und beſonders in dieſen Tagen ſo berühmte
polniſche Graf J. P. hielt ſich damals mit
ſeiner Familie in meinem bisherigen Wohnorte auf — als Privatmann, wie es hieß,
eigentlich aber ſchon in geheimen Angelegenheiten der, einige Jahre hernach ausbrechen-
den Staatsveränderung in ſeinem Vaterlande. Ich hatte ſeinen liebenswürdigen
Kindern einige Privatſtunden gegeben. Er

erfuhr meine Geschichte und bot mir an, ihn
als Gesellschafter und gewissetmaßen als
Gouverneur seiner Kinder auf seiner bevor-
stehenden, nachher so wichtig gewordenen
Reise durch Pohlen nach Rußland zu begleiten. Er machte mir so würdige, ehrenvolle
Bedingungen, ich kannte ihn schon längst
als einen so edeln Mann, seine Kinder als
so liebe natürliche Geschöpfchen — daß ich
mich keinen Augenblick besann, sein Anerbie-
ten anzunehmen — —

August, der eifrige Politiker, spizte die
Ohren mit verdoppelter Aufmerksamkeit,
denn er glaubte hier Aufschluß über manches Ereignis unsrer Tage zu erhalten;
und wer weiß, was geschehen wäre,
wenn nicht eine Störung, an welche wir
gar nicht gedacht hatten und doch hätten
denken sollen — Nachbar Millnern unterbrochen hätte. Unser Kutscher kam
und meldete, daß Er und der Wagen rei-
sefertig sey. Wir sahen uns verlegen einander an. Der Mann mußte am be-

stimmten Tage zu Hause seyn, und hatte
die Pferde zu einer noch größern Reise
schon weiter versprochen. Mißner warf
sich ins Mittel, machte den Kutscher aufmerksam, daß er doch nicht jezt zwey Stunden vor Mittag ausfahren, sondern erst
die Mahlzeit bey ihm einnehmen und dann
lieber einige Stunden später in die Nacht
fahren sollte. Die Hoffnung, gut zu essen
und zu trinken ohne Bezahlung, hielt unsern Mann, und wir konnten wenigstens
noch folgenden Auszug aus dem Reste der
Geschichte unsers lieben Wirths mit auf
den Weg nehmen. Er fuhr ungefähr also fort —

Ich übergehe alle die kleinen und großen
Vorfälle auf unsrer zweyjährigen Reise —
(Hier sahe sich August um und schifte dem
weggehenden Kutscher noch ein gar böses
Gesicht nach). — Es ging mir im Ganzen
wohl — sehr wohl! — Bey unsrer Rükkehr
nach Warschau fingen die politischen Veränderungen Pohlens schon an, ziemlich of-

fentlich und laut vorbereitet zu werden. Wäre
Pohlen mein Vaterland gewesen, so würde
ich es für heilige Pflicht gehalten haben,
dort zu bleiben. Aber da mein biederer Graf,
indem er die Verhältnisse seiner Kinder ganz
änderte, mich nicht mehr brauchte; da ich
nichts Bedeutendes zum Wohl dieses Lan-
des zu thun im Stande war; da mich also
nichts Besonders dort festhielt und meine
ganze Seele sich nach Stille und Ruhe seh-
nete: so entschloß ich mich kurz und nahm
Abschied.

Ich hatte dem Grafen eben so wenig, als
er mir, um Geld gedient; ich hatte keinen
eigentlichen Gehalt genommen. Jezt drang
er mir tausend Dukaten auf, als das Geschenk eines Freundes — „Vielleicht als
Vermächtnis eines bald Sterben-
den" — sagte er ahndend in der Abschieds-
stunde. Unter diesen Umständen und bei
dem großen Reichthum der Familie machte
ich mir kein Bedenken, das Geld anzunehmen,

und seine Freude, es zu geben, war größer, als die meinige, es zu haben.

Ich wollte mit diesem Gelde in mein Vaterland zurückgehen und mich dort vorerst ankaufen.

„Aber —

Hier sahe er sehr freundlich seine Frau an. —

„es kam mir etwas drein —!‟

Sie drohete ihm scherzend mit dem Finger, und meynte — sie wolle nun gehen und den Tisch zu recht machen. Millner sahe der angenehm Erröthenden nach, an der Gartenecke kehrte auch sie sich noch einmal um, sie nikten einander freundlich zu, und nun fuhr Millner fort —

Ich hatte fast hundert Meilen ganz so zurückgelegt, wie ich mir's gedacht hatte: und das kleine Restchen, das mir noch bevorstand, warf alle meine Projekte um.

Auf meiner Reise durch ein chursächsisches Städtchen erinnerte ich mich eines alten Universitätsfreundes, der hier Pfarrer war. Da ich ohnedies eine Nacht im

Städtchen ausruhen wollte, besuchte ich ihn
des Abends. Der wackere Mann war auſ=
ſer ſich vor Freude, und das Schönſte bey
der Sache war, daß ich eben zum Kindtauf=
ſchmaus bey ihm kam. Er führte mich bey
der vermiſchten, aber recht muntern, artigen
Geſellſchaft ein; und, was noch ſchöner war,
die Leutchen waren eben dran, Plaß zu ma=
chen und ein Geſellſchaftsſpiel zu beginnen.
Ich nahm natürlicher Weiſe in meinem Rei=
ſerocke Theil, obgleich ich keinen einzigen
Gaſt kannte, und auch vor der Hand weder
Zeit noch Luſt hatte zu fragen.

Was ſpielen wir denn aber?

war die allgemeine Frage.

Wir haben ja Karolinchen heute hier —
rief eine weibliche Stimme;
die wird ſchon angeben! —

Ja, Karolinchen muß angeben!
Karolinchen muß angeben!
So wiederholten alle einſtimmig.
Warum denn gerade ich?

sagte ein niebliches, munteres Blondinchen
von etwa achtzehn Jahren.

Als Mamsell Gevatterin!
riefen sie. Das Mädchen gefiel mir außer-
ordentlich auf den ersten Anblick. Ich rief
frischweg mit:

Allerdings! Angeben —! Als Mamsell
Gevatterin! —

Gut denn —
sagte sie, ohne im geringsten sich zu zieren;

vor allen Dingen einen Plumsack! —

Und nun gab sie ein so drolliges Spiel an,
als ich in meinem Leben nicht gesehen hatte.
Alle konnten Theil nehmen, und alle thaten
es mit Freude. Ich gewiß nicht mit der geringsten! Besonders war es mir lieb zu bemerken, daß sie mir meine Schläge unbekannter Weise immer recht hübsch derb auf-
zählte.

Nach einigen Stunden machten die Alten Aufstand, „um der Frau Wöchnerin
Ruhe im Hause zu verschaffen“—, und wir

Jüngern mußten folgen, weil sie recht hatten. Auch ich griff nach meinem Hute —

Du wirst doch bey mir bleiben?

fragte mich mein lieber Wirth.

Nein, Freund —

sagte ich;

ich will Dir keine Unruhe machen, und schlafe im Hirsch: aber morgen früh bin ich wieder da.

Ich bat mir's bey Karolinchen aus, sie nach Hause begleiten zu dürfen. Sie sahe ein wenig verlegen auf einen unartigen Mosje, der halbschmollend und brummig da stand, und ihr Herr Mitgevatter war. Da der Unhold sich aber nicht nahen wollte, sagte sie:

Ey nun, da wir Einen Weg haben, nehm' ich's mit Dank an. Ich wohne nehmlich gleich neben dem Hirsch —

Wir drehten uns reichlich fünf Minuten an der Hausthür in Komplimentirerey herum, alsdann gingen wir zwey, allein seitwärts die Straße hinunter.

Es war mir wunderlich. Das Mädchen
gefiel mir so innig, und doch war mir's
leicht ums Herz. Ich hatte in der Gesellschaft gesehen, daß Karolinchen Munterkeit,
Witz, gute Laune hatte, daß sie allgemein
beliebt war, u. s. w.; in dem Gespräch unter Weges sahe ich, daß sie auch Verstand,
Kultur und Zartheit der Empfindung hatte.
Wir kamen an das Haus, sie klopfte, verab-
schiedete mich kurz aber freundlich, und ging
hinein.

Ich war jezt dreyßig Jahr alt, hatte
mich in dem Gewirre der Welt ziemlich umhergetrieben, war es — o so herzlich überdrüſ-
ſig, sehnte mich nach Ordnung und Häuslichkeit —: wie hätte es da an Gedanken an
ein gutes Weib fehlen können? Ueberdies
war es von jeher mein Grundsatz gewesen,
nicht spät zu heyrathen; je näher ich aber
jezt dem mir selbst gesezten Termine kam,
desto ängstlicher sehnte ich mich, meine Wünsche erfüllt zu sehen.

Es war noch nicht spät. Der Abend war schön. Ich konnte nicht auf meiner Stube bleiben. Vor der Hausthür lag ein Eckstein, ziemlich unter dem lezten Fenster von Karolinchens Hause. Darauf sezte ich mich.

Es ist denn doch ein herrliches Mädchen —

wiederholte ich mir immerfort, und fing an, ihre Vorzüge einzeln durchzugehen. Indem hörte ich in dem Zimmer, unter dessen Fensterladen ich saß, stark sprechen, und erkannte gar bald Karolinchens sehr erhobene und angestrengte Stimme. Ich konnte alle Worte verstehen. Pfuy, du mußt weggehen — sagte ich zu mir selbst; das wäre ja gar h o r ch e n! Nein — antwortete das Fleisch dem Geist — nicht horchen, sondern nur auf dem Stein sitzen und die Ohren nicht vorsätzlich verschließen. Ich bildete mir ein, die Sache sey erst noch zu überlegen, und fing einen Streit darüber mit mir selbst an. Er wurde aber ziemlich kalt und langsam geführt; so langsam, daß ich unter deſſen folgendes Geſpräch verſtanden hatte. —

Du biſt doch lange geblieben!
ſagte eine alte männliche Stimme, im langſamen, verdrüßlichen, nörgelnden Tone —

Seyn Sie nicht böſe —! Sehen Sie, es wollte ſich doch nicht ſchicken, daß ich zuerſt aufgebrochen wäre: denn die Andern hätten mich nicht allein gehen laſſen, und da hätte ich ſie in ihrer Freude geſtört —

So ſagte Karolinchen bittend, freundlich und ſehr laut. —

Hanchen iſt doch bey Ihnen geblieben? ſagte ſie in einer Weile —

Ach ja —
brummte die Stimme;

Aber Du, Karlchen, biſt doch viel beſſer! —

Ich will auch die ganze Woche nicht wieder ausgehen —
ſagte ſie;

und nun müssen Sie wieder gut seyn und
freundlich! Sehen Sie, ich bringe Ih-
nen da auch Etwas im Strikbeutel mit.
Ein Köstebischen von der neumodischen
Torte, die ich gestern dort gebacken habe.
Die Pastorin stekte mir's selbst zu —

So, mein Karlchen?

sprach die Stimme freundlich, und etwas
hastig sezte sie hinzu:

Gieb her, mein Karlchen! Laß sehen!
Nicht wahr. — Stärke nehmen sie dazu?
Sollte man's glauben — Stärke! Nun
laß mich versuchen! —

Da! da!

sagte das liebe Geschöpf;

und hier ist ein Messer! Nun will ich mich
zu Ihnen hersetzen und Ihnen erzählen,
was die Herren Neues aus den Zeitungen
gesprochen haben —

Nun, Karlchen? Nun?

sagte die Stimme noch hastiger.

Ich stand auf von meinem Steine, ich war innig gerührt, mein Herz schlug heftig; ich hatte keine Ruhe und mußte zu meinem Freunde zurück.

Er wunderte sich, mich wiederkommen zu sehen. Offenherzig erzählte ich, was vorgegangen war, und fragte:

Wer ist das Mädchen? —

Er war voll ihres Lobes. Sie hatte, wie ich vermuthet, mit ihrem alten Vater gesprochen, den der Schlag getroffen hatte, und dessen Verstand seitdem geschwächt, dessen Füße halbgelähmt, dessen Gehör halbbetäubt war; der mürrisch, verdrüßlich, übellaunig, nun schon ins dritte Jahr die rechtschaffne Tochter quälte, und von dieser dennoch mit der zärtlichsten Sorgsamkeit, mit Aufopferung fast alles Umgangs und aller Freuden ihrer jungen Jahre, oft mit Aufopferung ihres Schlafs und fast ihrer Gesundheit — geschont, gewartet, gepflegt wurde.

Der Vater war hier Diakonus,

fuhr mein Freund fort;

ist seines Unglüks wegen zur Ruhe gesezt, und beyde leben mit einer alten treuen Magd von der Hälfte der ohnedies ärmlichen Besoldung, und von dem, was die Tochter durch feine Arbeit verdient. Sie ist der Liebling aller, die sie kennen; wir erleichtern ihr ihr Schikfal so viel in unsern Kräften steht und mit Anstand geschehen kann; das Mädchen ist wahrlich die Krone des Städtchens — —

Und eine Krone, die mehr werth ist, als die dreyfache des heilgen Vaters —

sagte ich mit der lebhaftesten Herzlichkeit;

Wenn das Mädchen das für einen alten, schwachen, mürrischen, wunderlichen Vater ist: was würde sie für einen verständjigen, guten, geliebten Gatten seyn! —

Da ging meinem Freunde das Licht auf. Ich entdekte ihm meine Umstände, meinen

Plan für die Zukunft, und meinen Wunsch,
mit Karolinen näher bekannt zu seyn. Ich
war sehr bewegt. Es war nicht lodernde
verzehrende Gluth, was ich für Karolinen
empfand, aber erwärmende belebende Flamme. Es war eigentlich wohl nicht das, was
ich ehemals für meine theure Verstorbene gefühlt hatte — es war weniger stürmisch:
aber desto beglückender. Die Einbildungs-
kraft hatte weniger Theil hieran; aber desto
mehr das Herz.

Mein Freund versprach, wenn ich länger hier bleiben wollte, mit tausend Freuden mir zur nähern Bekanntschaft mit Karolinen förderlich zu seyn, und ich ging mit
inniger Freude zurück. Die Uhr schlug zehn.
Der Streit in meinem Gewissen über das
leidige Horchen war nun entschieden. Es
ist doch Horchen — war die Entscheidung.
Ich sahe den lieben Stein, vom Mondlicht
beschienen, eine Weile an, wollte mich aber
nicht setzen. Da hörte ich Gesang. Dem
konnte ich nicht widerstehen. Karoline sang

zur Harfe Gellerts Abendlied: Herr, der
du mir das Leben — dem Vater vor,
und dieser brummte leise nach).

Nie hat mich ein Gesang so gerührt.
Wie armselig und jämmerlich war die Wirkung aller Virtuosentriller, die ich in den
großen Opern zu Petersburg, Warschau
u. s. w. gehört hatte, gegen die Empfindung, in welche dieser einfache, sanfte,
fromme Gesang mich auflösete! —

Als sie zu dem Verse kam:

> Bedeckt mit deinem Seegen
> Eil' ich der Ruh entgegen — —

floßen meine Thränen, und ich sagte vielleicht laut:

> Ja, du holdes Geschöpf — Dich muß
> Gottes Seegen bedecken; Dich, den See-
> gen deines alten elenden Vaters! —

Das Lied war aus —

Nun, Papachen —

sagte sie sanft;

nun gehen Sie zu Bette. Nicht? Es ist
schon über zehn Uhr! —

Ja, Karlchen, ich will gehen —
sagte er.

Warten Sie! Warten Sie —
fiel sie schnell ein;

ich will Ihnen helfen! —
Und nun hörte ich das Mühsame des Fort-
schaffens.

Ruhe wohl, Du frommer, sanfter Engel —
sagte ich;

möchte Gott Dich zur Gefährtin meines
künftigen Lebens bestimmt haben! —

Des Morgens war ich gar bald bey meinem
Freunde — —

Hier kam Millners würdige Gattin zurück, und meldete, daß die Mahlzeit uns er-
warte. Wir gingen ihr mit der gefühltesten
Ehrerbietung entgegen. Ihr Mann küßte
sie zärtlich —

„Nun? hast du denn endlich auserzählt
„du Schwätzer?“

Ff 2

sagte sie schäkernd.

„Nein, mein Karlchen —

antwortete er;

„wir sind noch nicht einmal Braut und
„Bräutgam! Aber ich will's gleich zu
„Ende bringen" —

Indem wir nach dem Hause zu gingen, sezte
er noch hinzu:

Also kurz und gut, meine Herren —!
Ich blieb da. Karolinchen gewann mich
lieb. Ich gab meinen Plan ins Vaterland
zurükzukehren auf, kaufte das Gütchen hier,
konnte es größtentheils mit meinen Dukaten baar bezahlen; der alte ehrliche Amtmann im Städtchen, (es ist dasselbe, wo
Ihr Wagen in der Kur gewesen ist,) der mit
meiner guten Karoline nicht in der geringsten
Verbindung stand, aber ihrer Rechtschaffenheit und Vaterliebe wegen sie herzlich lieb
hatte, starb ohne Kinder, und vermachte
ihr viertausend Thaler — Mit dieser Sum-

me bezahlten wir vollends das Gut; ließen es so einrichten, wie es jezt ist; wurden Mann und Frau; pflegten den alten Vater, der im zweyten Jahre darauf starb, und — —

„Und bleiben nicht von neuem in der Gar-
„tenthür stehen, damit die Suppe nicht
„kalt wird!

fiel Karoline ein.

„Richtig —!"

sagte Nachbar Millner, nahm sein Weibchen beym Arm, und führte sie nun desto
geschwinder in die Stube, wo ihnen die
Kinder froh entgegensprangen. Ich und
August — wir folgten in stiller Rührung.
Ach Ferdinand, Dein armer hypochondri-
scher Freund hat vielleicht noch nie so wehmüthig gefühlt, daß er einsam und allein
lebt, als damals! —

Auch beym Essen konnten wir — ich und
August — anfänglich nicht recht ins Sprechen kommen.

„Meine Herren,

sagte endlich Millner;

„ich glaube, Sie ziehen schon Resultate aus meiner kleinen Lebensgeschichte? —"

„Ja wirklich —"

antwortete August, und ich stimmte bey.

„Zum Beyspiel — wenn ich bitten darf?—

„Ich bin keiner von den Vermessenen — sagte August,

„welche aus einzelnen Bruchstücken über „den Plan und Gang der Vorsehung im „Ganzen entscheiden wollen. Allein es „ist nun einmal eine Hauptschwäche un-„sers Geschlechts, am liebsten über das „nachzudenken, was über unsern Ge-„sichtskreis ist: und so kann auch ich bey „solchen Veranlassungen mit leerem: „„es „muß gut seyn, denn es ist" — mich „nicht begnügen, wenigstens nicht so-„gleich. Sie haben sich zwar Mühe ge-„geben, bey der Erzählung ihrer Schiksale „immer auch die höhere Macht zu recht-

„fertigen, welche sie Ihnen zuschikte; es
„ist Ihnen auch gelungen, in den Feldern
„der Möglichkeit, Wahrscheinlichkeit und
„Wahrheit immer Etwas von weiser Ab-
„sicht und wohlthätigem Zweck aufzufin-
„den: wenn aber Zweck und Mittel in
„weisem Verhältnis stehen, wenn das
„Ziel des sauren Laufes werth seyn soll —
„und das muß es doch wohl — so gesteh'
„ich, Ihre Rechtfertigung des Schiksals
„hat mich meistens nicht befriedigt" —

„Mein Herr —
sagte Nachbar Millner sanft, aber mit
Würde:

„Befriedigung erwarten Sie von
„mir Armen, Beschränkten, Sterbli-
„chen?" —

„Ich habe mich nicht genau genug aus-
„gedrükt —
sagte August;

„menschliche Befriedigung, vernünf-
„tige Beruhigung, meyn' ich — Doch

„laſſen Sie uns nicht ſo in allgemeinen
„Sätzen umherſchweifen: laſſen Sie uns
„auf etwas Einzelnes kommen. Sie glau-
„ben, die Vorſehung habe Sie in alle die
„verſchiedenen Verhältniſſe gebracht, wel-
„che Sie durchwandert ſind, folglich
„auch in die gegenwärtigen. Was hilft
„Ihnen nun bey Ihrer jetzigen Lebens-
„weiſe die Menge von Kenntniſſen, die
„Sie ſich erwerben, die Menge von Fä-
„higkeiten, die Sie ausbilden mußten?“—

„Ich glaube Ihnen doch ſo manches an-
„geführt zu haben —

antwortete Millner,

„wo es mir half, und könnte Ihnen
„wahrlich nicht wenig anführen, wo es
„mir jetzt noch hilft. Aber, mein wer-
„ther Freund — warum nur immer das
„zweydeutige „was hilft mir's“ —
„zum Grund unſrer Urtheile über die Er-
„eigniſſe in unſerm Leben legen? Was
„hilft mir's — das heißt gemeiniglich,

„und bey den allermeisten Menschen ein-
„zig und allein: worin verbessert es mei-
„ne Umstände? was schafft es mir für
„äußere Vortheile? was gewährt es
„mir für neue sinnliche Genüsse? Sind
„wir denn da, um nur zu genießen? Müs-
„sen wir Erfahrungen machen und lei-
„den, nur um das zu Genießende desto
„klüger zu wählen, desto feiner auskosten
„zu lernen? Fürchten Sie nicht, daß ich
„jenen bekannten ältesten oder neuesten
„Stoizismus affektiere. Mein Glaube
„ist vielmehr, daß eine gütige Vorse-
„hung auch hier mich nicht zu vergessen,
„auch diesen Zweck mit mir zu beabsichti-
„gen habe — so weit er sich nehmlich
„mit ihrem Hauptzweck und meiner höhern
„Bestimmung verträgt. Und daß dies
„wirklich auch mit mir der Fall sey, das
„fühle ich — fühle es besonders in mei-
„ner jetzigen Lage, und darin kann und
„darf mir Niemand widersprechen, denn
„es ist Sache des Gefühls; über welches

„kein Mensch urtheilen kann und darf,
„als der, welcher es hat. Doch wenn
„mich auch dies Gefühl nicht beglükte, so
„sollte mich das noch nicht elend machen:
„denn ich frage bey dem Nachdenken über
„meine Schiksale nicht in dieſem Sinn
„„was hilft mir's" — ſondern in dem
„andern, in welchem es heißen kann:
„worin verbeſſert es mich ſelbſt? was
„verſchafft es mir für innere Vorzüge?
„was trägt es zu meiner Vervollkomm=
„nung bey? Und hier, mein Herr — es
„iſt wahr, ich kann mir nicht bey jedem
„einzelnen Ereigniß, bey jedem ein=
„zelnen Leiden befriedigende Rechen=
„ſchaft ablegen: aber wenn ich etwas
„größere Abſchnitte meines Lebens zuſam=
„men nehme, im Zuſammenhange be=
„trachte — dann kann ich's ſchon eher.
„Und könnte ich's auch nicht —

Hier hob ſich ſeine Stimme und ſeine Augen
funkelten —

„so erhebe ich mich auf einen höhern
„Standpunkt, von wo aus ich meine
„Schiksale betrachte. Ich kann nun ein-
„mal dies kurze, flüchtige Daseyn auf uns-
„rer kalten, rauhen Erdscholle nicht für
„meine ganze Existenz annehmen. Ich
„bin also da, ich bin das, was ich bin,
„ich mußte das werden, was ich wurde,
„um vor der Hand nur erst in die ewige
„Laufbahn nach dem Ziele der Vollkom-
„menheit gestellt zu werden und den Lauf
„zu beginnen. Das verlangt Aufstre-
„ben — und darin ist meine Bestimmung,
„so weit ich sie kenne; dazu braucht's
„Reize — und das sind die Leiden und
„Freuden dieses Lebens, so weit ich sie be-
„urtheilen kann. Ich glaube nicht an
„ein anderes Leben; ich glaube an eine
„Fortsetzung des gegenwärti-
„gen in einer andern Region der uner-
„meßlichen Schöpfung. Von diesem Ge-
„sichtspunkt aus kann ich mir wohl den-
„ken, daß jede Erweiterung und Berich-

„tigung meiner Begriffe und Urtheile, je-
„de Reinigung und Erhebung meiner Ge-
„fühle; daß jedes meiner Schiffale, jedes
„meiner Leiden, jede meiner Erfahrun-
„gen „mir hilft" — mir, und hoffentlich
„auch Andern, auf die ich wirke oder dort
„wirken werde. Das ist die Grundlage
„meiner Ruhe, meiner Zufriedenheit, mei-
„ner Glükseligkeit. Das ist mir ge-
„nug!"

„Herr —

fiel August gerührt ein;

„Sie haben meinen Sinn gefaßt, wenn
„auch meinen Verstand noch nicht ganz
„überzeugt" —

„Nun so gehen Sie mit diesem Sinn an
„stilles Nachdenken, an redliches For-
„schen —

sagte Millner;

„und ich glaube gewiß, auch für Sie wird

„es Ruhe, Zufriedenheit und Glükselig-
„keit auf diesem Wege geben"——

Du, Ferdinand, wirst Dich über diesen
Ernst Augusts nicht wundern, da Du ihn
kennest, und weißt, daß er einer von den
Menschen ist, welche die meisten Dinge des
Lebens leicht hinnehmen, leichthin behandeln:
wenn sie aber einmal fest ergriffen werden,
dann auch mit ganzer Seele dabey sind und
kräftig aushalten.

Sie sprachen noch eine Weile über jene
Gegenstände, ich weiß aber nicht genau genug, welchen Gang die Unterhaltung nahm:
denn mich beschäftigte ein anderer Gedanke,
der schon manchesmal mich erschüttert hatte,
und nun auf einmal, durch Millners Geschichte veranlaßt, wie ein drohender Koloß,
vor meiner ängstlichen Seele stand.

Millner mochte bemerken, daß Etwas in
mir vorging. Er wendete sich an mich, und

weckte mich mit der Frage aus meiner halben Träumerey:

„Irre ich nicht —
sagte er nehmlich;

„so machen Sie noch traurigere Be-
„merkungen über meine Lebensgeschich-
„te" —

„Ehrlicher Nachbar —
antwortete ich;

„Ihr Glaube ist auch der meinige. Und
„darin kann mich der Anblick des Uebels in
„der Welt und der Leiden der Mensch-
„heit — selten können's die meinigen
„— wohl zuweilen stören: aber mich
„nicht wankend machen. Eins aber quält
„mich oft — was auch aus Ihrer Ge-
„schichte so anschaulich wird" — —

„Und was?"

„Daß man auf dieser Erde, unter der Re-
„gierung eines höchsten moralischen
„Wesens, doch überall mehr Hindernisse

„des Sittlichguten, als Sittlichgutes
„selbst gewahr wird" —

Ich mochte dies wohl nicht ohne Innlgkeit
gesagt haben. Ich fühlte, daß mir eine
Thräne die Wange herabrollte. Millner ergriff meine Hand warm und kräftig —

„Hierüber nehmen Sie noch kürzlich mei-
„ne Gedanken mit auf den Weg —

sagte er, indem er mir so herzlich wohlwollend ins Auge blikte —

„Wir bemerken allerdings fast überall
„mehr Hindernisse des Sittlichguten, als
„das Sittlichgute selbst: aber deswegen
„ist nicht weniger Sittlichgutes als Sitt-
„lichböses in der Welt. Wir müssen
„das leztere nur mehr bemerken. Wir
„müssen das — es kann nicht anders
„seyn. Denn — so denk' ich mir wenig-
„stens die Sache — erstlich: so ist das
„Sittlichgute mehr im Menschen verbor-
„gen; die Hindernisse desselben sind Thä-

„tigkeiten von außen, sinnlich bemerk-
„bar, sind hauptsächlich Leidenschaften
„mit ihren Aeußerungen, sind Handlun-
„gen —! Sodann: das Sittlichgute
„ist ein Ganzes, ein Eines — möcht'
„ich sagen, das also eben deswegen, wie
„die Luft, nicht gesehen werden wird;
„die Hindernisse desselben sind Einzelnhei-
„ten, einzelne Unternehmungen, abgebro-
„chene Handlungen, welche also, wie der
„Blitz, bemerkt werden müssen. Auf das
„dritte bringt mich der unsterbliche Lessing,
„der einmal im Nathan sagt: Wir ken-
„nen das Böse ziemlich genau, aber das
„Gute weit weniger — Wahr, und ge-
„sprochen wie ein Mann! Von kleinan
„werden wir gewöhnt, unsre Aufmerksam-
„keit weit mehr auf die Hindernisse des Gu-
„ten unter den Menschen, als auf das Gute
„unter ihnen und an ihnen zu richten; das
„wird hernach habituell, einzelne schmerz-
„liche Erfahrungen kommen dazu — und
„wir können es nun nicht mehr ändern,

„wir müssen immer das Ueble mehr als
„das Gute bemerken. Auch gehört doch
„wahrlich weit mehr dazu, das lezte rich-
„tig zu beurtheilen, als das erste: denn
„welchen tiefen Blick in das Ganze und
„Verborgene der Charaktere, in Absicht,
„in Willen, gehört hierzu? Und wie we-
„nig Menschen besitzen diesen Blick nur in
„mäßigem — wer besizt ihn in dem
„Maaße, das nothwendig wäre, um das
„Gute überall aufzufinden und richtig zu
„beurtheilen? — Und dann — so scheint
„mir selbst daraus, daß wir jene Hin-
„dernisse stärker, auffallender, einschnei-
„dender bemerken — eben so, wie beym
„physischen Uebel in der Welt — herzu-
„fließen, daß sie Etwas seltneres, daß sie
„Ausnahmen von der Regel
„seyn müssen: denn nur die Ausnahme
„fällt auf, befremdet, nie die Regel. End-
„lich — und das ist für mich etwas beson-
„ders Herzerhebendes —: wie jeder

„Mensch gleichsam das Ideal eines Frey-
„staates in seiner Brust umherträgt und
„folglich die Abweichungen der Unter-
„drückung, des Despotismus, als Et-
„was seinem innersten Wesen Wider-
„sprechendes desto tiefer und schmerzlicher
„empfindet: so trägt er auch das Ideal
„der sittlichen Güte in sich, und bemerkt
„also, und fühlt, das Entgegengesezte,
„als abweichend, als abstechend von
„seiner innern moralischen Natur weit
„stärker, weit eingreifender, als das der-
„selben Entsprechende — das Sittlich-
„gute.“ — —

Wir sprachen noch viel und lebhaft über
diese Sätze — Ferdinand, es war eine schöne Stunde! Wir konnten zwar mancherley
Einzelnes dagegen einwenden: aber — Gott
sey Dank, auch nur Einen dieser Sätze zu
widerlegen vermochten wir nicht.

Da fuhr unvermuthet und plözlich unser Wagen vor. Dies Rollen ging mir

durch Mark und Bein. Auch August sahe trüb' und wehmüthig auf seinen Teller. Nachbar Millner stand ruhig und heiter auf —

„Nun —

sagte er;

„Abschied nehmen wollen wir nicht. Wo-
„zu auch? Wir bleiben ja doch beysam-
„men, wenn auch einige Flüße und Ber-
„ge und Erdstriche zwischen uns geworfen
„sind. Raum und Zeit sind ja ohne-
„dies —

sezte er lächelnd hinzu;

„nach der neuern Philosophie, nichts
„Wirkliches“ — —

Wir umarmten die würdige Familie still, eilten in den Wagen, und ließen so schnell als möglich fahren.

Ferdinand, ich setze kein Wort hinzu
da mein Brief ohnedies fast zum Buche geworden, und mein Herz jezt so voll ist von
Dingen, die sich wahrlich nicht sogleich aufs
Papier hinschreiben lassen. Lebe wohl.

Die einer Verbesserug vor dem Leser
bedürftigsten Stellen.

Beym Verleger dieser Schrift sind nach-
folgende Bücher herausgekommen:

Erinnerungen zur Beförderung einer rechtmäßigen Lebensklugheit. In Erzählungen und
Aufsätzen. Herausgegeben von Friedr. Rochlitz. fl. 8v. 3 Bde   3 Thlr. 12 gr.

Flor und Verfall der Länder als natürliche
Folgen der Begünstigung oder Bedrückung
der Landwirthschaft, und der Freyheit oder
Beschränkung des Handels mit den rohen
Produkten dargestellt. Nach dem Französischen des Ritters Franz Quesnoy, bear-
beitet von M. C. A. Wichmann. 8v. 9 gr.

Gallus G. T. Geschichte der Mark Bran-
denburg. 2 Bde. Neue Auflage 1 Thlr.
                                    12 gr.

Ueber Orthodoxen und Heterodoxen. Ein Wort
des Friedens zur Apologie für Beyde. 8v.
                                    10 gr.

Buchbinderei
Wawr...